WAIKIKÍ

ANA GARCÍA BERGUA
ALFREDO NÚÑEZ LANZ

Diseño de portada: Planeta Arte & Diseño / Eduardo Ramón Trejo
Fotografía de portada: © iStock / Liyasov

Bajo el sello editorial PLANETA[M.R.]
Avenida Presidente Masarik núm. 111,
Piso 2, Polanco V Sección, Miguel Hidalgo
C.P. 11560, Ciudad de México
www.planetadelibros.com.mx

Primera edición en formato epub: octubre de 2022
ISBN: 978-607-07-9212-0

Primera edición impresa en México: octubre de 2022
ISBN: 978-607-07-9218-2

Impreso en los talleres de Litográfica Ingramex, S.A. de C.V.
Centeno núm. 162-1, colonia Granjas Esmeralda, Ciudad de México
Impreso y hecho en México — Printed and made in Mexico

LA ÚLTIMA DANZA DE KATMANDÚ EN LA MENTIRA DE LA FARÁNDULA

POR: AUGUSTO SANTACRUZ

Una neblina de misterio envuelve la trágica y terrible muerte que ha sacudido a los asiduos de las ombliguistas: la bailarina exótica Katmandú, seudónimo de Lirio López Chen, fue encontrada sin vida en medio de un charco de sangre, entre los tules y los plumajes de su camerino. Una bala en la sien acabó con la escultural chinita y su danza que volvía locos hasta a los más indiferentes. El cabaret Waikikí, epítome de la inmoralidad que reina en esta ciudad cada vez más adicta al pecado y a la farándula, fue el nefasto escenario de la tragedia.

Los bailes de Katmandú, a diferencia del tongolelismo imperante, no eran lascivos ni provocadores, lo pudimos constatar en las raras ocasiones en que caímos en la debilidad de asomarnos al infierno del ritmo y sus diablillas. La danza de Katmandú conservaba la espiritualidad de sus ancestros orientales. Fina, flexible como una vara de bambú curvándose al viento, hechizaba a los espectadores que guardaban respetuoso silencio ante el prodigio hipnótico de sus movimientos. Un escalofrío devoto nos recorre, similar al que provocaba en el tablado, al enterarnos de su asesinato ocurrido ayer, pocas horas antes de su show.

***

La vimos por primera vez en el Club Verde, luego en el Savoy, después en el Margo y el Follies, entre una legión de encueratrices que competían en atrevimientos innombrables, cuando los disfraces de las exóticas estuvieron a punto de romper las fronteras del decoro antes de que la Federación Teatral lanzara una súplica de comedimiento y respeto. La seguimos por su trayectoria breve y fulgurante en el cine y el espectáculo como a un cometa incandescente que iluminó los tablados de Veracruz, Monterrey, Guadalajara, Tijuana, y compitió con las mejores estrellas del momento. Habría llegado a Hollywood si un desalmado no le hubiera roto las alas en el cénit de su carrera. ¿Quién pudo atreverse a acabar con esa encarnación de la gracia y el talento? Un asesino carnicero anda suelto por nuestra urbe, pero la policía ya tiene varios sospechosos y estamos seguros de que el Lic. Casas Alemán actuará en consecuencia como regente de esta ciudad que, bajo su mano firme, regresa al orden y al progreso.

1

La Ciudad de México huele a fruta podrida y el tío Lucio es un majadero. Se lo advirtió su madre mientras le ponía cien pesos en la mano, los mismos que lleva Mario en el bolsillo del pantalón. En aquel momento, con la prisa por escapar, no pensó que acabaría ahí, afuera de la casa del tío Lucio escuchando sus insultos. Muchas veces le había preguntado: ¿él sabe que voy para allá?, y ella le daba la misma respuesta:

—Te va a recibir. Y si se pone muy necio dile esto: acuérdate de las lilas.

—¿Cuáles lilas? —quiso averiguar Mario, pero ella le aseguró que no necesitaba saber más.

—Esta es una emergencia, mamá, no me voy de Yuxtle por gusto —le suplicó.

—El cabrón de Lucio me debe una, tú nada más dile que se acuerde de las lilas.

Ya lleva un buen rato ahí. Y aquella es su casa, Mario está seguro, pues antes de que le cerraran la puerta en la cara por segunda vez le vio los ojos: eran igualitos a los suyos, color aguapuerca, y tenía las mismas pestañas de aguacero de toda la familia. Mario lleva puestos los pantalones que se compró con su primer sueldo de telegrafista; están como nuevos, pues solo los usa en domingo. No tienen ni seis lavadas. Entonces el tío Lucio no me cerró la puerta en las narices por mi aspecto, se dice. Además de los pantalones de fiesta está estrenando sombrero. Quizás lo ofendió sin darse cuenta. Comienza a repasar lo ocurrido una vez más: tocó el timbre con discreción, salió una señora muy despeinada, a quien ofreció una sonrisa amable, le dio las buenas tardes, y a pesar de que ella no le devolvió el gesto, le preguntó:

—¿Es casa de la familia Hernández?

—¿A quién busca?

—Al señor Lucio Hernández.

—¿Y quién lo busca?

—Mario Lucio Hernández —respondió él, orgulloso de compartir nombre y apellido con su tío.

Y de repente la puerta se cerró. Así nomás, de un trancazo. Ni tiempo le dio a Mario de extenderle la mano, ya no digamos de darle un buen apretón, como le aconsejó su hermano Pablo. No entiende nada. Mario volvió a tocar el timbre, pero la señora despeinada no salió. En cambio, el mismísimo tío Lucio descorrió la cortina de la única ventana que daba a la calle. Se miraron de frente.

—¡Tío! —alcanzó a decirle.

—¡Sáquese! ¡Váyase de aquí! —le gritó Lucio, como si fuera un leproso. Ahora lo que se escucha adentro son gritos apagados, y a Mario le da miedo pegar la oreja.

—¡El nene no tiene la culpa! —alcanza a escuchar. Imagina que se trata de la señora despeinada y ella no puede ser otra que su tía Amparo. La voz del tío Lucio también resuena, pero no logra oírla bien. Mario se pregunta si será prudente tocar el timbre una tercera vez con ese pleito sucediendo puertas adentro. No tiene a dónde ir, hace frío y ya es hora de merendar. Y ese maldito olor a podrido. Resuelve darle unos minutos más, al cabo su petaca es tan maciza que lo aguanta sentado sobre ella. Supone que ahí en la banqueta estará a salvo del peligro de todos esos coches que pasan como bólidos. Eso mismo le aconsejó Pablo: hermanito, usted váyase por las banquetas y no lo apachurrarán. También le advirtió sobre los rateros. ¿Y si lo roban mientras espera? No lleva nada de valor. Trae su ropa, otro par de zapatos, el saco de lana del abuelo, los tamales de hoja santa. ¡Los tamales!

Se van a echar a perder y son el regalo para el tío Lucio, su mamá le dijo que le encantan.

Una cucaracha brillante camina sin prisa a unos centímetros de su pie. Ya es momento de intentarlo otra vez. Si le ofrece los tamales cuando abra la puerta, quizá el tío reconocerá el olor de su comida favorita, dejará de gritar y con suerte se dará el gusto de comer uno con él. Aquella idea le da valor. Suenan dos campanitas, una cuando presiona y otra cuando retira el dedo de esa tecla amarillenta en la pared. Se oyen pasos firmes del otro lado, furiosos. Con todo, Mario se acomoda el saco, se quita el sombrero y sonríe. Ahí está ella otra vez, ahora lleva color en los labios: un rojo quemado que le alegra la expresión más bien agria. Rápido detecta su edad; es solo unos diez años mayor que yo, se dice.

—Pasa, antes de que te vean las vecinas, y no digas nada.

Entra a la casa con su veliz, el morral, su ofrenda de tamales y rápido la supuesta tía Amparo cierra la puerta tras de sí. Huele a encierro. También hay cierto aroma a caldo de pollo; después de diez horas de camino, a Mario le rugen las tripas.

Sigue a la tía Amparo hasta la sala; ella no le ofrece tomar asiento. Mala señal. Lleva una diadema absurda color malva con una mariposa recubierta de tela brillante. Cuando Mario conoce a una mujer acostumbra mirarle los zapatos. Si son demasiado severos, como esos, indican que la persona guarda secretos, es muy necia o de trato difícil. Si son abiertos y dejan ver un poco el pie, siente más confianza. Y los tacones lo vuelven loco, aunque solo los ha visto en películas; los pies resplandecen, tan delicados y elegantes que se le antoja besarlos.

—¿Qué quieres, a qué viniste?

—Me manda mi madre.

—Lo supuse, y quieres dinero.

—No, yo...

La tía suelta una risita endiablada:

—Piensas que te corresponde algo de todo lo que ves aquí.

La sala está repleta de cajas de diferentes tamaños; en las esquinas se apilan hasta el techo, todas muy bien cerradas. Algunas traen impresa la palabra «frágil» y exhiben sellos de diferentes países. Detrás de una fila de cajas, un tipo moreno parece estar acomodando la mercancía.

—¿Por qué lo dejaste entrar? —Es la voz del tío Lucio desde las escaleras, a unos pocos metros, agarrado del pasamanos, con ese bigote tupido y largo como le contó el abuelo que llevaban hace treinta años los revolucionarios. Mario lo observa bien: los cachetes fofos, y cerca del ojo izquierdo le nace una verruga morada. Desde ese escalón parece sentirse el dueño de todo el mundo.

—Le pusieron tu nombre, Lucio —dice la tía Amparo, como si fuera un pecado.

—¡Eso no prueba nada! —gruñe el aludido.

—¡Y se parece a ti! —La mujer coge sorpresivamente a Mario por la barbilla, mientras lo inspecciona con rabia; las uñas se entierran un poco en su piel. Mario balbucea—: Tía Amparo, mi mamá le manda estos tamales.

—Es el colmo. ¡Me confunde con esa puta!

—Cálmate, Adela, el muchacho no sabe.

—A toda tu parentela le dices lo mismo, no me das mi lugar. ¡Estoy harta!

—Van a oírte los vecinos.

—Como si te importara; hasta tus bastardos creen que estás casado con Amparo. Mejor lárgate con ella, ¿qué haces aquí? ¡Te lo he dicho mil veces!

—Vas a despertar a Marquiño, Adela.

—¡Mejor! Que sepa quién eres, quiero ver cómo le explicas esto —aprieta a Mario de los cachetes, esta vez con tanta fuerza que él deja caer los tamales y tropieza. Nada de eso parece importarle a la energúmena, pues lo acarrea hasta el escalón del tío Lucio—: ¡Tiene tus ojos! ¡Cerdo! ¡Rabo verde!

—¡Te voy a reventar el hocico si no te callas! —El tío Lucio alza la mano. Mario cierra los ojos, por si le toca el golpe. Los gritos de un niño quiebran la intención. La señora, que entonces no es la mentada tía Amparo, corre a atender el alarido. Él se queda paralizado, al pie de la escalera. El tío Lucio avanza rápido hacia él y lo agarra del codo:

—Ya te dije que te fueras.

Comienza a empujarlo hacia la puerta.

—Pero tío…

—No tengo dinero para darte, no sé quién te habrá dicho lo contrario. ¡Sáquese de aquí!

—Tío Lucio, soy Mario.

—No me interesa cómo te llames. —Toma el veliz con la mano izquierda y lo carga de un jalón, demostrando su fuerza.

—Tío Lucio, ¡acuérdese de las lilas!

—¿De qué chingada madre me estás hablando?

—Su hermana me dijo que le recordara las lilas.

—¿Mi hermana?

Por fin le suelta el codo y tira de golpe la petaca.

—Rosario Hernández, de Yuxtle. Soy hijo de su hermana Chayo.

El color le regresa a las mejillas y Mario detecta el nacimiento de una leve sonrisa. El tío se lleva la mano izquierda a la frente. Su anillo de oro le aprieta un poco. Por fin la expresión en la cara se suaviza. Mario aprovecha para seguir convenciéndolo:

—Mi madre le mandó una carta, le debió haber llegado. Vengo a trabajar, me gustaría aprender de usted. Yo le pagaré mi estancia con trabajo, eso téngalo por seguro.

El hombre que acomodaba las cajas se asoma entre las columnas y el tío Lucio voltea a verlo, furioso, tronándole los dedos para que vuelva al trabajo. Este asiente, se agacha a recoger una tabla, y a Mario le llaman la atención sus enormes posaderas, raras en un varón.

El berrinche del niño sigue. El tío vuelve a fruncir el ceño, deja de ver a su sobrino a los ojos para concentrarse en la nada. Por los alaridos, Mario deduce que debe tener cuando mucho unos cinco años; parece enojado. ¿Si rompe la promesa y le cuenta al tío Lucio que viene huyendo? ¿Lo apoyará así? Mejor morderse la lengua; «la ropa sucia se lava en casa», como pregonaba el abuelo en situaciones tremendas como esta. Además, se supone que la frase de las lilas es para las emergencias. O al menos así lo entendió.

—Soy muy respetuoso —insiste—, y casi no hago ruido. Aprendo rápido, no era tan burro en la escuela como mi hermano Pablo. Somos dos hermanos.

—¿Llegaste hoy?

—Sí.

—¿Cuánto se hace ahora de Yuxtle para acá? —El tío se rasca el mentón y sus ojos esperan una respuesta rápida.

—Diez horas en tren hasta Buenavista.

—Ya es menos, antes se hacían diecisiete en guajolotero.

—Sí, es menos; pero aun así son muchas horas sin comer.

A Mario le urge ese caldito de pollo; con aquel enredo las tripas le rugen más.

—¿Qué edad tienes?

—Veintiuno. Cumplo veintidós el mes que entra.

El tío Lucio mira el reloj colgado de la única columna que divide la sala. Ahí se anuncian pasadas las siete. Las cajas, a mitad de la columna, están mal acomodadas, ¿serán las mercancías que vende el tío Lucio? Mario recoge el envoltorio de tamales.

—Mi mamá se los manda. Están muy sabrosos, son de hoja santa, tienen frijol.

—Los vas a necesitar más tú, aquí no te puedes quedar, muchacho.

Ya se lo imaginaba. Mamá, me las vas a pagar, no tengo dónde dormir ni conozco la ciudad, piensa. Cuando salga de aquí voy a ir a una cabina y gastaré lo que sea para llamarte a la tienda de Carmelo Buenrostro y reclamarte, aunque pensándolo bien, es peligroso. Si no es en esta casa, ¿dónde podrá encontrar refugio? ¿Lo habrá seguido alguien? En el tren le parecía que todos los viajeros lo vigilaban, rehuía sus miradas. Ahora, a la intemperie, lo podrían encontrar más fácil.

—¿Podría quedarme con ustedes, aunque sea por hoy? No sé a dónde ir —casi le ruega.

—No, mi esposa está muy afectada, te cree mi bastardo.

—Bueno, pero si me permite, tío, eso tiene solución. Yo mismo le explico.

—No, no va a escuchar razones; ya se compró su verdad y es más necia que una mula. Te voy a dar dinero, aquí definitivamente no puedes quedarte.

—Pero, ¿por qué, tío?

Apresurándose, sin responder y mirando en todas direcciones, saca la cartera de su bolsillo y le extiende unos billetes.

—Deben ser como cincuenta pesos, no tengo más.

—Pero, ¿podría trabajar con usted? Le juro que aprendo rápido y fui bueno en la escuela. Estudié hasta la secundaria, porque no había más en Yuxtle...

Por fin se queda callado. Mario no está hecho para suplicar. «Temple de rey y ropa de mendigo», como solía decir el abuelo. Ya estuvo bueno; es el último intento de pedirle ayuda a este señor, uno tiene dignidad.

—Aquí no hay trabajo para ti, no necesitamos a nadie.

—Mamá me dijo que usted tiene una empresa, una organización —lo menciona adrede para subirle los humos.

—¿Organización? ¿Quién eres? ¿Qué quieres? ¿Quién te manda?

—Mi mamá —vuelve a asegurarle.

El tío Lucio inspecciona los ojos de Mario como para comprobar si dice una mentira. Contrae los párpados involuntariamente, un gesto compartido por toda la familia cuando se tienen los nervios de punta. La verruga morada es tan redonda y grande que le falta poco para tener el tamaño de una canica.

—Aquí no te puedes quedar, no hay espacio.

—¿Y las lilas?

—Ya pagaré esa deuda en otro momento. —El tío extiende más billetes como desesperado—. Es todo, no tengo más. Ahora vete, ya no puedes seguir aquí.

Una ráfaga de orgullo le impide aceptar el dinero.

—Hasta luego, tío Lucio, y disculpe la molestia.

Se coloca el sombrero nuevo y toma el equipaje, incluido el envoltorio. No lo miraré a los ojos, que se quede con la mano en el aire.

—Quién sabe si Lucio te dé escuela, confórmate con casa y trabajo —le dijo su madre, muy segura de sus palabras. Y ahora él vaga por las calles. Voy a terminar en un hotel de mala reputación como ese en donde se quedó Pablo la única vez que estuvo en la ciudad. Pero no debo gastar en una cama, es un lujo con tan poco dinero. Gánate su confianza, Mario. ¿Cuál confianza? El cabrón me echó sin poder decirle nada. Además, esa señora no es la tía Amparo. Mario se reprocha no haberlo notado desde un principio, cuando adivinó la edad de la señora. Más bien parecía una prima mayor, no una tía. Esa mujer no puede tener más de treinta años, y sus zapatos son francamente horribles. No como los que él se imaginó cuando su madre contaba anécdotas de la tía Amparo, obesa y gentil.

Trata de adivinar el contenido de todas esas cajas esparcidas por doquier en aquella casa. ¿Por qué tanta sospecha hacia él cuando le habló de la organización para adularlo? ¿Por qué lanzarle de tajo esas preguntas, como si dudara otra vez de su procedencia? Y ese escuincle, el tal Marquiño, seguro es su primo. Debe ser hijo de esa señora Adela. Mario se pregunta en qué momento el tío Lucio se separó de la tía Amparo. Si estuvieras más informada sobre la vida de tu propia parentela, si tan solo frecuentaras a tu hermano como cualquier persona, y si no consintieras tanto a Pablo, nada de esto estaría pasando, le reprocha a su madre, casi en voz alta.

Cada vez hace más frío. Pasa por debajo de un gran puente por el que rugen camiones y automóviles trompudos, ¿a dónde irán? Un letrero dice Nonoalco, qué nombre más raro; cruza las líneas del ferrocarril y conforme camina sin rumbo las calles se afean, no son como en la zona donde vive el tío Lucio. En algunas esquinas está todo inundado, la gente camina por puentecitos de tablas y hay unos jóvenes con botas de goma hasta las rodillas que cobran dos centavos a los transeúntes por pasarlos con unas lanchas improvisadas. Alguien le explica que no se ha podido desalojar el agua de la tremenda inundación de la semana pasada. Ahora entiende por qué todo huele a podrido. El sol se ocultará en cualquier momento, pues el cielo luce un morado grisáceo. No puede saber la hora: el reloj de bolsillo, herencia del abuelo, está descompuesto, se ha quedado con las manecillas apuntando las doce y cuarto; pero, aun así, Mario lo usa como talismán. Un chiflido prolongado lo asusta, y alcanza a ver a un hombre que empuja un carrito muy raro con un tubo.

Todavía la gente camina por ahí, quizá rumbo a sus casas después del trabajo. Todos parecen saber su desgracia, por más que disimule con pasos firmes, como si tuviera una dirección a la cual llegar. Las calles siguen y siguen, una tras otra, sin fin. Las casas se parecen a las de Yuxtle. Hay tendajones y una pulquería con un gran maguey pintado y, encima, unas palomitas que llevan en el pico un estandarte con el nombre La Barca de Oro.

Ya le duelen los pies. ¿Qué hacer? ¿Dónde habrá un mesón barato? Ha pasado por dos hoteles de mala muerte, con sus letras rojas sobre las cabezas de unos pachucos cuyos ojos amenazantes lo disuaden de preguntar por el alquiler de una noche. Empieza a chispear. Sigue de frente, esquivando los enormes charcos lo mejor que puede con sus zapatos, ya enlodados. Una voz le susurra desde la oscuridad de un zaguán: vente, güero, aquí te secamos los piecitos. Mario redobla el paso, temeroso. El peso del veliz le engarrota los dedos. La calle no tiene nombre, como otras. Se acerca a un toldo donde cuelga un foco sobre un comal que apenas empieza a humear.

—Disculpe, ¿qué calle es esta?

—Matamoros.

Da un paso al frente. La mujer mira su equipaje.

—Aquí es Peralvillo —le aclara—, ¿a poco anda perdido?

Mario sonríe. No le gusta eso de que la gente lo vea como forastero. Un forastero siempre anda con fierros y, por lo tanto, es buena presa.

—¿Hay una iglesia por aquí cerca?

Los ojos pequeños y astutos de la mujer centellean iluminados por la indirecta luz eléctrica.

—¿Buscas la parroquia de Santa Ana?

—Esa mera —miente.

—Está a cuatro calles hacia allá.

—Gracias.

Retoma su camino y le dice adiós a una buena cena; de todos modos, no la habría podido pagar. Ahí en la iglesia me siento en la última banca y saco un tamal, así ahorro un dinerito. Si raciono los tamales, ¿cuántos días me durarán? Ojalá ofrezcan misa de ocho, en Yuxtle va poca gente entre semana. Decide acelerar el paso.

Por fin un lugar a donde ir, una intención, algo para dirigir los pies y tener certeza. A lo mejor no habría estado nada mal aceptar esos cincuenta pesos del tío Lucio. «La pobreza me tumba, pero el orgullo me levanta», casi escucha a su abuelo. ¿Qué diría el pobre si lo viera ahí, perdido en la capital? Se volvería a morir de saber sus motivos para huir de Yuxtle de la noche a la mañana, en el tren de la madrugada sin más plan que buscar al tío Lucio, el mismo que lo acaba de echar como a un gato callejero. «Nunca hagas cosas buenas que parezcan malas», le decía el abuelo, y es lo primeritito que hace. No lo pensó. Al recordar al abuelo le dan ganas de llorar. Él tan recto, tan derecho en sus tratos, y con ese nieto de mala calaña.

El parque es pequeño y huele a tierra húmeda. Al fondo se alcanza a ver la parroquia cerrada, con sus dos torres quietas sin el repicar de las campanas; no podrá sentarse a reposar los pies y oír misa. Mejor descanso en este parque, aquí hay calma, se dice. Perfumería y regalos La Perla, mercería Alí Babá y la tlapalería Don Bustos lucen sus cortinas de fierro bien atrancadas con un gran candado imposible de romper, pero la tienda Estrella de Peralvillo está abierta. Voy a comprar un refresco para acompañar los tamales. Es una molestia andar por todas partes con la petaca, llama mucho la atención y quién sabe si habrá rateros.

—Oiga, ¿por qué tan caro el refresco? —se atreve a reclamarle al tendero que está coqueteando con una muchacha detrás del mostrador. Es culpa de su mal humor, ya no aguanta los pies.

—Pos deme el envase —le dice el otro de mal modo.

—Voy a sentarme aquí en el parque, en un ratito se lo traigo, señor.

—Sí, cómo no; fíjese que no lo conozco y yo no fío.

La muchacha sonríe con burla. Deja de discutir y le paga la cantidad completa con ganas de estrellar el casco del coraje.

—Muerto diambre —escucha una vocecita melosa al salir. Su brazo, con voluntad propia, arroja la botella al suelo tan fuerte que los trozos vuelan y uno alcanza a golpear el feo mocasín que lleva la joven.

—¡Bruto! —le grita, mientras el tendero de un brinco sale del mostrador, amenazando a Mario con un cuchillo de carnicero.

—Ai muere, ai muere —dice Mario, y sale tembloroso de la tienda.

La gente de la ciudad es brava, le había dicho Pablo. Ya se dio cuenta. Solamente porque lo ven a uno cargando una petaca y con acento de provincia se creen con derecho a negarnos un buen trato. De pronto, de un jalón le arrebatan el envoltorio, tan rápido que solo alcanza a ver un par de piernas en fuga. Quién sabe de dónde saca energías y persigue entre los charcos esos zapatos agujereados, traicioneros y miserables entre la burla de los transeúntes. El ratero se mete en la cantina El Reino de los Cielos, donde lo reciben las notas de «Perdida», en las cuerdas desafinadas de un violín. Mario entra empujando a los parroquianos.

—¡Órale, órale!

—¡Qué jais!

—¡Ese tipo me robó! ¡Devuélveme mi paquete!

El conejo salta sobre una mesa y tira las bebidas, aprovecha el zafarrancho para volver a salir, sin importarle los gritos y las injurias. Mario se libra de las manos que tratan de apresarlo para que pague el destrozo y logra salir. Descubre al tipo del otro lado de la calle. Cruza sin importarle la fetidez del agua estancada que le llega a las pantorrillas, de un zarpazo lo pesca de las greñas y rescata su envoltorio. Al verle la cara descubre que es un chamaco de unos trece años, a lo mucho, muerto de miedo.

—Siquiera déjame la mitad —le pide Mario. El niño lo mira sin saber de qué está hablando—. Tamales, te robaste unos tamales, baboso.

El otro se empieza a reír.

—Pos aunque sea, güero, ya va siendo hora de cenar, creí que me ibas a agarrar a trancazos.

—Lárgate antes de que me arrepienta.

El muchacho sale corriendo. En la puerta de El Reino de los Cielos se agolpa el público y el aguacero arrecia. Mario echa a andar de regreso a la iglesia sin voltearlos a ver.

Se sienta en una banca de metal y saca dos tamales fríos, que le saben a gloria. Con tanta hambre se comería los otros dos que le quedan, pero necesita hacerlos rendir. Está aterido, la ropa y los zapatos empapados de suciedad; quería causar la mejor impresión y solo ha ganado que lo echen peor que a un perro. Ahora es un perro enlodado y lleno de rabia en una ciudad cruel, donde hay puro trajinar de autos y gente; nadie se detiene a ofrecerte una mirada, ya no digamos un vaso de agua. Extraña Yuxtle y sus potros sacando chispas con los cascos al golpear las piedras, las carretas arrastradas por bueyes perezosos, el aire limpio que lo dejaba respirar, y el saludo de los vecinos.

Siente una pesadez tremenda, los párpados se le caen. ¿Y si me recargo y cierro los ojos un momento? El parque está solo, quizá no es una buena señal en esta ciudad llena de ladrones. Pero, ¿quién puede atreverse a robarle a alguien frente a una iglesia? Sería el colmo. Ojalá la parroquia espante a los granujas y, por si las moscas, oculta su petaca debajo de la banca, pegada a los arbustos para que nadie la vaya a ver. Así pensarán que soy un borracho. Ya paró de llover y con la Providencia no le caerá un aguacero en la noche. Si la ciudad se vuelve a inundar flotará sentado en la maleta.

Qué dura y fría le parece la superficie; le duele la cabeza, sus hombros parecen hechos del mismo metal que la banca. Hace una almohada con los pantalones que trae en el veliz, no quiere amanecer tullido. Y para colmo no se puede quitar los zapatos por miedo a que se le antojen a un canijo. Alguien dejó un periódico tirado y Mario se cubre con él para quitarse el frío. En medio del silencio escucha algo parecido a un lamento. ¿Habrá fantasmas en la ciudad? En Yuxtle había un par que todos conocían. Uno penaba afuera del banco donde fue asesinado y el otro le mostró a su hermano el sitio preciso en el que la abuela escondía sus pocas joyas. De los arbustos lejanos salta un gato.

En la plaza de Yuxtle al menos dormiría entre esas rosas de pétalos puntiagudos, siempre abiertas, ofreciendo su olor a los paseantes, y ese perfume sería su único lujo. Allá las bancas alrededor del kiosco eran de piedra y no de metal frío y oxidado. El problema es que no puede volver en mucho tiempo, quizá jamás. Si cojo una pulmonía, la culpa será tuya, mamá. Yo no debería estar pasando por esto, todo es culpa de mi hermano, él debería dormir a la intemperie, no yo. Nunca has sido pareja en tu cariño. Si me pasa algo tendrás que venir a la ciudad por mi cadáver, con lo mucho que odias los trenes y los hospitales.

2

No soy un mango, ya lo sé, y si ese viejo pelado del cabaret me lo vuelve a decir le entierro un tacón en las costillas. Pero estoy feliz: nunca perdí el paso y la coreografía del mambo número cinco me salió a la primera, sin quitar nunca la sonrisa de oreja a oreja. Le eché más sentimiento que las otras chamacas y creo que sí se notó. Perla estaba muy nerviosa, en cambio. Yo le decía cálmate, manita, vas a ver que sí nos van a contratar, pero tan solo era un deseo, porque no lo sabíamos. Estábamos todas en la pista del Waikikí, sin el vestuario, nomás enseñando la carrocería, como nos dijo Ricardo, enseñen de qué están hechas, mis changuitas: el coreógrafo y el empresario quieren ver lo que Dios les dio, así que esmérense mucho y muestren el talento. El empresario y el coreógrafo nos miraban desde una mesa con una lamparita y atrás de ellos había otros señores muy feos; a esos les brillaban los ojos, parecía que estaban frente a un menú, a ver a cuál de nosotras se iban a desayunar. Echaban tanto humo con sus puros y cigarros como si tuvieran prendido el comal. Y así las dos y Ricardo con su playerita de rayas: torso elevado, las piernas bien altas, a tiempo las vueltas y el *split*; que no se les descomponga la postura ni se les vaya a caer el penacho, por favor, para que nos contraten en bola. Y luzcan, luzcan el cuerpo y que les brillen los ojos de felicidad, como si se hubieran ganado la lotería y fueran a entregárselo todito todo al tarzán más guapo de la Tierra. Al final me admitieron, también a Perla y a Ricardo. A ver qué nos pedirán a cambio y qué estamos dispuestas a dar.

Habíamos ido a ver algunos números y estuvimos practicando el mambo y el chachachá, que son la nueva sensación; esos también los bailamos en El Burro, no hay modo de no sabérselos, si es una fiebre, el mambo. Ricardo hace algo muy bonito, porque estiliza los pasos que están de moda; así lucimos mucho y hasta tienen un toque de poesía o como le llamen, pero estos eran más difíciles porque hay que darle siempre su lugar a la estrella principal y tantas vueltas tienen su chiste, no es nada más enseñar por enseñar, darles su fiesta a los ojitos cochambrosos de los hombres.

No lo puedo creer: vamos a bailar detrás de Pérez Prado y otros artistas de primer orden, ¡le pediré el autógrafo a Pedrito, si lo traen, ese sí que es guapo! Es muy emocionante. Claro que hasta adelante ponen siempre a las bailarinas cubanas, esas la traen ganada: pinches viejas, con el caderón loco que se cargan no tardan en conseguirse un empresario, montar su propio número y triunfar; sobre todo las rumberas, parece que nacen meneando el chocolate, se les mueve todo como si fueran molinillos. Y por más que les copies los pasos, tienen algo, un sabor especial para bailar que les sale de otra parte, no sé de dónde: cuando lo averigüe, tendré mi propio *show*. Seré solista, una exótica como Tongolele; ella tampoco necesita cantar para traer loco a todo México. Bailaré una danza que represente a una doncella azteca en el sacrificio y así le ofrendaré mi vida al baile, como quien dice, a ver si así se me voltea la suerte. Yo misma he inventado algunos pasos, pero Ricardo se burló de mí el día que se los mostré. Me dijo: se parecen a la danza del venado, deberías de audicionar con Amalia Hernández. La verdad ya se me había ocurrido, pero ahí no hay rumberas que luzcan como en los cabarets. Y Bellas Artes se me hace de mucho caché y hasta medio cursi; nosotros somos pueblo, a fin de cuentas; nos gustan los efectos, el baile sabroso, que se vea la pierna, que se te sacuda todo, que los hombres te quieran llevar a la luna. No cualquier hombre, claro, porque el que yo quisiera nomás no ha aparecido. Perla dice que tratemos de entrar al ballet de Chelo la Rue, esas hasta hacen giras y toda la cosa; como parecen gringas, bien güerotas y muy altas, les llegan unos ramos de rosas enormes al camerino. Y bailan por todo México.

El coreógrafo que nos vio en el Waikikí trabaja en el cine; ya me imagino bailando junto a Ninón o María Antonieta Pons, compartiendo créditos, firmando autógrafos en las premieres con un abrigo blanco de mink. ¡Cuántos sueños! Por lo pronto, que nos admitieran allá fue como entrar a otro mundo. Aunque sentí feo por lo que me dijo el dueño del changarro, pues qué me importa, ¿por qué tenía que decírmelo, pinche viejo con cara de perro meado? Ni que él estuviera muy galán con esos mofletes caídos y el puro apestoso que siempre se le cuelga.

Por ahora Perla y yo somos relleno, nos van a pagar ocho pesos por función. ¡Una fortuna, comparando con lo que nos estaban dando en El Burro! No sé si les pagarán igual a las otras seis que llegaron a la audición y también las escogieron, seguro que a las de adelante les pagarán mejor. No vi que fueran ni mejores ni peores que nosotras, aunque empezaron los codazos y las miradas feas, ¿por qué seremos así las mujeres que luego luego nos caemos mal, aunque no nos conozcamos? Una de ellas, que se llama Gladiola y es muy grandota, me prestó su rímel. Hasta me puse de buenas; en una de esas el ambiente está suave, pensé, no nos andaremos arrebatando el hueso a dentelladas.

Después de la prueba individual de Ricardo con los tarzanes, nos tocó acompañar a una exótica. Yo pensé que sería uno de esos torbellinos cubanos y hasta me ilusionó aprenderle algo. En el escenario todo el mundo corría de aquí para allá, a una se le cayó el penacho y hubo que arreglárselo, una luz se fundió y los músicos nos hacían bromas de lo más coquetos. De repente el coreógrafo nos manda cerrar el pico y viene bajando del camerino principal la exótica. Es una tal Katmandú, «la diosa del Tíbet». La verdad no se me hizo para tanto, parecía una china más de la calle de Dolores. Así que nos pusimos las ocho en posición siguiendo las indicaciones del coreógrafo, hicimos nuestro numerito como rodeándola, abriéndole paso al estilo de quítense que aquí viene la reina; luego ella entró y se quedó sola en la pista. Su vestuario era muy bonito, rojo brillante. La verdad es muy original: ondea el cuerpo cual serpiente, da unos giros y unos relevés y luego parece que casi no se mueve: de repente todo le empieza a temblar y vuelta a ondear la cintura, se convierte de verdad en una culebra venenosa. Al final, como todas ellas, empieza a quitarse la ropa, bueno, los velos que trae encima, pero de una manera muy artística, así muy despacio. Se saca el brasier y le quedan las puras pezoneras con unos flecos verdes muy brillantes. Todos los que estaban ahí la veían como petrificados, con fiebre, sin respirar: estaban a sus pies. Calladitos, calladitos. No se escuchaba más que un clarinete por encima de los tambores, la música era para desmayarse. Al gachupín feo casi se le cae el puro de la impresión. Si en ese momento ella les hubiera dicho que sacaran sus pistolas y se suicidaran, estoy segura de que algunos sí lo hacían.

Quién sabe cómo será la vida de esa Katmandú, seguro está llena de lujos; nomás ver la limosina que se la llevó luego de que hizo su número y las orquídeas púrpura que le mandó su enamorado y protector, nos dijeron, para desearle suerte. Salió del camerino muy bien vestida, con un vestido de guipiur y una estola de chinchilla; la acompaña su asistente, una muy chaparrita que se ve medio marimacha y no la deja sola ni un instante. Luego luego, cuando el empresario y el coreógrafo se le acercaron, esta los miró con cara de gorila. Ni en sueños se me ocurre que pudiera yo vivir así. Al principio me sentí arrobada, como todos los que estábamos ahí, pero luego la odié, la verdad. Me dio una envidia horrible: ¿por qué, por qué me castigas, Diosito, por qué? Quiero que me vean así algún día, hechizados, que mueran por rozarme con la punta de un dedo, y yo, casi desnuda pero inalcanzable como una diosa. Y que no me puedan tocar nunca. Hijos de su madre, yo con mi número de la doncella azteca los mandaré a todos al inframundo, van a ver. Un día, un día…

Nuestra vida no es nada glamorosa, pero por lo menos no tenemos que fichar, eso ya es para las desesperadas que por más clases que toman no entran a ninguna compañía y ningún coreógrafo las quiere en sus números, son las que entran al Waikikí primero que nadie para conseguir cena. Y a lo mejor les gusta lo otro, así de pirujas serán. Bueno, seguro algunas de la compañía se ponen a fichar, así son. La verdad, me chocan, me chocaron todas, incluida la tal Katmandú, pues qué tanto le verán. Ya ni la tal Gladiola, que al final no fue ni para despedirse, seguro no pudo soportar ver mi flexibilidad. Excepto Perla, que ha sido buena conmigo y me presentó a su majestad el baile, pues yo sin hacer mis rutinas diarias, me muero.

A Perla le debo la vida. Desde que nos conocimos en la academia de la maestra Shirley Vázquez me dijo que tenía talento, aunque estuviera flaca; lo de flaca se compone, lo torpe ni con tres kilos de tortillas se te quita, me dijo. Y me enseñó a arreglar los corpiños para rellenar las chichis. Yo estaba muy escuincla; todavía trabajaba de sirvienta en la casa de la señora Alfonsina, allá por la Ribera de San Cosme. Cuando me corrieron, fue Perla quien me metió al coro de El Burro por cinco pesos cada función, y es que yo no quería fichar, nomás bailar. Los tipos me dan repelús: luego luego te empiezan a meter mano y a toquetearte, hasta pierden el paso los muy tarugos. ¡Mangos!, yo con uno de esos ni que estuviera desesperada. Les suelto un buen pisotón con el tacón de aguja. Bien dado en el empeine, les duele hasta el alma. Una cosa es que te admiren los hombres, otra que te agarren y te pellizquen como si fueras un bolillo para quitarte el migajón.

Nunca me volverá a pasar eso tan espantoso que viví de chica, sería capaz de matar a quien lo intentara; se me hace que se me ve en los ojos, pues nomás se acercan con intención de toquetearme me imagino asesinándolos. Según Perla, los miro como si los quisiera convertir en piedras, pues la verdad sí me gustaría. Por lo pronto se dan la vuelta, algunos no se han quedado con las ganas y por la fuerza ha tenido que ser, como tantas cosas. O por gusto, con alguno que otro, porque los guapos que hablan bonito me dan debilidad, con sus brazos fuertes y su cinturita. Esos son los peores, ya lo sé. A mí Dios me castigó desde muy chica, no sé por qué, yo no hice nada. Nadie me querrá como es debido, seré la burla eterna de las otras mujeres, las que sí se casan. Igual se ha de haber apiadado de mí, me trajo el baile y ya con eso se me olvidan los rencores.

Pensando en la marimacha que acompaña a la Katmandú, cuando empezamos a salir a los cabarets, Perla creyó que yo era tortillera y hasta se ponía bien distante, como si la fuera a infectar de mi tortillez o algo peor. Un día me di cuenta y casi me ahogo de la risa. Cómo eres zonza, le dije, a mí me gustan los galanes; pero los que van al Barbazul o al Burro diatiro están espantosos. Y luego se inundan el copete de grasa y el olor de la Glostora me marea. No, Perla, le digo, tú tráeme uno al estilo de Jorge Negrete, de Antonio Badú y que sea decente y no se quiera aprovechar de una muchacha pobre y trabajadora, y ahí sí me tiemblan las piernitas, como cuando el mambo se pone tan sabroso que se nos olvida el nombre. A los demás les echo mi mirada asesina, igualita a la gorila de Katmandú.

Perla me dice que en el Waikikí nos conseguiremos unos galanes de caché: puros gringos con mucho dinero y ropa elegante, magnates muy finos. A lo mejor uno de esos te lleva al altar, me dice. Yo no creo que nadie, luego de conocer mi historia, me aceptará, y las cosas tarde o temprano se saben, a Ninón Sevilla le pasa a cada rato en las películas: se casa con el galán y todo, pero él se entera de su pasado o peor, llega el padrote, muy ardido, a contárselo. Y yo quiero ser una diosa del cabaret y ver a los hombres postrados ante mi talento; para eso el matrimonio nomás estorba. Además, me gusta mi vida en esta vecindad con Perla, Antonieta y Ricardo. Nos cuidamos y nos acompañamos; los cuatro nos dedicamos al arte, nos defendemos cuando la gente se pasa de la raya. Aquí en nuestro departamento suspiramos por el amor, pero no sé si así estamos mejor que con un esposo y los chamacos: la gente se pierde el amor y la paciencia.

A lo mejor algún día le confiaré a Perla lo que me pasó, por mientras me hago guaje. El baile es mi novio, mi esposo y mi amante, eso les digo a todos. Pero Perla sí tiene sus ilusiones: dice que, si se encuentra un político guapo, hará que se enamore de ella y le ponga casa; aunque sea casa chica, no le importa. Yo no pienso en eso, ¡me hace una ilusión bailar en el lugar que conoce todo México y encontrarme a todas las estrellas! ¡Imagínate: Pérez Prado, la mismísima Tongolele, Celia Cruz, Toña la Negra! Y en el centro de la marquesina: Esmeralda y su portentosa danza de la pirámide, o sea yo. Ay, sí.

Cuántos sueños, pompas de colores, como decía la canción esa viejita, que tanto le gustaba a la señora Alfonsina. Anteanoche, en El Burro, Antonieta se dio un trancazo horrible cuando bajó por la resbaladilla de madera; pinche resbaladilla, ya me tiene harta. Tenemos que bajar por ahí, por la lengua del burro, para que nos dé nuestra lamidita, dicen. Puercos asquerosos. Y sonreír, sonreír, siempre sonreír. La pobre Antonieta estaba amoladísima, se le hizo un moretón gigante. Les pedimos vinagre en la cocina y se lo untó luego luego, pero ni así se le quitó. Y en la noche le pusimos hielo. Ya está mejor, menos mal. No como el día que entramos; una alimaña de pelos teñidos nos puso unas chinches en el piso para que nos equivocáramos. Por poquito se me entierra una cuando nos acostamos a hacerla de sirenas en una coreografía medio penosa, pero la vi a tiempo. Averigüé quién era la alimaña y al día siguiente le metí cinco en el zapato. Así es este medio, ni modo: si no te defiendes es peor.

Me levanté bien tarde, porque la tanda en El Burro acabó como a la una y nos tuvimos que quedar. Si no llegaban Andrés Huesca y sus Costeños con sus camisas de manga de holán, teníamos que presentar el número otra vez y aguantar a los tipos cada vez más borrachos. Esto fue luego de que Ricardo nos dijo que estábamos admitidas en el Waikikí. Estuvimos esperando, bebiendo en los camerinos y celebrando y, claro, se me subió. Eso sí, me dijo que me encontraron muy flaca. Antonieta estaba de lo más emocionada, hasta quería comprar, de camino a casa, un pastel en El Globo, pero a esas horas todo está cerrado. Para que empieces a engordar desde ahorita, dijo. A ella la comida le encanta. Me prometió hacerme engordar con sopes y memelas: me dará de comer lo más que pueda para que esté llenita y me vea como Mangolele. Bueno, eso está difícil, aunque me podría despintar un mechón blanco, como ella…

A la pobre le seguía doliendo el moretón y nada más se sobaba; le preguntamos por qué no quiso audicionar en el Waikikí, nos contestó que esos lugares la ponen nerviosa. «Yo prefiero el barrio y la bohemia», decía. Le gusta uno de esos escritores que se sientan a veces en las mesas del centro del cabaret y se beben la quincena; hasta la he visto platicando con él varias veces. Le he preguntado qué le va a traer de bueno uno de esos muertos de hambre; jura que le susurra versos cuando bailan. ¡Hasta baila con los clientes, ni que fuera fichera! Ay, Antonieta; si no fuera tan buena gente, no sé qué pensaría de ella. Le prometí que la ayudaría a remendar su vestuario, pues con el golpazo se le cayó el aplique de lentejuelas. Ahora mismo está cocinando chilaquiles y cantando «Vudú». Seguro le quedarán para chuparse los dedos, pronto nos pedirá que pongamos la mesa ¡y a comer!

Me tengo que apurar porque el reloj corre, luego tienes treinta años y ya se acabó el encanto, no es tan fácil y te cansas. Tienes que comer más, me decía Ricardo a cada rato, no tienes chichis; yo trataré de que te escojan, pero a lo mejor te mandan al fondo de la fila. Y sí, pues eso hicieron. ¿Pero cuánto quiere que comamos con el sueldo de El Burro? De a tiro no entiende… Y eso que Antonieta nos da arroz y tortillas como si fuéramos animalitos, yo no puedo comer tanto. Y ella tampoco, se la pasa tomando yodo Nait para adelgazar, lo bueno es que todo se le va a las posaderas, ya quisiera esa suerte. El Burro será muy bohemio y lo que quieran, pero no es lo mismo, ahí va ahora sí que cualquiera y si te descuidas siempre hay un baboso restregándote su cosa a la mitad del baile.

Escribo esto muy rápido, ya nos tenemos que preparar para El Burro: será nuestra última noche. Gracias, Virgencita, por esta oportunidad; ya quedamos que el domingo nos vamos a la Villa a agradecer que bailaremos en el Waikikí. ¡No lo puedo creer! Me esforzaré mucho por hacerme notar desde el fondo del escenario, y aunque el dueño diga que no soy ningún mango… va a ver.

Una cosa antes de cerrar mi cuaderno: se me hizo feo el Waikikí de día, aunque me impresionó lo grande que es. Todos los cabarets son feos a la luz del sol, la pintura de la hawaiana, las palmeras y las canoas, el podio donde se pone la orquesta y las mesas astilladas sin sus lamparitas no lucen cuando las ves así nada más. Esa fue una desilusión, pero ya sé que en la noche será maravilloso, pura magia. Me darán muchas ganas de irme a ese mar tan azul de la pared. Ya nos llamó Antonieta; a esconder mi cuaderno de las penas y a remendar el traje de ave del paraíso para el *show* de El Burro hoy en la noche: no sé quién fue, pero alguna piruja envidiosa me lo rasgó y se le cayeron unas plumas al tocado. En cuanto sepa quién fue, le untaré el brasier de chapopote, ya verá.

3

Es una mañana calurosa y en la pensión de las señoritas Lumière al aire no le da la gana circular. El sol que inunda la recámara termina por incomodar a Esther, que estaba haciendo cuentas en su vieja libreta. El sonido del timbre la desconcierta.

—Yo voy, tú estás ocupada, querida —se anticipa Luisa, la más ágil de las dos, y sale presurosa del cuarto.

Esther piensa que se trata del cartero, le debe una propina. Las señoritas Lumière disfrutan haciendo pequeños desembolsos a quienes consideran merecedores de su caridad: casi siempre buenos cristianos. Y para detectarlos, no hay mejor olfato que el suyo. Nunca les ha fallado a la hora de escoger a los muchachos que rentan sus impecables cuartos. Luisa y Esther suelen coincidir en sus juicios, y no solo en lo que respecta a cristianos, sino en todo. Sus opiniones, actitudes, e incluso sus experiencias son de una similitud asombrosa, por eso viven juntas. La gente dice que se parecen mucho y las apodan «las gemelitas». Ellas no reniegan cuando alguien les pregunta si son hermanas. Una se pone nerviosa y la otra mejor zanja con un «somos primas lejanas».

Esther levanta la vista de sus cuentas.

—Querida, te presento al joven Mario; lo recomendó don Pedro, el plomero —le anuncia Luisa—. Está buscando dónde quedarse, viene de Yuxtle y antes pasó por la Casa del Estudiante, aquí a unas cuadras.

Esther escudriña a Mario de pies a cabeza con el ceño fruncido. Lleva la ropa un tanto arrugada, pero se ve limpio y nervioso.

El color claro e indefinible de sus ojos y su expresión tímida le bajan la guardia. En cuanto descubre el escapulario que trae en el cuello, le tiende la mano muy cortés y se permite sonreír.

—¡Qué bueno que viniste aquí! En la Casa del Estudiante pasan toda clase de horrores; hemos sabido de robos y hasta cosas infames. No, no.

Esther se levanta del asiento, deja el lápiz y el cuaderno para colocarse los lentes:

—Se nota que tú eres otra clase de muchacho, necesitas un lugar mejor.

Mario, que ha estado conteniendo la respiración, suelta el aire sintiéndose más despreocupado, lleva días sin saborear la calma:

—Gracias, su casa es muy bonita.

Luisa se adelanta a Esther:

—Es un lugar sencillo, pero eso sí, respetuoso. Aquí se comparte el baño, puedes verlo, está limpio. No hay lujos, somos una casa de huéspedes con un ambiente sano.

—Y cristiano —interviene Esther poniéndose de pie.

—Así es, sobre todo, cristiano —enfatiza Luisa.

—¿Está bendito? —Esther estudia a Mario como si fuera un cuadro.

—¿Disculpe? —pregunta él.

—Tu escapulario.

—Sí, señora.

—Ya lo decía yo, y somos señoritas —aclara muy sonriente y orgullosa—. ¿Te explicó Luisa lo del desayuno? Solamente podemos ofrecerles pan dulce y café; si quieres almorzar algo más, corre por tu cuenta. Se paga los dos primeros días de cada mes, sin excepciones. Ahora tenemos tres cuartos disponibles, ¿ya los viste?

—Sí, querida, ya le mostré todo. Todo.

Luisa alarga las sílabas de esta última palabra; a veces ella tiene que ser enfática, pues a su juicio, Esther la trata con la misma desconfianza que a los estudiantes. Y solo porque Luisa es tres años más joven.

—¿Le hablaste de las reglas? —pregunta Esther.

Mario no necesita conocerlas. Desde el momento mismo de entrar supo que en aquella casa nadie da portazos, ni sube o baja las escaleras corriendo, ni tira migajas, ni deja encendida la luz del baño. El orden y la limpieza saltan a simple vista, como en su propia casa, allá en Yuxtle.

—Ya me dio el dinero, pagó dos meses por adelantado; quería el cuarto más chico, pero mejor le di el de la Virgen.

Luisa le tiende los billetes y a Esther se le iluminan los ojos.

—¡Muy buena idea! Con Ella ahí estarás muy protegido y bien acompañado. Ese cuadro de la Virgen de Zapopan está bendito.

Esther toma asiento para dar por terminada la conversación. Anota en sus cuentas la cantidad, contenta de recibir a un cliente nuevo con tan buena disposición a pagar y se persigna, agradecida. Mario y Luisa salen de la recámara. Él todavía carga el veliz y su morral, pero una suave sensación de alivio lo invade.

Al fin se queda solo en su cuarto y se echa sobre la cama. Tiene la espalda adolorida por el rigor de la banca donde pasó la noche y el cuello hecho nudos. Hay un espejo atrás de la puerta, una mesita con dos cajones y un viejo ropero. Las paredes están agrictadas y percibe un ligero olor a madera y humedad. El cuadro de la Virgen de Zapopan resalta, imponente, con su marco dorado; sus ojos protectores parecen apiadarse de su cansancio. Un enorme reloj despertador sobre una carpeta tejida en gancho le recuerda su carrera contra el tiempo. Mario le da cuerda para que suene en tres horas.

«Se busca joven. No más de veinticinco años, culto, con buena presentación, capaz de todo trabajo intelectual o físico para atender a dama acomodada», dice el periódico del día anterior que encontró en el pasillo, y de inmediato arranca la hoja. Se pregunta si cumple con los requisitos. Duda si su atuendo es adecuado para ir a Tabasco 123 de la colonia Roma, donde los candidatos deben presentarse estrictamente de cinco a siete. No le preocupan los pantalones, pero sus dos camisas decentes ya necesitan unos cuantos remiendos. Aquel anuncio es el más conveniente para él, pues no tiene experiencia, solo de ayudante en la tienda de abarrotes, y los pocos días que trabajó de telegrafista allá en Yuxtle. Aun así don Carmelo lo regañaba por lento, por pesar siempre mal la lejía y dar de más a los clientes. Lo mejor será servirle a aquella dama.

Mario quisiera saber qué significa eso de trabajo intelectual, quizá es una señorita quedada y muy sola, con ganas de que alguien le lea en las tardes, o a lo mejor busca un compañero para jugar a las damas chinas. Con suerte será un trabajo de mozo. Se mira en el espejo y, decidido, se persigna ante la Virgen de Zapopan antes de salir. De pronto le parece que la Virgen le guiña un ojo. Sigo cansado, se dice. Sale presuroso, quiere preguntarle a la señorita Luisa cómo llegar, falta una hora y media para las siete.

La encuentra barriendo la banqueta con una escoba de ramas en el tenue resplandor del atardecer. Ha dejado una taza de té muy sentada sobre un banquito de madera y entre sorbo y sorbo le cuenta los pormenores del día. A Mario le da vergüenza decirle que lleva mucha prisa. Lo sorprende que la señorita se sepa los horarios de los estudiantes como si se tratara de sus propios hijos, y parece tener hilos de comunicación secreta con la gente. Por fin, cuando ella hace una pausa, él se apresura a preguntarle por la dirección y le da las mejores coordenadas. Antes de irse, Mario se detiene:

—¿Usted cree que tengo buena presentación? Voy a ver lo de un trabajo.

Luisa deja la escoba y lo estudia con detenimiento:

—Claro que sí. Ven acá, déjame acomodarte el cuello.

Mario se pone un poco rígido, se aferra a la hoja de periódico como si se tratara de un entero de lotería ganador. Su expresión inocente provoca ternura. Luisa, muy decidida, se acerca y por los remaches en la costura sabe que aquel chico de ojitos tristes está desesperado. No se equivocó al aceptarlo, aunque él le confesara que no era un estudiante en cuanto entró aquella mañana, la decencia es una de esas cualidades que saltan a simple vista. Además, la mayoría de los muchachos de su edad son todavía maleables cuando vienen de buenas familias.

—Te ves un poco pálido, ¿ya comiste?

—No, cuando salga de la cita veré qué encuentro.

—Nadie puede caminar, subirse a un tranvía y dar la mejor impresión sin alimento.

Ella deja la escoba, lo toma del brazo y lo conduce a la cocina. Mario se sienta a la mesa, sin saber qué decir. Un ejemplar del *Jueves de Excélsior* está abierto en la página de la nota roja; la señorita Luisa lo quita rápidamente, como si se tratara de un gusto culpable. El aroma a comida lo ancla al asiento. Si a la señorita Luisa se le ocurre cobrarle, y si tarda más de diez días en encontrar un trabajo, tendrá que mendigar, pues el dinero le alcanza justo para malcomer durante ese tiempo. Mientras devora las costillas en salsa verde se figura que su madre estará encantada con el recato de la casa, la limpieza y sus anfitrionas.

—No tienes que pagar nada —aclara Luisa—. Y ahora vete ya, se hace tarde.

A él le da tanto gusto escuchar aquello que le da un cálido beso de despedida. Luisa, que no acostumbra tanta efusividad, se pone colorada.

Mario camina con pasos firmes siguiendo las indicaciones, ligero y emocionado, pues nunca ha tomado un tranvía. Dobla en la primera cuadra a la izquierda, donde hay una tienda de uniformes y útiles escolares; desde la calle observa al dueño, calvo y narizón, acomodando pantalones, trepado en el mostrador de madera. Será su vecino. Más adelante, el sastre baja la cortina donde se lee «trajes a la medida, pantalones, vestidos, zurcido de medias», el hombre todavía lleva una cinta métrica colgándo del cuello. Los edificios huelen a ladrillos asoleados y la banqueta comienza a enfriarse.

Continúa su camino poniendo atención, contando las calles, recordando las indicaciones. Hay mucha gente, como en los sábados de mercado allá en su pueblo. Pero aquí, en la ciudad, a todas horas pasan las señoras llevando canastos y bolsas de mandado; gente que va a lugares fijos, con dirección concreta. Y ahora él será uno de ellos conforme sus pies se vayan acostumbrando a la dureza del asfalto, a los olores mezclados, a los ruidos de marchantes, los cláxones, las avenidas de doble sentido que le asusta cruzar. Hombres de traje y sombrero, mozos y señoritas muy bien arregladas se mezclan entre el barullo y lo invitan a formar parte de ese avispero.

El chofer del tranvía le indica su bajada, pero antes de poner un pie en la calle ya se ha arrancado y Mario tropieza. Unos chicos que no pagaron la entrada e iban de mosca en la parte trasera se burlan de él. Mario piensa que es buena idea ahorrarse los centavos de regreso y viajar así. Luego se imagina cayéndose y siendo apachurrado por uno de esos Ford de grandes hocicos. Algunos edificios se le van encima de tan altos. Se acerca a un kiosco de periódicos que ya está cerrando y pregunta por la calle Tabasco.

Cuando llama a la puerta tiene la respiración agitada. Calma, respira, se dice. De haber tenido dinero le habría comprado al merolico de la plaza grandota ese frasco de «Nerviolina», hierbas mágicas para combatir las ansiedades y llamar al sueño profundo. Diez gotas bastaban, media hora antes de irse a la cama. O de perdida habría pagado por esos polvos de víbora del desierto con tal de sentirse fuerte, vigoroso y con el ánimo en alto. Ya pronto, Mario, ya pronto, se consuela. Con suerte jugarás a las damas chinas o contestarás el teléfono. Pero las manos le tiemblan. La última vez que llamó a una puerta la esposa de su tío Lucio le clavó las uñas en los cachetes.

La puerta se abre y aparece una mujer muy rechoncha con amapolas de terciopelo rosa prendidas del cabello. Mario da las buenas tardes, le dice que está ahí por el anuncio. Ella lo coge de la mano sin corresponder a su sonrisa y ambos caminan por un corredor cuyas paredes están forradas de rojo escarlata. Entran a una pequeña habitación en penumbra con florones de yeso en las esquinas y en el centro del techo, como de casa embrujada, piensa él; solo hay un diván y un escritorio con unos instrumentos extraños y alargados de madera en forma de pepinos, todos de diferentes tamaños. La mujer parece acalorada y se le acerca con paso sugerente y danzarín. Mario se fija en sus zapatos, de tacón mediano y muy justos, pues un bulto de carne se le forma en el empeine. Esto le recuerda los chorizos rosados y recién hechos de la tienda de don Carmelo.

—A ver, quítate la ropa.

Mario no sabe contestar.

—Bueno, quítate los pantalones para verte bien. Hace rato vino otro; tenía una cosita triste, mejor le dije que se fuera. Eso no me servirá ni para cosquillas, ya me conozco.

—¿Perdón?

—Que te quites los pantalones. ¡Lupita! ¡Lupe! Ven a ver, yo ya no puedo decidir de tantos que han venido.

La mujer se asoma al pasillo y se dirige a Mario, apática:

—Vamos a ver si sirves. De una vez te lo digo, me harto muy rápido. ¡Ah! Y aquí es de entrada por salida.

Él se queda helado, sin entender nada. La mujer se le acerca y le desabotona la camisa con ansiedad.

—Ándale, que no tengo todo el día. Mi esposo llega a las ocho y media.

De pronto se le desprenden las amapolas de terciopelo y se agacha para buscarlas, dejando a la vista sus inmensas asentaderas.

—Detesto que se me pierdan las cosas. ¡No lo soporto! ¡Lupe! ¿Y por qué te quedas ahí todo pazguato? ¿Necesitas ayuda?

—No.

—¿Y como cuánto tiempo aguantas? Tampoco pago por chispazos. ¡Ándale! No me hagas perder la paciencia.

Mario se vuelve a abotonar y traga saliva. A lo mejor es una costurera y se equivocó de dirección. La señora se acerca con movimientos felinos, sensuales; ahora tiene tan cerca su boca, pintada de un rojo vivo, que puede oler la cebolla y el ajo del guisado que se comió. Mario retrocede y en un instante ella lo alcanza, le baja la bragueta. Sin ninguna clase de reparo lo toca y él le suelta un manazo instintivo.

—Me salió otro tarugo. ¡Ya sabes dónde está la puerta!

Mario huye corriendo de aquella casa y en el pasillo escarlata casi choca contra la que debe de ser Lupe, una muchachita de unos quince años y ojos asustados. Cuando cierra la puerta tras él alcanza a escuchar su nombre una vez más. Se sube el cierre y se acomoda el sombrero, todavía tembloroso, otra vez sin saber a dónde ir. Se siente avergonzado, lleno de rabia y perdido. Quiere alejarse, pero la cara abotagada de aquella señora no se le sale de la cabeza. Toma una calle amplia pensando en que, si él ha cometido un gran pecado, los de aquella gorda deben de ser mortales.

Sigue caminando, ya no le importa el rumbo. Las casas se alzan indiferentes y enormes; sus amplios ventanales lo miran llenos de desprecio. Mario trae la cara encendida, el cuello le suda. Cruza una avenida muy ancha donde los autos corren hacia todas partes. ¡Pendejo! le gritan, pero él sigue de frente, aunque le duelan los pies. No quiere quitarse el sombrero a pesar de que ya es de noche, necesita desaparecer, volverse transparente. La mayoría de las tiendas están cerradas y las luces de neón lo hacen sentirse en el infierno. Los edificios son altos, macizos; le recuerdan al ayuntamiento de Yuxtle, parecen cajones con agujeros. Algunos, más antiguos, tienen adornos en la fachada: flores o plantas y unas curvas raras que de pronto se trenzan o hacen figuras a capricho. Hay otros que lucen caras de angelitos cachetones y sonrientes sobre las ventanas. Unos pocos tienen balcones que de seguro le gustarían a su madre. La mayoría se coronan, en lo más alto, con unas enormes estructuras de metal anunciando la cerveza Corona y los cigarros Rialtos, que «no irritan su garganta»; Old Grand Dad Bourbon Whiskey, Seguros Atlas, Victory Tours, Carta Blanca, se engalanan en las cúspides y, al ras de caminata, esa rarísima comida que ofrecen los restaurantes: *Boston eggs, ham waffles, ice cream and sundaes, pork and beans* o *chili beans*. Los pochismos prostituyen el hermoso idioma de Cervantes, había dicho la señorita Esther, ya los verás en las calles entorpeciendo las campañas alfabetizadoras, ahora nadie querrá aprender el francés y me quedaré sin las cinco alumnas que tengo los jueves. Pero en esta inmensa ciudad seguro no falta la niña popoff con ganas de afrancesarse, pues es de más caché. Encima del borroso runrún alguien grita desde un piso lejano, quizá el sexto. Mejor acelerar el paso.

Llega a otra avenida muy ancha, aquí los árboles grandes le dan cobijo. Es temible el hervidero de personas a esta hora: todos se apresuran mirando solo al frente, muy serios; a veces se precipitan unos contra otros en desorden, la mayoría con la seguridad que otorga la dichosa posesión de un empleo. Y una vida encauzada. Entonces Mario observa la figura gordinflona y altanera de un hombre abriéndose el paso sin miramientos, fumándose un puro tan gordo como uno de sus dedos. Le parece conocido: ¿será el tío Lucio ese que camina rápido?

Decide seguirlo de cerca hasta donde hay una fila de pachucos con sus anchísimos pantalones para comprobar que se trata de su tío, ¿a dónde irá con esa prisa? El gordinflón escapa a su mirada y se escabulle entre los pachucos formados. A lo mejor no es. Mario disminuye el paso y distingue del otro lado de la acera un letrero que dice EXCÉLSIOR. De aquel edificio salen hombres de traje y corbata, cargando maletines, es el nombre del periódico que encontró horas antes en la casa de huéspedes. Choca con un tipo de copete muy engrasado:

—¡Fíjate por dónde vas, idiota!

Con eso basta. Mario cierra los puños y le suelta un golpe en la cara. Aparece otro que lo trata de separar y también recibe una lluvia de puñetazos y patadas. En esas está cuando escucha claramente su nombre y apellido. La voz sale de una puerta, es tal su sorpresa que contesta muy envalentonado:

—¡Soy yo!

Ha dejado a los dos hombres en el suelo y está dispuesto a romperle los dientes a cualquiera, no importa si lo conoce o no.

—Llegas tarde —le dice la misma persona que lo llamó por su nombre.

—¡Ese se quiere colar! —otra voz desconcentra a Mario, quien siente los ojos de cinco tipos que lo miran furiosos desde la fila.

—Entra ya, no tengo todo el día —le indica un joven moreno, muy fornido y con pelo de cepillo desde el quicio de la puerta.

Mario, todavía agitado, siente curiosidad. No reconoce la cara del que lo llamó. Trata de hacer memoria, pero fuera de su tío Lucio y las señoritas de la pensión, no conoce a nadie. Los dos golpeados se están incorporando, así que mejor se apresura a entrar a donde le indican.

—Sí que te los sonaste. —El joven suelta una carcajada, parece orgulloso de él—. Ya veo por qué te recomendó el Tuercas, bien dicen que la cáscara guarda el palo, y tú eres de buena madera... Espera aquí, ahorita viene don José.

Mario no entiende nada de lo que está pasando, pero le parece mejor quedarse callado y esperar a que la turba de afuera se disperse, ya habrá tiempo de pedir disculpas o ver por dónde escapar. Uno, dos, tres, cuatro, escucha. Y de pronto el sonido de una música suave. Se atreve a dar dos pasos al frente. Las trompetas lo hacen vibrar. La música acaba de golpe.

—¡Otra vez entraron tarde! ¡A repetir! Uno, dos, tres, cuatro, —Y la melodía vuelve a empezar. Mario se atreve a descorrer la cortina negra y frente a él se descubre un gran escenario iluminado por luces de colores que apuntan a una pequeña orquesta. Cuatro hombres se afanan en acomodar las sillas patas arriba sobre las muchas mesas dispuestas alrededor. Otros dos barren el suelo. Suena un acorde; luego una cadena de acordes va subiendo de tono hasta que entran las trompetas de nuevo. Sale un grupo de bailarinas mostrando las piernas desnudas, todas con tacones altos y el mismo vestido de lentejuelas chispeantes y olanes vaporosos, moviendo los brazos dulcemente por encima de sus penachos de frutas, como en un sueño. La música calla. Después del breve silencio los tambores comienzan a sonar cada vez más rápidos y fuertes. Mario levanta la vista cuando el tono sube, como si siguiera el movimiento de la música; al llegar al punto más alto, sus ojos alcanzan un rincón del techo de donde comienzan a bajar las letras anchas, doradas y verdes que dicen WAIKIKÍ. Las notas bajas, al final de la escala, provocan el movimiento sutil de las bailarinas. El tono vuelve a subir, Mario cierra los ojos y algo explota en su pecho. El ritmo arrecia. Ahora todas mueven la cadera más rápido, agitando los brazos al mismo compás y dejando espacio al centro, donde aparece la más curvilínea de todas, la del penacho más grande, con plumas rojas y piedras brillantes, tacones altísimos, piel del color de las perlas y ojos rasgados. Solo los tambores suenan, confundiéndose con los latidos de su corazón.

De pronto lo jalan del hombro.

—Ensayo final —le dicen.

Es un hombre muy elegante de traje gris y camisa blanca que le da un apretón de manos y, mientras camina, comienza a explicarle los horarios, las situaciones comprometedoras que pueden presentarse en un trabajo como aquel. Tiene un acento de gachupín.

—¿Conque tú eres el que se sonó a dos candidatos? Me dijo Chuy —se ríe don José—, esa fue tu mejor prueba. Son seis encargados de la puerta, se nos fue el último, le quebraron la nariz entre dos borrachos, no aguantó, tú te ves más macizo. El mundo nocturno es de machos y fuertes; pero, sobre todo, de inteligentes. Si eres listo, sabrás prevenir las peleas. Hay que saber a quién dejar entrar y a quién no, ya te irán explicando los otros. No hay hora de salida, la entrada es a las seis.

Mario no puede creer su suerte. Cuando le preguntan si es recomendado del Tuercas, aprovecha la confusión y dice que sí.

—¿Te apellidas Fernández?

—No —aclara—, Hernández.

—Mañana empiezas, los sábados son los días más pesados.

Por último, le suelta una frase mágica que lo llena de entusiasmo:

—Aquí pagamos trescientos pesos al mes.

Don José se va a paso rápido, encendiendo un cigarrillo.

—¡Hasta mañana! —es lo único que se le ocurre decirle, y la mano adornada con un reloj de oro se alza a manera de despedida. Mario se queda en la penumbra, atónito. No puede creerlo. Busca la salida. Mientras, la música sigue elevándose a ratos, preparándose para el espectáculo. Siente la tentación de volver y mirar esas piernas blanquísimas, esos ojos de almendra que dominan el lugar. A la salida se topa con el mismo joven risueño que lo dejó entrar y se presentó como Chuy; este saca la cartera y le tiende un billete de cincuenta pesos:

—Para que te compres un traje. Negro.

Incrédulo, Mario le agradece. Los tipos ya se fueron y en su lugar hay una fila de mujeres muy arregladas. Una de ellas le guiña un ojo y le dice a su compañera:

—Mira lo que nos trajeron de cenar.

Mario se sonroja y camina. Aquella ciudad pecadora le ha tendido una mano.

4

No pensé que sería tan difícil, en el Waikikí deveras todos son muy profesionales. Hacemos nuestra aparición con la orquesta y luego acompañamos a la china, ya cerca de la una de la mañana: es uno de los números principales y todos lo esperan porque al final casi casi se encuera. Hay gente que llega a esta hora para verla solo a ella. Bueno, también a otra gringa que viene a hacer un *striptease* muy fino, a ritmo de jazz: cuando se le cae el brasier, se apaga la luz. Yo me he fijado que trae tapado el pezón porque los meseros son unos calientes, aunque pierden la chamba si se pasan. Igual hay algunos bien simpáticos, como ese Clavelito que le encanta lucirse y bailar con las muchachas, tiene mucho estilo. Pero la verdad, me caen mejor los bongoseros cubanos que nos hacen bromas: ¿y qué no harán con esas manotas? Uy, cuidado…

Es complicado este ambiente, la verdad: no como en El Burro, pero igual por todos lados la gente te roza; las estrellas traen a sus chalanes que las cuidan, una se tiene que defender sola. Nosotras siempre vamos juntas, con Ricardo, por si las moscas. Eso sí, a la hora de los bailes y los números, se olvidan los melindres: te llena la música, tantos bailarines, músicos y actores corriendo por los camerinos. Y un trago o una fumadita para animarte cuando lo necesitas; ya sean los representantes y hasta los meseros, nunca falta alguien que te convide o te venda algo para entonarte. Yo la verdad no necesito nada de eso; en cuanto empieza a sonar la música me olvido de las penas y se me sube todita la emoción. Cuando el Son Clave de Oro toca el «Chacumbele», y la gente invade la pista para bailar, nos sentimos trasladados a la playa con esas palmeritas que están pintadas en la pared, ¡cuánto sabor! Nunca he estado en el mar, pero debe ser así, al menos igual de caluroso y con sol de verdad. Y desde luego es mejor que en El Burro: aquí tenemos nuestros camerinos muy grandes y bonitos, llenos de vestuarios; no nos toca uno individual como a las estrellas, claro, pero son más amplios, aunque aun así chocamos y nos tropezamos a veces unas con otras, como la Gladiola que se la pasa empujando a la gente porque siempre anda medio mareada y entra tarde.

La Katmandú se siente una diosa de los vientos, con todos es amable y simpática, pero distante, y conmigo es una majadera, no sé por qué. El otro día me dijo Perla que a ella no le gusta cómo bailo porque no soy delicada, que soy muy arisca, dice, pero no es mi asunto; Pepín Pastor me aceptó y ha sido el coreógrafo de El Patio y de varias películas, según me contaron. Hasta a los ocho *boys* se les va el paso cuando salen con sus incensarios porque están medio pesados, pero a mí todo me sale exacto, yo creo que él aprecia eso. Lo que pasa es que mi estilo es especial, algún día lo podrán ver.

La china no quiere que yo esté en la segunda fila e insiste en que me vaya atrás, me agarró tirria, incluso preguntó por qué me habían contratado. Ya estoy hasta el copete de ser relegada todo el tiempo, con las sin chiste como la Gladiola. En cambio, Tongolele, el día que vino con su esposo a ver el *show* y tomar una copa, se portó bien suave con nosotras; aplaudió mucho, después pasó a saludarnos y nos dio nuestro autógrafo: esa sí es una dama, nos contó de cuando actuaba en el Club Verde, el último rincón de la plaza de las Vizcaínas, antes de que ganara en el Follies ¡ciento veinticinco pesotes diario! Yo creo que nunca veré ese dinero junto.

Katmandú sale del escenario y la gorila esa que la cuida, la Márgara, que le dicen, le abre paso a empujones. Un día que me ven las dos y gritan: ¡un esqueleto, qué susto! Y se murieron de la risa. Otro, la Katmandú me dio un empujón que casi me tira al terminar el número y la enana me colgó su velo en la cabeza, como si yo fuera un perchero. Las otras nomás se rieron. Me salió un moretón verde en el hombro y me lo tuve que tapar con maquillaje. Si protesto me dicen que aguante las bromas, que ella es así, pero es que no soporto cuando me mira con sus ojos chinos todos delineados de verde y me dice: ay, flaquita, no aguantas nada, fue sin querer. Seré muy seria yo, pero siento que la trae conmigo. Quizá me doy muchos aires porque está siempre muy ocupada con tantos señores importantes que quieren entrar a su camerino para felicitarla; hasta políticos hemos visto que llegan con su ramo de rosas, pero no a todos los deja entrar, es muy selectiva. A los que se ven de medio pelo, la Márgara les ladra que dejen sus florecitas y ella le transmite el mensaje.

¿Cómo será su vida? Dicen que vive en una casa de Polanco que le pusieron sus amantes a todo lujo, ¿no tendrá que regar plantas y sacudir ceniceros de cristal cortado? O de perdida darle de comer a su zoológico de fieras, Ricardo me contó que tiene un leopardo de mascota. Yo mejor me distraigo con el *show* de las gringas que llegan de El Patio, estuve platicando con una pocha que venía de California y me enseñó unos pasos bien suaves de *boogie woogie* de los que bailan los pachucos por allá. En El Patio les va todavía mejor que a nosotras, es más fino. Me contó que se van de gira por toda la frontera, desde Tijuana hasta Matamoros, ya me imagino el ambientazo con ellas. Ahí sí que Perla se encontraría su magnate gringo: le pondría una casa, coche y televisión nuevecita.

Pues mucho glamour, pero yo tengo que soportar las bromitas de la Katmandú y su enana. La semana pasada decidí que se la iba a devolver: siempre le traen su pócima de té de quién sabe qué con jugo de piña y apio, porque ella dizque es muy saludable y eso la mantiene delgada y con energía. ¿Será? Se me hace que le echan alguna otra cosa, seguro, de perdis un Nembutal para no dormirse. Pero yo pensé: le voy a escupir en el juguito y cuando se esté burlando de mí, me moriré de la risa de saber que se tragó mis babas. Le pedí a Perla que llegáramos temprano porque quería ensayar unas vueltas con bamboleo de glúteos que dizque no me salen a la perfección; cuando llegamos, le dije: voy al baño, manita, espérame. Y que me cuelo al camerino de la Kataplasma. Ahí en el tocador, junto a su cepillo de carey y una muñequita china con su sombrilla, estaba su pócima, en uno de esos vasos pintados con flores de la fonda, pero me puse nerviosa y se me secó la boca.

Estaba tratando de hacer saliva, cuando oigo que alguien quiere entrar. Me espanté y me escondí en el ropero, entre las capas, los velos y las boas de plumas, rogando que la cabrona no hubiera querido llegar antes, pero no. Era uno de los sacaborrachos, uno nuevo al que le ha agarrado confianza. Se entiende, porque él sí está hecho un mango: joven, alto y fuertote, con cara de inocente y ojitos soñadores, pobrecito, como para llevárselo al cine Latino y dejarle untado el bilet por toda la cara cuando brotan las fuentecitas de colores en el intermedio. Ay no, bueno, qué cosas digo. Es de los que sí me gustan, la verdad, da ternura: está bien recio, como un niño grandote, muy distinto de otros tipos que me ha tocado conocer, por desgracia. Traía un paquete en la mano, un regalo para Katmandú de los muchos que le llegan. ¿Sería de él?, ay, ni soñarlo, al pobre no le alcanza ni para un clavel de Matsumoto. A ella le gustan puras cosas caras.

De repente se paró y se acercó a donde yo me había escondido; casi me descubre, si no es porque me pegué mucho al fondo del ropero; lo flaca me sirvió de algo, por primera vez en mi vida. Él abrazó uno de los vestidos de Katmandú y aspiró el olor ese de pachuli que la verdad marea como si fuera incienso de la iglesia. Lanzó un suspiro largo, largo y entonces susurró muy bajito: Katy, Katy, no debemos hacer esto, esto no está bien, y suspiraba y jadeaba, y hasta pensé que se empezaría a manosear con las boas de plumas color morado. Pinche enfermo, pensé primero, pero como estaba tan cerca, sentí su aliento y su calor de galán, y me fui poniendo ahora sí que chinita; hubiera querido abrazarlo también y que me dijera a mí eso de «no, no, esto no está bien, es un pecado», y cerré los ojos, pero él como que se cayó, o se arrodilló, no pude ver bien. ¿Iría a rezar? Enseguida escuché que se levantaba. Salió cerrando la puerta con mucha delicadeza. ¿Dijo «amén» o me lo imaginé? Bueno, qué malo puede tener que la ropa perfumada lo emocione, Perla me dijo que se siente muy sensual con el Jean Marie Farina que le regaló un galán alguna vez. Por lo menos no huele calzones, como un tipo que conocí una vez y casi me muero del asco.

Me apuré a salir; ya no escupí en el vaso, solo vi el obsequio que el papacito le había dejado en el tocador, una cajita amarrada con un moño de seda escarlata. Algo me habían contado de las famosas cajitas que le mandan a Katmandú entre tanta flor, perfumes y bombones; a veces llega un niño y le entrega una a los encargados de la puerta. Quise abrirla, pero oí voces en el fondo del pasillo y me escapé rápido, le hubiera robado una colonia o un perfume, de tantos frascos que tiene ahí, ni cuenta se ha de dar. Pero me quedé inquieta. Mientras hacíamos el número, pude distinguir en la puerta principal, donde se paran los sacaborrachos, al bombón que había entrado al cuarto, papando moscas. El Guay estaba a reventar: los meseros no se daban abasto con las charolas de cocteles, el Clavelito con su flor en el ojal se daba vuelo platicando con unas gringas y don José se había encerrado en su oficina. Todas las mesas estaban ocupadas, pero entre tanta gente distinguí a los pistoleros y la corte de Casas Alemán, que me señaló Ricardo una vez. A ver si no se arma la trifulca y mi sacaborrachos ni se entera, porque miraba a Katmandú como embrujado. Yo casi pierdo el paso de mirarlo a él, ¡que guapo está! Más tarde le pregunté a Perla si lo conocía y Ramona, otra de las bailarinas, que es muy chismosa, nos oyó: uy, sí, ese que acaban de contratar, se ve bien pazguato; se llama Mario. ¿Por qué preguntas?, me dijo Perla. Porque me cae gordo, les contesté para que no dijeran. Y sí, me cae gordo; ¿cómo puede estar enamorado de esa china y su olor de pachuli? Baboso... Y ella, con tantas fragancias que le regalan y tiene que escoger ese olor...

Cuando tocó el Son Clave de Oro, se me pasó la muina: hasta bailé en el pasillo con un garrotero que me dice Vitola y es muy simpático. ¡Y Pedro Vargas me dio su autógrafo! Es todo un caballero. Lo voy a enmarcar junto a mi San Juditas... Seguido se me olvidan mis pesares con tantas estrellas que vemos en el Guay, ya le decimos así, y con los chismes de Perla y Ricardo. Que si Ricardo se encerró en el baño con quién sabe quién y casi lo agarran —y el pobrecito sí que se va a ir al infierno por esas cosas que hace con otros bailarines y hasta con algunos señores, pero yo no soy Dios para juzgar a nadie, menos cuando por más que trato de averiguar cómo se ponen de acuerdo entre ellos, no lo logro—, que si Perla desprecia a todos porque ella está esperando a su príncipe azul empresario. De perdis un locutor, me dice, para que le hable bonito. ¡Es una romántica!

Hace unos días, después del *show* de la Katmandú, un señor que se veía muy pudiente la invitó a tomar una copa. A mí la verdad me dio miedo. Ay, Perlita, ¿cómo se van a casar con mujeres como nosotras? ¿Qué no has visto las películas? El tipo aquel era horrible: chaparro, calvo; eso sí, muy trajeado y brillante, como un pingüino libidinoso. Dicen que es de los que van a casa de la Bandida a tomar con las pirujas finas, los políticos y los bohemios hasta la mañana siguiente. Y luego se van a los caldos de Indianilla; yo todavía no los he probado, pero se me antojan mucho.

Esa noche me pasó algo muy raro; me quedé esperando en el camerino a quc Perla tomara su medias de seda con el pretendiente. Ricardo se había ido con el hijo de un diputado y sus amigos medio raritos a un cabaret del Centro y nos dejó ahí. Yo pensaba que si mi amiga se iba con el fulano le iba a decir a Mario que me acompañara hasta San Juan de Letrán, a lo mejor y hasta lograba pegar el chicle con él. En esas que entra la enana de Katmandú y me acusa de que le pisé su velo a la china y lo tenía que remendar. ¿Sería que me cacharon espiando en el camerino? Si ni siquiera le escupí a su pócima de bruja... ¿Cuál velo?, le pregunté. El que lanza al final, hasta atrás del tablado, ahí donde estás tú. Lo fui a recoger y estaba todo sucio y roto, ¡tú lo pisaste, flacucha, no te hagas! ¡Me dio una rabia! Sí que me hubiera gustado taconear sobre su velo y brincar en ese penacho ridículo de plumas de garza de Chapultepec que se pone, pero no fui yo. Iba a gritarle un par de cosas, en esas entró el español, que siempre se pasea con su puro vigilando que no haya desmanes, y preguntó qué pasaba: le rasgó el velo a Katmandú, le dijo la Márgara con cara de maldad, le pedí que lo arreglara, pero no quiere, todavía que le damos la oportunidad. El tipo me miró con ojos de demonio asesino. Yo no fui, les dije, o a lo mejor fue por accidente, sin querer. Arréglalo, dijo él; imagínate que voy a estar escogiendo entre una estrella del tamaño de Katmandú y tú, que solo sirves para marcar pasos. Te comportas o vas para afuera.

¿Solo sirvo para marcar pasos? Sentí que me ahogaba de la rabia. La enana regresó a los cinco minutos con un líquido rojo oscuro en un vasito de flores: ten, para que no te duermas mientras coses. Y me dejó ahí, furiosa. Estuve a punto de aventarle su droga asquerosa, pero en eso pensé en el español maldito y me la bebí de un trago para demostrarle que yo no me rajo; era amarga como mi coraje. No sé qué tenía, pero me calmó, me sentí lacia, lacia, hasta medio contenta. En ese rato, todas las chicas se habían ido y los camerinos se iban vaciando. Afuera quedaban los necios de siempre. Más me valía apurarme, así que agarré el costurero de mi cajón: el velo estaba hecho una garra, parecía que se lo habían dado a Venustiano, el gato negro del Guay; seguido nos pasa a visitar a todas. Era azul, muy transparente; tenía bordada un ave fénix con fuego plateado y verde. Necesitaba zurcir unas partes; por suerte lo sé hacer, pues la señora Alfonsina me enseñó cuando le limpiaba la casa de San Cosme y aquí entre nos, tengo mis mañas, pero no deja de ser muy laborioso. Entre el cansancio, la bilis y la bebida no sé qué me pasó; me quedé dormida encima de la tela.

De repente abro los ojos, estaba todo muy oscuro. ¿Y Perla?, ¿se había ido sin mí? Me salí al pasillo y al fondo alcancé a ver una luz en el escenario; no había nadie, más que una figura como arrodillada cerca de las mesas. ¿Se sentiría mal? ¿Chuy? ¿Don José?... ¿Mario?, pregunté, qué tal que seguía ahí ese muchacho. La luz apenas la alumbraba; me acerqué un poco y pude distinguir a un hombre con hábito, una especie de monje, estaba rezando. Seguro que era un sueño, pero un sueño muy raro. Di unos pasos más y el monje me volteó a ver: estaba pálido, tenía unos bigotes largos y caídos como los de Venustiano, y sus ojos parecían cavernas, no se distinguían, era terrorífico. ¡Aléjate, Satanás!, me gritó.

Casi se me sale la chis del susto. Tenía una voz horrible, como de cerdo medio degollado. Pegué un grito, me regresé al camerino, agarré mi bolsa y el trapo de Katmandú y me salí corriendo a buscar la puerta de actores. Don Luis, el velador, estaba roncando en una silla. Lo zarandeé para que me abriera. ¡Quihobo, quihobo!, gruñó, restregándose un ojo. Le dije que había un loco en el tablado, un monje sin ojos que se sentía muy mal, y se empezó a morir de la risa. No lo trates así, es nuestro fantasma, fray Gerásimo, ¿no sabías que antes esto era un convento? Dicen que aquí abajo hay muchos frailes enterrados; imagínate, pobres muertitos, nomás mirando a las encueradas por toda la eternidad. Yo me sulfuré. ¿Pobres muertitos?, cuál, bola de degenerados, deberían estar en el purgatorio por cochinos. Muertos, muertos, pero bien que miran. Fray Gerásimo no hace nada, solo reza y espanta a los que se quedan luego de cerrar. A lo mejor lo contrató don José, exclamó riéndose.

Luego me preguntó qué hacía yo ahí tan tarde, si ya no había nadie, y se me quedó mirando con ojos libidinosos. Cómo odié a Katmandú y a la Márgara, por culpa de ellas me pasaban estas cosas; seguro que todavía estaba medio drogada por la cosa que me dieron, y ahora este idiota queriendo propasarse. Lo bueno es que siempre traigo una navaja en el bolso: se la enseñé y le exigí que me abriera la puerta. Órale, flacucha, te va a pasar algo, está muy solo allá afuera. Acá también te va a pasar algo, le dije, si no me dejas salir.

Caminé las ocho cuadras hasta la casa, muerta del miedo a los muertos y a los vivos, pero me armé de valor. Yo creo que Dios me acompañó, porque en el camino no encontré un alma, si acaso dos gatitos que me enseñaban sus ojos brillantes. Cuando pasaba el sereno, me escondía en los zaguanes, pero no había nadie más, por lo menos despierto. Hasta los vagabundos dormían junto a los cajones de la iglesia de Santo Domingo cuando pasé por ahí. Al llegar a la casa, empezó a amanecer.

A la mañana siguiente, Perla se me deshizo en disculpas: el pingüino la había invitado a cenar a El Patio; ella le contestó que quizá otro día, para darse a desear, pero él insistió. Nunca había cenado en un lugar tan elegante, así que cayó redondita y se fue sin despedirse. Pensé que ya te habías ido, me dijo. ¿Cómo iba yo a saber que te quedaste dormida sobre el velo de Katmandú? Oye, ten cuidado, a lo mejor te puso algo en esa bebida que te dio. Ya lo sé, le dije, si hasta vi espantos. La muy maldita, la muy marrana: esa Katmandú y su engendro me las van a pagar.

Le conté a Perla del fantasma del Waikikí y del miedo que había pasado con el vigilante y la ciudad vacía. Ella me vio raro: ay, Esme, yo creo que lo soñaste o andabas bien briaga, pero ya no te vuelvo a dejar solita, te lo prometo. En esas Ricardo salió de su covacha; Antonieta nos había hecho unas enchiladas picosísimas, como nos gustan. Y entonces Perla nos contó de El Patio: el ambiente refinado, ahí estaban todos los artistas. ¡Dolores del Río sentada en la mesa de junto! Ya no luce como cuando era joven, pero todavía tiene un cutis envidiable. Seguro hunde la cara en *cold cream* antes de dormir, dijo Ricardo. En otra mesa vio a uno de los hermanos Soler coqueteando con Mapy Cortés, y a otras estrellas. ¡Quién cenara como ellos todos los días en lugares elegantes, con platillos caros! Antonieta se hartó de la conversación: esa gente es muy falsa, mucha lana pero son muy ignorantes. Me choca cuando se las da de intelectual.

Bueno, ¿y el pingüino? Ya no le digan así, contestó Perla, es don Roberto de la Flor. La cena estuvo exquisita: huachinango de Guerrero y unas *crepes suzette*. ¡O lalá!, exclamó Ricardo. Y Antonieta: yo esas te las preparo sin tantos lujos y mucho mejores. Pero dejen que nos cuente Perla, les pedí. Al final me dijo muy amable que si quería ir con él al hotel, siguió. ¿Y fuiste? Le dije que eso solo con el matrimonio. Pero hay un problema, me contesta, es que yo ya soy casado. Así que nanay, paré un taxi y me regresé. Ricardo, Antonieta y yo soltamos una buena carcajada. Seguimos risa y risa cuando yo comenté que me pasaría la mañana entera zurciendo el pájaro de Katmandú con tal de que no me corrieran del trabajo.

Para consolarme del susto, Antonieta cocinó huauzontles al medio día, luego nos visitaron unos bailarines cubanos amigos de Ricardo. Uno de ellos cantó la semana pasada en «La hora del aficionado» y se ganó sus buenos aplausos del público; llevaban celebrando varios días. Al final nos enseñaron unos pasos de mambo sensacionales, con gente tan alegre se me fue pasando el coraje y el susto. Venían nuestros días de descanso, domingo y lunes. El domingo, Perla, Ricardo y yo fuimos a misa a Catedral. Ya no fuimos a la Villa a agradecer que nos contrataron, pero de perdida pusimos unas veladoras en la capilla de la Virgen. Nos portamos lo mejor que podemos en esta vida de perdición, aunque no es fácil. No sé qué le piden Perla y Ricardo; yo solo le ruego no perder el paso, que no se me olviden las coreografías porque de esto comemos. Nos confesamos rápido; le conté al cura mis enojos con Katmandú y me hizo rezar no sé cuántos padrenuestros por vivir en medio del pecado y por ser rencorosa. Al final comulgué y espero que Diosito me perdone algo de lo que ya tanto le debo. Perla salió de lo más contenta y Ricardo rojo, rojo. ¿Pues qué le dijo el padre?

Luego en la tarde nos fuimos todos al cine: Ricardo, Perla, yo y Antonieta. Por cierto que en el camino se nos unió el escritor de Antonieta, ese que va al Burro: ya le declaró su amor y ella anda chiflada por él, si por eso no nos acompañó a la iglesia, porque él le dice que la religión es el opio del pueblo. Será opio, pero es el que tenemos para consolarnos de este valle de lágrimas a ritmo de chachachá, pienso yo. Está bien loco: teje pantallas de lámpara y corbatas para sobrevivir, y tiene una librería de viejo. Se llama Ovidio. Le hace a Antonieta unos poemas que nadie entiende, pero ella solo suspira y suspira, qué le vamos a hacer.

Yo ni loca me voy a juntar con un hombre, eso jamás, por más guapo que esté. Si Antonio Badú me invitara al cine, me iría con él y le daría de besos, pero hasta ahí. Luego le diría: nos vemos luego, papacito y me vendría sola a mi covacha a soñar con él. ¿Para qué quiero a un fulano todo el día detrás de mí como ese Ovidio con Antonieta, que además le echa discursos sobre el pueblo y la revolución? Hasta a mí me quiso tirar sus discursos un día en que me vio escribiendo en mi cuaderno, bien metiche. Para colmo, a Antonieta le dieron celos de que él me considerara una mujer que escribe, lo dijo con admiración. Si supiera las cosas que pongo aquí… Cuando me encierro en mi cuarto pienso en Mario susurrando «no está bien, no está bien», y me imagino que nos vamos al cine o a Chapultepec, un ratito nomás, para que me respire cerquita. O cuando me echo mi cigarrito entre dos bailes. Total, soñar no cuesta.

Bueno, el caso es que fuimos a la función de moda: ¡me encanta el cine Orfeón, es muy lujoso! Es muy lindo, y había mucha gente. La película estaba llena de números musicales, por eso queríamos verla, y porque Ricardo conoció al coreógrafo, que a o mejor lo contrata en el grupo de *boys* en una película de Tin Tan. La estrella de la película es Rosa Carmina, que baila increíble; también salen Mantequilla, el Chicote y muchos otros cómicos. Yo me reía y me reía, hasta que apareció de repente Katmandú haciendo su danza de los velos… ¡el que yo le acababa de remendar, por cierto! ¿Cómo le habrá hecho para llegar a la pantalla grande, con quién se habrá acostado? ¿O con quiénes? Porque solo así, me imagino… La verdad es que se ve muy sensual, las carcajadas en el cine se fueron apagando como foquitos y una casi podía sentir a los hombres respirando fuerte, como Mario ese día en el ropero de la china. Yo sentí tanto enojo, era tan poderosa la maldita... pensé que siempre me humillaría, que nunca iba a poder hacer mi número de princesa azteca, digna y poderosa. ¡Perra! Y para acabarla de fregar, Ricardo me dijo que era su cuarta aparición en el cine.

Fue tal mi entripado que el humor se me agrió, como la leche cuajada. A la salida, mis compañeros venían muertos de la risa y yo trabada de la furia. Fuimos a cenar a un café de chinos, para colmo, y Antonieta y su escritor no se dejaban de dar besos de trompita, y Perla y Ricardo alababan el número de la china: ¿te imaginas?, decía Perla, a lo mejor ella nos recomienda para el cine. ¿Pues qué no le había contado yo de lo que me hicieron con el velo ella y la enana? Y Ricardo: tiene su genio, pero si le doras la píldora es una persona muy honesta, eso me han dicho. Yo solo pensaba en mi mala suerte, en el destino desgraciado que nunca se apiada de las pobres y las flacas. Le dije a Perla que nos fuéramos porque me sentía cansada, pero no me quiso acompañar: se iban a ir con los cubanos a bailar a no sé dónde y a hacer rebumbio.

Y aquí estoy sola en el departamento, oyendo *La hora nacional* y mirando el velo de la china: lo cosí tan bien, que ni parece roto. Cada tanto me siento así, humillada, aplastada, un cero a la izquierda lleno de odio y con ganas de ahogarme en el río como aquella vez. Quisiera tener más sentido del humor, pero las burlas me calan como en esos días en que me sentía nada. Y no es mi culpa, ni ser flaca, ni estar estropeada por lo que me pasó de chica. Hasta me dan ganas de sacar a Katmandú de en medio, aunque sea unos días. A lo mejor si se ausenta y ponen a otra, podré estar más adelante en el escenario; que me vean, que Pepín Pastor se dé cuenta de lo buena que soy, ¿pero cómo? Le voy a echar algo en su pócima, ella también le puso algo cuando me la dio dizque para que me mantuviera despierta y fue todo lo contrario, a lo mejor me querían envenenar. Malditas. Veneno contra veneno, a ver qué tiene Antonieta en la alacena que me sirva, algo que la enferme de a deveras, que la noquee por lo menos dos semanas: el chorrillo más largo de la historia, o algo así. Mañana le aventaré a la enana el velo como si nada: aquí está el trapo de tu dueña, yo no se lo rompí, pero de nada, le diré. Y cuando se descuide, pácatelas, se lo echo en el vaso, ¿pero qué?

5

Su anfitriona, toda sonrisas, entre centelleos de lentejuelas y con pasitos de danza, le indica que pase. Aquello lo confunde. En el mes que lleva trabajando en el Waikikí, nunca ha recibido la orden de entrar a ese santuario. Todos los regalos de los admiradores, como cartas, flores, e incluso los adornos, se dejan en la mesita de las patas de león, a un lado de la puerta. La Katmandú es muy selectiva con respecto a las visitas. Pocas personas están autorizadas a entrar en su camerino, que es el más grande. Además de don José y los tres caballeros que la visitan con frecuencia, a ese lugar solo entra y sale Márgara, la marimacha de perenne traje sastre, más fiel que su propia sombra. Escuchó el rumor de que es brava y la hace de secretaria. Le lleva los asuntos más diversos: la acompaña a las giras, cumple caprichos y a veces da un trago a las pócimas que ella misma prepara con hierbas y licores, para comprobar que estén en su punto, según.

Da dos pasos al frente, más que con respeto, sintiendo devoción. Pocas veces la ha visto tan de cerca, su pelo como ala de cuervo lo lleva suelto y le cubre parte del corpiño. Márgara sale del baño con dos pelucas en las manos y se acerca a Mario, desafiante.

—Está bien, yo le dije que entrara, él me da confianza —aclara la diva mientras le ofrece a Mario una de sus tiernas sonrisas. Es de los pocos gestos de la Katmandú que él puede descifrar, pues la estrella oculta el misterio de su naturaleza. Es una voluble, dicen las tiples. Una loca trepada en un ladrillo, aseguran las ficheras. Pura envidia, piensa Mario, que ha llegado a detectarle la tristeza tan solo fijándose en sus zapatos, altos y estilizados, llenos de secretos.

—Corazón, abre la cajita de regalo por mí, que me acaban de hacer las uñas. Márgara, apúrate a peinar a la Leona, con ella voy a abrir hoy.

—Pero niña, mira cómo está, me voy a tardar en arreglarla, mejor ponte a la Tibetana.

—¿Tienen nombre? —se atreve a preguntar Mario.

La arrogancia abre paso a un gesto de travesura; Katmandú parpadea un poco y muy sonriente le presenta a sus «chicas», las pelucas:

—Aquí en el Waikikí solo bailo con tres: la Pagoda, la Tibetana y la Leona. Casi siempre cierro con la Leona, porque es toda una señora, mírala, qué porte. —Y de un movimiento brusco se la arrebata a Márgara para ponérsela.

—Niña, con cuidado —se queja la Márgara, condescendiente, casi maternal.

—¿A poco no me veo como una reina?

—Sí, sí —dice Mario.

—Hoy quiero abrir con la Leona y no se diga más.

—Pero viene don Palomino Ferrer, que es todo un señor, la Leona es para dejarlos picados, mira nomás cómo te da personalidad, está planeada para el final del *show*.

La sonrisa se le desvanece de la cara a Katmandú. Esos dientes bien alineados, esas mejillas regordetas de cupido a medio volar, rechonchas y enrojecidas con rubor, se oscurecen.

—Llevas dos días insoportable, como si tú fueras la estrella. Esta noche sale primero la Leona o Katmandú no sale, así de simple. Y la quiero bien peinada. Si en vez de opinar actuaras, ya estaría lista desde ayer. Y tú, no te quedes ahí, abre la cajita, te digo.

Mario busca la navaja suiza de su pantalón, pues el obsequio va muy bien amarrado con un moño de seda escarlata, difícil de desatar, es lo más rápido para satisfacer la curiosidad de su diva.

—Mira qué bonita, está vestida de azul —dice ella al constatar que Mario saca con mucho cuidado una muñequita china de porcelana del tamaño de su mano extendida. Él busca alguna tarjeta en el envoltorio. Nada.

—La trajo un niño —explica.

—Ponla sobre la mesa, debe ser otro regalo de Palomino, al rato le doy las gracias. Lo dejas pasar al final de la función, cuando Márgara te diga, y lo traes tú directamente, sin acompañantes.

Él asiente y hace un esfuerzo por recordar quién es ese señor. Son tantos los clientes de los sábados que se le hacen bolas, pero le preguntará a Chuy. Sale del camerino con sensación de derrota, pues está seguro de que la Katmandú no se acuerda de su nombre. Y una vez más, él no se lo recordó. Quisiera que lo pronunciara, así como dice el del señor Palomino, con esa intención, la de buscarlo. La única forma es hacerse indispensable. Imagina que Márgara lo anuncia: Katy, allá afuera te busca el señor Mario Lucio Hernández, te trae un arreglo floral y una caja alargada, parece un collar. Sí, él le daría un collar de esmeraldas como el que vio en el Monte de Piedad, para sacarla a pasear. ¿Y a dónde llevaría a una mujer como ella?

—Ya me voy —se despide Consuelo, «la Petaquitas», sacándolo de su ensimismamiento—. Hoy agarré cama rápido, ai te encargo mis fichas, Marito, no seas malo, quién sabe dónde anda el Clavelito y se me va el cliente, no me puedo esperar a que me las cambie. Guárdalas bien, y acuérdate que son de la Petacas, mañana vengo.

No se ha atrevido a acercarse al famoso Clavelito que se encarga de las ficheras; aparte de los padrotes es el que mejor baila en la pista con su corbata azul y su clavel en la solapa, que a veces sale volando. Una responsabilidad más queda en los bolsillos de Mario, quien verifica que sean las fichas de pasta roja y traigan la «w» original antes realzada; ahora apenas se nota con tanto uso y la poca luz. Ella le truena un beso doble por ser tan amable y se apura a salir de los camerinos. Decide ir de una vez a buscar a Clavelito, no vayan a perderse las seis fichas y se gane un problema con las muchachas. Recorre la barra preguntando por el ayudante de don José a los garroteros que pican bloques de hielo para los vasos con ron, sube al *mezzanine* y sortea las charolas redondas llenas del elíxir de los parroquianos. Por fin lo encuentra, pero este lo regaña por no estar a las vivas y andar de favorcitos con las ficheras.

Es noche de impertinentes. Le toca detener riñas, sacar borrachos, pedirles taxis, acomodarlos en los asientos, dar la bienvenida a los grupos de turistas que van llegando, indicar dónde está el guardarropa, los servicios, quitarles las copas de las manos antes de que crucen la puerta y barrer los vasos que acaban estrellados en el suelo, lidiar con los árabes de la Lagunilla que llegan bien padrotes, insistiendo en pasar con todo y sus pistolas. Le toca recibir al licenciado Casas Alemán con su comitiva de lambiscones, pues se dice que va a ser el próximo presidente. Ojalá no se crucen con los afectos al general Henríquez, que luego traen la fusca escondida en la pantorrilla y según Chuy son los herederos legítimos de la Revolución. Unos y otros nunca quieren dejar en el guardarropa sus gabardinas largas que disimulan las abultadas cuarentaicinco y hay que explicarles, repetirles hasta el cansancio que si a alguno le da por menearse mucho en un *boogie* loco puede volarle la cabeza a su pareja de baile. Pero todos se creen muy Susanitos Peñafiel.

Reza porque este sábado no le vomiten los pies como el anterior. No está seguro de que sus zapatos hayan dejado de apestar. Ojalá no sea noche de «chingas a tu madre», sillas voladoras, puños limpios, dientes rotos y timbres de alarma que, colocados bajo la caja, llaman a los sacaborrachos para detener la trifulca o avisar a la julia antes de que brillen las navajas que lograron escapar del guardarropa o se disparen las fuscas. El miércoles pasado hasta don José acabó en el suelo atrás de la barra, comiéndose el puro a mordidas con otros tres garroteros y sujetando los picahielos a manera de defensa cuando comenzaron los disparos. Hasta los padrotes salieron corriendo y abandonaron a sus muchachas. El de la eterna boina azul que reparte la mariguana —bajita la mano— entre los parroquianos se desapareció sin pagar antes de que llegaran la julia y los inspectores a cobrar mordida para no cerrar el changarro; su amistad con Chuy permite que don José le fíe. Mario ya va entendiendo el teje maneje.

Hoy el Waikikí está retacado, casi no se puede dar un paso, el aire es un coágulo de cigarro, perfumes mezclados y sudor de los bailantes que brincan, echan piruetas, se dan pisotones y codazos inventando su propio mambo, las pelvis poseídas por las tumbadoras y el bongó. Un manicomio, habría dicho su madre. Y las pobres señoritas Lumière piensan que siempre llega tan tarde porque consiguió un puesto de velador en una mueblería. Qué mentira más grande. A su madre le telefoneó hace dos semanas a la tienda de don Carmelo, allá en Yuxtle, para decirle que el tío no lo recibió, no existe la famosa tía Amparo y en la mueblería donde ahora trabaja —Muebles Waikikí, una tienda tan grande como las Fábricas de Francia— le pagan cuatrocientos pesos; a veces más por las comisiones. Le habló de la señorita Katmandú, una clienta muy rica de China que está decorando su mansión en la calle Veracruz. Espera no enredarse mucho en sus mentiras y que Pablo también se haya tragado el cuento. Bueno, si ellos me mandaron aquí que se aguanten con lo que yo les digo, faltaba más.

A veces, solo a veces, tiene tiempo de mirar un poco el *show*. Uno de los números se llama *Venus y el diablo* y se anuncia en algunos periódicos. Ha habido varias exóticas que interpretan a Venus, según le explicó Chuy, pero ninguna ha abarrotado las ciento noventa mesas repartidas en dos pisos como Katmandú, la diosa del Tíbet, ese nombre que suena mejor susurrándolo y al pronunciarlo conduce por tierras salvajes, antiguas. «Desde la cuenca del río Amarillo, descendiente de una antigua dinastía», como reza los sábados el maestro de ceremonias, «llega hasta nuestro Waikikí la flor más exótica del Tíbet». Y el humo sale a borbotones de los incensarios que alzan ocho bailarines descamisados, son ofrendas para limpiar el aire, preparar los sentidos, alertar a los djembés y que anticipen, sacudan, emocionen a los espectadores. Ya después entra Katmandú, seguida de sus doncellas. Qué piel más blanca y qué ojos de almendra tan acordes con un nombre de tormenta como ese, con las letras que resbalan y obligan a parar la trompita al decirlo en voz alta. Y ese baile, ritual que electriza con el giro de su cadera primero lento, suave, de armonía cósmica, y que de pronto cambia con el ritmo de los tambores en sincronía sagrada hasta que uno es libre, feliz en lo salvaje. Pero la puerta exige su presencia, los abrigos, las llegadas, el orden, los rostros de los importantes y sus propinas con tal de pasar primero, pues a los señores no les gusta esperar.

A las cuatro de la madrugada, las manos fuertes y regordetas de Márgara le hacen señales por el pasillo de los empleados. Mario corre hasta allá, le informa que ni Chuy ni él conocen en persona al señor Palomino Ferrer. Ella lo toma del brazo y lo conduce hasta donde puede enseñárselo, es la mesa más cercana al escenario.

—No olvides que solo puede pasar él, ninguno más.

Ahí va a la mesa de pista con su botella de Fundador para cumplir con el mandado y quizá ganarse una propina extra. Mario sabe que debe ser discreto y por ello se coloca detrás de don Palomino, quien deja en la mesa una de esas cajetillas de cigarros Lucky que solo traen los gringos y encima pone el pesado encendedor Ronson, tan elegante. Mario se inclina, susurra el recado en su oído y el olor a buena colonia lo pone en su sitio. Si él oliera como cualquiera de aquellos hombres y se vistiera con esos trajes, compraría a toda la orquesta con tal de que su diosa le diera una función solo para venerarla.

Acompaña al señor hasta los camerinos. Se cruzan las otras bailarinas, todas con los disfraces a medio guardar o en bata, casi listas para regresar a casa. La Katmandú abre la puerta, no tiene una gota de maquillaje en la piel, solo en los párpados que una fina rayita negra contornea. Eso y un ligero rosa en los labios es lo que contrasta con el negro de su vestido elegante y sencillísimo. Lleva el pelo recogido en un chongo de brillos azulados. Es tan hermosa que no puede dejar de verla y se atreve a decirle:

—Su color de labios es muy bonito, señorita.

—Se llama rosa coral. Gracias, Mario, ¿nos sacas por la puerta de actores?

Ella se cuelga del brazo del señor Palomino, quien con la otra mano se lleva un habano a los labios. Y Mario no puede creer que haya dicho su nombre.

—Dejé unos vasos en el camerino y también unos platos sucios.

—Yo me encargo, no se preocupe.

—Cierras con llave. —Y Katmandú le ordena a Márgara con una simple mirada que le confíe una llave. Ella va cargando el abrigo gris de su señora, pero se las arregla para dársela a Mario, a quien amenaza:

—Ni se te ocurra mover algo de los vestuarios, te limitas a sacar los trastos sucios, de paso barres el suelo y llenas las jarras de agua.

Él está feliz de tener acceso a ese santuario. Los tres le dan la espalda, pero Katmandú se detiene, saca de su bolso de terciopelo negro un billete y se acerca a él: toma, le dice con sincero agradecimiento y, de pronto, ocurre el milagro, al recibir el billete, ella le manda un beso mudo, pequeño y al aire, al tiempo que le guiña un ojo, un simple gesto de despedida. ¿O de coquetería?, no puede creer algo así, como si la Virgen le hubiera hablado. Bueno, quizá no fuera virgen, pero a Mario no le importa. La pareja rápido se encamina y sube al DeSoto blanco, nuevecito, que los espera. Él se lleva el billete a la nariz, detectando ese perfume fresco y elegante que ella usa a pesar de que ayer le dijo que no es apropiado para la noche, cuando Mario se lo chuleó. Luego, lo guarda en el bolsillo como a un tesoro.

—Ya te agarró de su mozo —escucha una voz nasal. Es una segunda tiple un poco flacucha—. Ni te acostumbres a las propinas, al principio son sus sirvientes y después terminan siendo sus esclavos.

De la cocina empiezan a salir los meseros con las bandejas que llevan los consomés, receta de la casa.

—Tengo que irme —le dice a la chica.

—Ya que estás de acomedido, ayúdame con el cierre, no seas malito.

Mario voltea hacia la puerta donde se fugó su Katmandú y obedece a la tiple.

—Yo no sé qué le ven a esa china. Ni es china, esa es más nopalera que yo.

—Baila muy bien —responde Mario.

—Aquí en el coro hay bailarinas de escuela, mucho mejores que ella, con técnica; esa nomás se contonea y la música y el vestuario le hacen todo. Así hasta yo.

—¡Esmeralda! —la llama Perla—, estás dejando los zapatos, acuérdate de que aquí roban y espantan.

—Gracias, esclavo —le dice la flaca, y le manda un beso mientras ambas salen por la misma puerta que se llevó a su diosa. Mario les mira los zapatos a ver si se parecen a los de su Katy, pero son comunes y corrientes. Otra tiple, una grandulona, se tropieza con él a propósito y le cierra un ojo:

—Disculpe usted.

Mario distingue de lejos a Chuy, que va hacia su puesto, le hace señas de que lo espere tantito y el otro le chifla a Cirilo, otro sacaborrachos, para que se ponga abusado con ese cliente que lleva casi a rastras. Él mejor se apresura a pedir una escoba y regresar al camerino de la diva. Lo abre con la llave que le confiaron; aspira ese perfume dulce e inconfundible. Es la segunda vez que puede entrar al camerino solo, la primera fue un momento furtivo y ahora tendrá más tiempo. Hay mucho desorden, se apresura a barrer y juntar las plumas sueltas. Las paredes están llenas de fotografías de Katmandú con diferentes atuendos; la más atrevida sobresale por su tamaño: en ella, la diva posa desnuda, solo tapada con una serpiente que se enrolla en lugares estratégicos. Mario trata de desviar la vista, pero la voluntad flaquea y lo descontrola; se atreve a tocar las copas vacías de los corpiños, estruja los rollos de medias, palpa los diversos bolsillos y compartimentos de la petaca abierta, sintiéndose muy culpable. Es una violación a un sagrado templo. Siente palpar los órganos de Katmandú; como un cirujano que le manoseara atrozmente el hígado, mancillándole los riñones, apachurrándole el tierno corazón. Cada uno de esos pensamientos añade leña al fuego de su vergüenza. Esto está mal, se dice. Ahora encuentra el cajón donde guarda las bragas y un perfume de jazmín se le incrusta en la nariz. Esta última penetración le trae una ola de calor y sin proponérselo vuelve a pensar en las libertades que se hubiera tomado con ella allí, en su camerino, permitiéndose la lujuria. Olisquea el calzón, tratando de percibir a la propia Katmandú en él. Ojalá pudiera conformarse con aquellas telas que rozan su piel. Rápido se lleva una de esas bragas al bolsillo interno del saco, no importa que se abulte un poco, nadie lo notará. Termina de barrer con las manos temblorosas y un bochorno insoportable.

Al salir se topa con el último de los impertinentes: un señor gordo que lleva una hora en el suelo, pues no hubo manera de moverlo. Por fin el hombre se incorpora con la ayuda de Chuy y de Cirilo. Mario reconoce esos ojos color aguapuerca.

—Tú, tú… —dice el borracho tambaleándose.

—¿Lo conoces? —pregunta Chuy.

—Es mi tío Lucio —se le escapa la confesión. Debió negarlo. Mientras menos sepan de uno en el trabajo, mejor; pero ya ni modo. «Cabeza de piedra», casi escucha a su mamá.

—Sí, soy un cabeza de piedra —afirma Mario en voz alta, con tal de no insultarse peor.

—¿Qué? —interrumpe Chuy—. Ayúdame a treparlo en un libre.

El tío Lucio se pone necio, trata de enderezarse dando manotazos, así quién querrá llevárselo. Vuelve a caer, esta vez de frente, y una pistola acaba en el suelo como si nada.

—¿Quién lo dejó entrar armado? —casi grita Mario.

—Conoce a don José, ya es de la casa. —Así se nombra a quienes son intocables y pasan por la entrada sin inspección. Mario coge la pistola, es como cargar una de esas mancuernas metálicas del gimnasio El Greco. Se guarda la funda de piel de cocodrilo bien ajustada entre el cinturón y la nalga.

Por fin acomodan al bulto en que se ha convertido el tío Lucio; lo recargan en el poste de luz. Chuy lo sostiene mientras Mario da unos pasos por la avenida y ningún taxi aparece. Pocos autos rondan a esas horas imprudentes. Son los únicos empleados del Waikikí, hasta las ficheras sin suerte se fueron a desayunar juntas; van a la birria de la calle Ayuntamiento o a los caldos de Indianilla, y no serán las primeras clientas.

Por fin se ve un auto a lo lejos. Mario lo detiene.

—Llévelo a la parroquia de Santa Ana, por favor. —Mario quiere pagar con su dinero, eso lo hace sentirse suficiente, muy hombre.

—¿Y ahí dónde lo dejo? —pregunta el chofer—, vea usted cómo viene el señor, habrase visto semejante guarapeta, yo no me hago responsable de alguien así.

Chuy se le adelanta, le extiende un billete al ruletero:

—Llévelo a donde el señor le indique, esto es por la molestia.

El ruletero no sabe cómo reaccionar.

—¿Entonces lo dejo en la mera iglesia de Peralvillo?

—Si el señor no despierta, hágame el favor de ponerlo en una banca del parquecito —propone Mario. Y se ve a sí mismo durmiendo ahí en su primera noche en la ciudad, con el inolvidable frío de la banca húmeda por la lluvia. No puede haber mejor venganza. Mejor aún si le provoca un pleito con esa mujer de los zapatos feos. Chuy se adelanta y saca otro billete.

—¿Así vas a tratar a tu tío? Espérelo a que se despierte y lo lleva a donde el señor le diga —y zanja el asunto. El auto arranca.

—¿Por qué hiciste eso, Chuy?

—¿Y a ti qué te pasa? Pareces escuincle. A los clientes especiales se les lleva hasta su casa, olvídate de esas bromas.

Mario no se atreve a indagar qué tan especial es el tío Lucio para don José.

—¿Cuánto le diste, Chuy? Dímelo para pagártelo.

—A poco crees que este dinero es mío; si serás burro, esto es de la caja chica y se usa con los clientes como él.

Estas últimas palabras le siembran más intriga, ¿qué clase de importancia tendrá un Hernández en esa ciudad?

—Ten, pa' que te alivianes y quites esa cara de espanto. —Chuy enciende un carrujo de mariguana bien gordo, tragándose la misma cascada de humo que le chorrea por la nariz—. Fue una noche muy difícil, hasta querías mandar a tu tío a la chingada —suelta una risita.

—No, yo…

—Tus motivos tendrás, nomás no vayas a perder su pistola. Ándele, fume, no sea marica, para irnos a dormir.

Ya amaneció y sus pies lo saben, sienten el peso de cada paso; caminará treinta minutos hasta la casa con tal de ahorrarse lo del tranvía, como cada domingo. Va entre los vapores de las coladeras todavía sintiendo el humo dulzón y picoso en la garganta; su saliva se seca y ahora es de ceniza. El mundo exterior se vuelve cada vez más lejano. El rumor de lo real, de la ciudad todavía dormida y agazapada en las sábanas le hace entrecerrar los párpados. Al pasar junto a las ventanas se asoma, no puede evitarlo. Quiere saber cómo vive la gente ahí adentro, qué sueñan de dónde habrá llegado. Quizá de pueblos remotos como Yuxtle. Aquel nombre le suena triste. Al viajar, a uno se le desplaza el centro, el suyo anda flotando por ahí. Y el tiempo transcurre lento, suave como los calzones de su Katmandú.

Al llegar sube las escaleras de puntitas y ruega no encontrar a ninguna de las gemelitas Lumière despiertas. Su ropa huele a sudor, a petate quemado. Si lo descubren, lo echan. Rápido entra al cuarto y se mira en el espejo que cuelga atrás de la puerta. Sus ojos están colorados. Se quita los pantalones y cae la pistola. Bendito Dios que no salió un disparo, gracias Virgencita de Zapopan. ¿Qué explicaciones habría dado? Y las mentiras le corren por la cabeza junto con las escenas ante la señorita Esther, la más dura de roer.

Se frota los ojos frente al espejo y se jala los párpados hacia las sienes, como chino, para verse como ella, con ojitos de almendra. Recuerda el gran número final de Katmandú, llevando a la Leona puesta. Qué soberbia, qué porte. Esa mirada de reina china no la tiene nadie, esa aura de virgen o de vampira. Con un gesto los domina a todos, los congela. Quizá porque está casi encuerada. Y Mario se quita la ropa. Del ropero saca el corpiño robado la semana pasada, lo tienta, se lo lleva a la cara. Huele las pantaletas de la Katmandú, tan suaves, tan suyas. Un instinto lo lleva a ponérselas. Después se prueba el corpiño e imita esa pose del acto final con los brazos cruzados abultando los pechos y alzando el cuello. Es cuando llueven los aplausos, los chiflidos, los gritos de amor. Una energía salvaje lo inunda, se siente libre. Se mira en el espejo y se acaricia. Con la pierna esconde el bulto que forman sus partes nobles, casi saliéndose. Vuelve a imitar a su diosa en el momento final, con el aire tremolado por el clarinete a todo volumen; sube los hombros como ella, para los labios y casi se le parece.

—¡Si serás marica! —le gritan. Es una voz parecida a la de su madre que lo confunde y lo culpa.

—Ma-ri-ca —carcajadas—. Desde este cuadro te veo, Mario Lucio Hernández, a mí no me engañas. Yo todo lo veo y todo lo sé. Soy tu madre, tu verdadera madre. Cínico. Perverso. Ratero.

Suenan los mismos tambores del número de *Venus y el diablo*, clarito los escucha y la sangre se le espesa. Los ojos fulminantes de la Virgen de Zapopan lo juzgan desde el lienzo, lo culpan, lo ofenden y señalan.

—Perdón, perdón —pide él—, perdón, mamacita.

—Quítate esos trapos, que pareces adefesio. Has pecado mucho de pensamiento, palabra, obra y omisión. Esto es mucho peor que lo que hiciste en Yuxtle, no tiene cura. Rézame cinco padrenuestros y ni te atrevas a pronunciar mi plegaria.

Y Mario se siente lombriz mientras se desnuda, un ánima del purgatorio, caliente de fuego y vergüenza. No es digno de Katy, ni de la Virgen; ni de Dios ni del diablo. Mira la pistola sobre la mesita. Más valdría acabar con todo, pero lo esperaría el limbo, ese lugar frío entre los vivos y los muertos de donde nadie sale por toda la eternidad. Y le prometió a Chuy que irá al gimnasio a pesar de su cansancio. Se quedaron de ver a las cuatro en punto en El Greco, donde apenas lleva unos días de saltar la cuerda y darle puñetazos a una pelota con forma de pera. El gimnasio El Greco, buena coartada entre semana para sostener la mentira de la mueblería con sus hospederas. Mario y sus mentiras, una cadena fría y pesada que arrastra, lo apresa y lo duerme.

6

Hay noches en que me despierto sintiendo al viejo cochino encima de mí; yo soy una escuincla, mamá duerme o hace como que duerme en un rincón del cuarto con mis hermanitos y no se mueve nada, ni parece que respira. Siento una angustia de perro cuando me babea la cara, estiro la mano y pesco la navaja escondida en mi colchón: cuando se la voy a enterrar, abro los ojos y estoy sola en mi cuarto. Los ronquidos de Antonieta que oigo hasta mi cama me van tranquilizando.

Cada noche me acostaba esperando que no pasara; a veces, por suerte, amanecía como si nada. Luego había semanas que se iban así, lisitas, sin que me tocara el viejo y casi ni me viera, pues se iba al pueblo a vender la cosecha; hasta me imaginaba que ya se le había pasado la calentura y me dejaría en paz para siempre, pero no. Llegaba la noche en que otra vez, y yo con las tripas como amarradas, sentía que me ahogaba y nomás no podía gritar. Varias veces traté de decírselo a ella, pero se hacía la sorda o se iba lejos a tender la ropa. Nomás entornaba los ojos como si dijera así es esto, no hay de otra. Así es la vida. Nuestra casita estaba en la milpa del viejo. Ahí fuimos a parar luego de la crecida del río y de que mi papá se ahogó. Mi mamá se le arrejuntó al viejo asqueroso porque nos dio de comer y nos compró vestidos, le prometió que nos protegería si lo ayudábamos; no hubo más remedio que vivir todos ahí con él. Todos lo servíamos, pero cuando se cansó de mi mamá y me empezó la regla me tocó la peor parte. Y yo aguantaba y aguantaba porque estaba chica, de puro miedo. Hasta que un día amanecí sangrando sin parar; me salían también como cachitos de tela roja. Me llevaron al pueblo y allá en el dispensario le dijeron a mi mamá que estaba perdiendo una criatura, tenían que llevarme a la clínica. El viejo nos subió en su camioneta con olor a abono y se hizo pato, no decía nada. En la clínica me preguntaron si no me lo había provocado yo, que qué me metí. Yo casi era una niña y no entendía lo que estaba pasando. Me rasparon por dentro y casi me desmayo del dolor. Pasé varios días con fiebre, creyendo que me iba a morir y ya se acabarían mis sufrimientos, a duras penas me salvé; una señora vino a rezar junto a mí, pues pensaban que ya era cadáver, le dijo a mi mamá que me habían estropeado, y ya no servía para nada. Alcancé a escuchar que Dios no perdona esas cosas. Mejor hubiera sido que se muriera de una vez, así nadie se la va a querer llevar. Mamá me veía como con reproche, parecía que ella también me acusaba, por mi culpa tuvo que dejar a mis hermanitos solos en la milpa y tenía miedo de que alguien les hiciera algo. Estuve ahí unos días y poco a poco me fui sintiendo mejor, ahora sí que renací, pero el día que vino el viejo con la camioneta para llevarnos de regreso me dio terror de pasar otra vez la noche allá y que volviera a hacerme lo mismo el demonio maldito.

No sabía qué hacer, ya me habían estrenado, dijeron, yo no quería vivir con tanto miedo. En la noche, cuando todos se durmieron, me escapé al río para ahogarme. Quería perderme como mi papá en el agua o en el aire, desaparecer nada más. Poco a poco me fui metiendo al agua helada y todo el cuerpo me dolió, lloraba y lloraba y quería volver la panza, traté de hundirme, pero yo creo que tenía aire en los huesos porque flotaba y cuando me iba al fondo, el instinto me jalaba hacia afuera. Aullé y pataleé, como si el río me hubiera ganado la partida. Me quedé toda la noche escondida entre la hierba, atrás de las piedras, y pensé mil cosas. Hasta pensé en romperle el cráneo al viejo cochino a palazos y también a mi mamá, por permitirle destrozarme sin que le importara, cobarde. Pero, ¿y mis tres hermanitos, quién los cuidaría?

Tanto odio sentí, que decidí escaparme, porque si seguía en esa choza le iba a hacer daño a alguien. Sabía de una muchacha más grande a la que le pegaba mucho su abuela y que salió huyendo, hacía un par de años; doña Triste, la señora que despacha en la tienda, le contó a mi mamá que esa muchacha estaba trabajando de sirvienta en la capital y ahora hasta le mandaba dinero a la familia. A lo mejor podía irme a la capital como ella, irme para siempre.

En la madrugada regresé a la choza antes de que despertara mi mamá. Me deslicé como gato a la covacha donde el viejo escondía sus cosas creyendo que no sabíamos lo que tenía ahí. Me robé de una lata de Sal de Uvas Picot un dinero que guardaba para pagarle a sus peones, comprarse sus tragos y quién sabe qué más porque a nosotros, desde que nos fuimos a vivir con él, nos dejó de dar. Casi estuve por agarrar la pala y darle en la cabeza mientras dormía, pero me aguanté el coraje. Envolví en un trapo las gorditas que mi mamá tenía reservadas para el desayuno junto al rescoldo del comal y justo antes de que despuntara el sol me salí sin hacer ruido, temblando de miedo, pero también de furia.

Con mi puro odio di paso tras paso por el camino de polvo hasta la carretera, y así seguí caminando hasta que el sentimiento se convirtió otra vez en tristeza. Me dolían las piernas y todo lo de adentro, pero era más fuerte mi deseo de alejarme del pueblo. Ocho kilómetros recorrí; solo me paraba a descansar un ratito, a cortar naranjas y tejocotes de los árboles o tomar agua de los arroyos. Quería llegar a San Jerónimo para tomar el camión a México. Entonces ya había amanecido y, mientras andaba, me iba repitiendo: no sirvo para nada, ni Dios ni nadie me va a querer, como me había dicho esa señora que rezaba. Y fue cuando pensé que si como nadie esperaba nada de mí, eso me quitaba un peso de encima. Por lo menos hasta que me muera y me vaya al infierno, puedo caminar ligera. Repetía en mi cabeza las frases de la señora y poco a poco comenzaron a encadenarse con el ritmo de mis pasos. «Ya no sirve, ya no sirve, nadie la va a querer». En ese momento dejé de sentir el dolor en las piernas, casi como si desde ese día estuviera bailando: ágil, daba vueltas y saltos con mis zapatitos todos raspados por las piedras al ritmo de las frases que me condenaban.

Con los años, el baile convirtió los pasos de odio en pasos agradecidos y hasta sabrosos, pero no se me quitó la desconfianza en los hombres. Y nunca más he sabido de mi mamá y mis hermanos, nunca la volví a buscar ni sé de ella. Me pregunto si me extraña o me odia. A lo mejor ella no sabía qué estaba pasando, y por ahí me asalta la duda de cómo estarán mis hermanitos. Las noches en que no puedo dormir pienso en ellos, cómo serán ahora. Qué tal que el viejo ya se murió y necesitan dinero. Lo bueno es que los tres son hombrecitos, podrán defenderse mejor que yo... a lo mejor. Al viejo nunca lo perdonaré. La navaja anda conmigo en la bolsa y en las noches me acompaña. Dondequiera que esté yo durmiendo, nunca se me subirá nadie encima sin que yo quiera, lo juro, por lo menos se la habré enterrado en alguna parte o lo habré rasguñado, aunque sea. Solo a uno, una vez, le dejé una marca. Y se tuvo que ir corriendo.

Ay. Qué horrible sentirme así. Nunca he contado esto; a veces se lo quiero confiar a Perla, pero pues a cuento de qué, me va a decir. Ya hacía mucho que no tenía yo la pesadilla; por lo menos desde que estábamos en El Burro no me había pasado. Cuando llegué a la casa de San Cosme con la señora Alfonsina, ya me había conseguido la navaja: la compré en una tienda cerca del Zócalo, donde también vendían artículos de piel. Tú no tienes por qué andar comprando una cosa así, me dijo el dependiente, un muchacho dientón. Le contesté que no era para mí y me la vendió. Me preguntó de dónde venía; yo estaba durmiendo en las iglesias, comía cualquier cosa en los mercados y me la pasaba viendo atontada los tranvías y los anuncios; mi ilusión era cortarme el pelo y que me hicieran una permanente. Le dije que buscaba trabajo, hasta me ofrecí para limpiarles la tienda, pero ya ocupaban una señora. En esas se acercó un gordo que venía a comprar una maletota y nos estaba escuchando. Él me dijo: no sigas en la calle, niña, te va a ir mal. Mira; allá en la Villa, afuera de la iglesia, se ponen las muchachas que llegan de los pueblos, las señoras van y las escogen. Te llevarán a trabajar a una casa, ahí tendrás qué comer y dónde dormir. No supe si me estaba engañando, pero no conocía la Villa y había oído hablar a doña Triste de ella, así que ahí me fui.

Quién sabe por qué me acordé de todas estas cosas, será que me siento mala de verdad. Pienso en Antonieta, que tiene a su bebé allá en Morelia; se lo cuida su mamá. Bueno, la criatura tiene más de un año, pero ella dice que no se arrepiente ni nada, es de un chango que la engatusó y a la hora que supo que ella estaba embarazada se desentendió del asunto, qué raro. Lo que yo quería era un chamaco, dice; lo demás es lo de menos. Y no tiene dudas de su alma inmortal ni nada; mi angelito me redimirá, dijo un día que nos hizo mascarillas de aguacate para el cutis. Además, su escritor ya le prometió hacerse cargo de la criatura, a él no le importa que sea de otro, ni que Antonieta sea una cabaretera, ni nada. Qué chistoso, ¿verdad? Con todo y lo pesado que puede resultar, es un pan el hombre y se la pasa en la cocina con ella. Eso sí, cosa que ella cocina, él tiene que probarla, se me hace que lo de hacerse cargo, nomás que sea cambiarle los pañales, porque no tiene un clavo. Algún día encontraré yo uno así, a lo mejor... no, ni loca. Ni aunque esté más guapo, porque el escritor es diatiro feo, feo, aunque ella lo ve divino. Las cosas que hace el amor...

Yo me le quedo viendo al Mario en el Waikikí; eso me consuela del odio que le guardo a Katmandú y a su enana, la Márgara. Tiene una mirada tan limpia, tan bonita; siempre parece que está en las nubes, ¡y es tan galán! Así, medio cara de niño. Ella lo trae de un ala; que tráeme esto, llévame lo otro. Le acarrea todos los regalos que le llegan, las muñequitas chinas esas espantosas, pero también las cajas de chocolates, botellas de champán, hasta una estola de mink le regalaron, se la mandó el tal Palomo que la pasa a buscar en coche. Y Mario hasta le abre la puerta al calvo para que entre al camerino; veo que se le mojan los ojitos del dolor de entregársela a aquel tipo. Y a mí, nomás paso y también quieren cualquier cosa: recoge esa boa que se cayó, o ve y dile a los meseros que Katmandú tiene antojo de coctel de ostión. Yo les digo que sí, que ahorita, y no lo hago. Luego le digo a la Gladiola que la Márgara anda hablando mal de ella, para que le vaya a reclamar: se ven rechistosas, la grandulona y la pulga discutiendo. Ya le advertí a Mario: aguas con la Katmandú, pero lo tiene como embrujado. Ojalá no le den toloache, pues me lo van a estropear. Yo no sé por qué con cada cosa que anhelo, llega Katmandú con sus pelucas de colores a estropeármela. Odio las pinches pelucas, seguro tienen piojos.

Antier, uno de los bailarines que entran cargándole los incensarios a la dizque flor más bella del Tíbet se lastimó y estaban buscando reemplazo. Ricardo es uno de los seis y enseguida se ofreció; tiene un muchachito por ahí al que quiere impulsar —bueno, eso dice él; yo creo que quiere otra cosa, pero no es mi asunto—. En esas que pasa la Márgara y me señala: pongan al Esmeraldo, que parece hombre, total atrás ni se nota. La marimacha diciéndome que parezco hombre, ¡si a ella le salen bigotes! Y la Katmandú se muere de la risa. ¡Me miró con un desprecio, me sentí tan poca cosa, tan poco mujer! Perla bajó sus ojos preciosos y me rozó la mano, como diciendo no les hagas caso, manita, pero yo sentí feísimo; cargaría el incensario, sí, pero para aventárselo a la cabeza a la china maldita, con todo y carbones encendidos. Y lo peor no fue eso, sino ver al Mario reírse junto con ellas, con sus ojos de idiota, hasta que el Chuy lo fue a buscar y le dio un zape por alejarse de la puerta.

En la noche me puse a escudriñar entre los polvos que guarda Antonieta en el armario de la limpieza y me encontré uno muy escondido, seguro que era veneno para ratas, un polvo blanco que estaba hasta el fondo en una oxidada lata de leche Nido con las cosas de la limpieza. No le pregunté qué era para que no sospechara; me la llevé a mi cuarto y guardé un poco en la bolsa, en un bote de crema vacío. Cuando llegué al cabaret, bien temprano, me colé al camerino de la serpiente china y le espolvoreé la cosa horrible en su pócima verde para que se enfermara de algo. La revolví con el dedo y corrí a lavármelo, no fuera a ser. La vi llegar toda golosa y sedienta a embucharse el vaso de un trago y la verdad me asusté: ¿hasta dónde he llegado? Me aseguré de que nadie me viera entrar; de hecho, me metí por la puerta de atrás, justo a la hora en que don Luis se va a rellenarse de tacos de canasta. Luego bailamos y todo normal, aunque la veía medio mareada, los ojos se le ponían bizcos como en resbaladilla, pero se recuperaba y seguía. La verdad no pude soportar quedarme ahí. Me regresé con Ricardo y Perla a nuestra casa en cuanto terminamos. Caímos rendidos y nos levantamos casi al medio día.

Como ayer no trabajamos, estuvimos practicando un número que queremos presentar en algún cabaret: *Las joyas del mar*. Somos Perla, Esmeralda, Zafiro y Rubí; se supone que somos unas gemas que brillan esperando a un príncipe oriental que las ofrendará a una bailarina. Ricardo es Zafiro, por supuesto, y Antonieta, Rubí. El muy cuzco quiere convencernos de que Evaristo, su muchachito, la haga de príncipe porque está altote y nalgón. Perla y yo decimos que es lo único bueno que tiene, pero allá él. Hay unos pasos que no nos salen, especialmente cuando salimos de nuestras conchas al son del mambo. Estuvimos discutiendo qué vestuario nos pondríamos y todo eso me hizo olvidar un poco al Waikikí y hasta el polvo que le había echado a Katmandú, aunque me sentía un poco inquieta. Ya tarde llegó Ovidio y nos cenamos una cecina que habíamos ido a comprar. Ese Evaristo traga como niño de hospicio, le va a salir carito a Ricardo. No sé qué habrá pasado después porque me fui a acostar. Me dormí y la pesadilla del viejo cochino me despertó, serán los nervios. Lo bueno es que tengo mi cuaderno para desahogarme de todas estas historias, porque ¿con quién voy a hablar yo, sinceramente y sin tapujos?

No sé qué haría sin mi querido diario. Lo empecé cuando trabajaba con la señora Alfonsina, la que me recogió luego de esperar horas bajo el sol afuera de la Basílica; hasta me habían salido ampollas en los pies. Era rebuena gente, maestra normalista, y me enseñó muchas cosas: a coser, a escribir bien, porque en la primaria del pueblo no aprendí nada. Luego me inscribió a la secundaria nocturna y casi la termino, porque me encandilé con un chango que daba clases de electricidad y me llevaba a bailar. ¡Cómo me gustó mover el bote sabroso, me acordé tanto de cuando me escapé del pueblo! Me sentí libre, viva, hasta se me quitaron los dolores de panza que había padecido desde siempre. Pero el día que quiso la otra cosa y a fuerzas, saqué mi navaja y le hice un corte en el mentón; no muy grande, se asustó, eso sí. Me gritó que estaba loca y que ni me atreviera a hablarle otra vez o me iba a acusar con los profesores de la escuela y con mi patrona. Yo me quedé triste, pero no porque lo extrañara a él, sino al baile. Ni modo que me fuera a bailar solita.

Los fines de semana me iba con otra muchacha del rumbo a un salón familiar para que nos sacaran a la pista; nos regresábamos temprano con tal de no meternos en problemas. Ahí me atreví a preguntarle a una de las ficheras dónde aprendían los pasos complicados; ella me recomendó la academia de Shirley Vázquez, una bailarina puertorriqueña retirada en el Centro. Juntaba de mi semana y robaba un poco del mandado para pagar las clases, y cuando la señora Alfonsina descubrió que en vez de ir a la secundaria nocturna me iba a aprender a bailar, me corrió. Pero yo ya había conocido a Perla, nos hicimos amigas muy pronto y a ella le dio por protegerme, quizá porque es un poco más grande que yo, o no sé; sabe que parezco dura, pero tengo corazón de pollo. Ella me recomendó en El Burro y me invitó a venirme a esta vecindad. Y me dio mi nombre de joya: Esmeralda en vez de Esperanza, porque yo esa, como mi alma, ya la tengo perdida. Por eso cada año quemo mi diario, es un ritual que hago; leo todas las historias que me pasaron, las babosadas que escribí, me río de haber llorado por cosas que no valían la pena y a veces no puedo parar de llorar. Lloro de tristeza y de rabia, las dos cosas. A ver si no me pasa este año.

Me levanté a rebanar un pepino para ponérmelo en las ojeras, antes de mi crema Teatrical, cuando entró Ricardo a la cocina hecho una Magdalena: ¡mataron a Katmandú, mataron a Katmandú! Perla salió de la regadera corriendo, con la toalla anudada a la cabeza, y Antonieta de su cuarto con el fondo a medio poner. ¿Y ahora? Prendieron la radio y le subieron el volumen, pero de plano no quise escuchar: primero sentí un gran descanso, un obstáculo menos en mi carrera, pensé; después me di cuenta con horror de que me estaba alegrando de la muerte de una mujer. Comencé a sentir náuseas. Tuve que vomitar; luego me encerré en mi cuarto, la verdad no me atrevo a salir. Perla está toque y toque para que le abra, y no sé qué hacer, le dije que me dejara sola. ¿Será ese polvo que le eché en la bebida? ¿Qué he hecho, Dios mío?

7

—Nos pasamos de buenas gentes, Luisa, pero tarugas no somos. A mí no me ven el pelo de tonta, así que trae la llave maestra —exige Esther muy erguida bajo el umbral de la puerta y usando esa voz de las radionovelas que tanto le gustan.

—¿No estaremos exagerando? La blasfemia también es un pecado —revira Luisa, tronándose los dedos de las manos.

—¡No llegó a dormir! ¿Te parece poca cosa?

Aquellas situaciones difíciles hacen que a su compañera de toda la vida le ganen los ánimos de celadora con los pobres estudiantes. Ese tono ya lo conoce, va derechito a culparla a ella y seguro le toca castigo por mentecata.

—¿Quién te manda traer a la casa a un fulano que no es estudiante? Ya sabes nuestras reglas, Luisa.

—Sí, pero si las seguimos a pie juntillas no comemos.

Esther se queda pensativa y lanza un suspiro:

—Nos hacen falta buenos y verdaderos hombres de bien, ya ves lo que nos pasó con ese tal Gonzalo.

Luisa ni se quiere acordar de aquel nombre, pues también lo trajo ella. Pero, sobre todo, no se quiere acordar de esa mañana en la que tres señoras muy ofendidas tocaron a la casa para buscarlo. Dos de ellas iban embarazadas y la otra con un bebé en brazos. Las tres llevaban su semilla. Pero lo peor fue el escándalo que armaron en la calle: gritaron y arrojaron huevos a la ventana de Esther porque el susodicho no se dignaba salir luego de quince minutos de gritos y chiflidos.

A Luisa nunca se le olvida cómo apareció Esther, con ese chongo tieso, el chal bien amarrado y el porte de madre superiora dispuesta a calmar las aguas, prodigando la sabiduría que ella jamás tendrá, está segura. Esther se acercó al bebé y quién sabe cómo supo que aquellas mujeres decían la verdad. Ese día, tras despacharlas a su casa, entró muy digna y le susurró a Luisa:

—Novias de estudiante, nunca esposas de profesionistas, la culpa de que haya muchos Gonzalos es de esas suripantas.

Lo siguiente fue muy simple: le pidió la llave maestra y se encerró con el pasante de abogado. En menos de una hora estaba de patitas en la calle. Y no hizo falta ningún grito.

Con las emociones revueltas, Luisa le tiende la llave maestra. Ahora que le refrescaron la memoria está segura de que Esther hace lo correcto, como siempre.

—Oye, Esther, no hemos terminado de desayunar, son casi las ocho...

Pero decide no quedarse atrás, la acompaña al cuarto de Mario. Algo le dice que está equivocada, ese muchacho es de confianza y quiere verlo con sus propios ojos. Tiene ganas de comprobar su instinto para mostrarle a Esther la evidencia: no será tan buena como ella para olfatear el mal, pero sí para señalar el bien. Ya sabían que el tal Waikikí no es una mueblería, ni que hubieran nacido ayer. Pero una cosa es trabajar en un cabaret y otra ser pecador; uno tiene que comer, ganarse el sustento, si lo sabrá Luisa. «Tanto peca el que mata la vaca como el que le agarra la pata», suele decir Esther. Luisa se debate al subir los escalones. Quizá su prima lejana tiene razón: de ese lugar con nombre avieso, de círculo infernal, de país pagano, nada bueno puede salir. Se persigna.

—¡Ave María purísima! —grita Esther.

Ya se fregó la cosa, piensa Luisa y retiene el aliento antes de entrar.

—¿Qué? ¿Qué pasa?

El cuarto está en orden, solo hay unos guantes de box tirados en el suelo como dos manos entregándose a la justicia.

—La Virgen —responde Esther—. Mírala, está volteada.

El cuadro de la Virgen de Zapopan yace en el suelo, contra la pared.

—Aquí hay gato encerrado, pásame la llave del ropero.

—Ay, querida, nunca abrimos los roperos de los huéspedes —suspira Luisa—, a lo mejor el cuadro se le cayó.

—O no quiere que la Virgen lo mire a la cara —replica Esther.

Luisa cede y saca con reticencia el manojo de llaves, le toma unos segundos encontrarla; mientras, el pálpito en el pecho la vuelve torpe. Por fin abren el ropero y las dos dan un grito. Luisa, por la pistola, y Esther, a causa de todos esos recortes de periódico, grandes y chicos, con la imagen de Katmandú mostrando las carnes, poses obscenas, incitantes, cubriendo el gran espejo de la puerta. Esther, temblando, abre un cajón y da otro grito con el diminuto destello de lentejuelas adheridas a dos corpiños, uno guinda con flecos y otro negro. Ese joven de ojos color aguapuerca es el mismísimo diablo, ¡el asesino!

A Esther le falta el aire, por primera vez en treinta años de hospederas no sabe bien qué hacer.

—¡No toques nada! —alcanza a gritar cuando ve la intención de Luisa, con todo y sollozos, de abrir otro cajón. Se sienta al filo de la cama.

—Voy a preparar un té de tila, eso nos ayudará a calmarnos.

—Sí, sí —contesta Esther—. Dios mío, dame fuerzas; Virgencita de Zapopan, ¿qué hacer con tanto granuja que nos mandas?

Luisa mejor se apresura y la deja hablando sola, evitando las acusaciones, el error de haberlo aceptado. Luego enciende la estufa recién estrenada. «Si es Kenmore es de gas», recuerda el anuncio que por tantos meses miró pegado a la pared de su cama, soñando con dejar de ensuciarse las manos de petróleo. Esa estufa de cuatro quemadores separados, horno gigante y asador, con amplios compartimientos para trastos, esmaltada en blanco, le ha costado ochocientos noventa y cinco pesos. En facilidades de pago, claro. Y esas facilidades han podido solventarse en parte por la cuota de

Mario. Se figura que aquella estufa, impecable como la tiene para hervir su té de tila, en realidad está manchada y todo ese gas en combustión proviene del mismísimo infierno donde se quemarán los Gonzalos y Marios de este mundo. Todavía la debemos, se lamenta.

Prepara la tila y echa una ojeada al periódico del día donde desde la mañana apareció la demoniaca mirada de Katmandú.

—Pura exótica en los espectáculos —había dicho Esther temprano, extrañando la época de las sanas zarzuelas dominicales.

—Se hartaron de las cubanas y ahora babean con las chinas —comentó Luisa, sopeando su chilindrina en el café—, puras películas que denigran a México y sus costumbres.

—Pues si se reelige tu querido presidente Alemán esto no cambiará, Luisa.

—Cómo no, ha puesto en orden a todos los revoltosos, y tu partido es una cofradía de cuatro gatos; yo el PAN me lo como, querida, no voto por él.

Así había empezado la mañana, con pullas y sonrisas de medio lado, hasta que Esther, harta de pelear, regresó al periódico y su atención se desvió hacia la palabra obituario. Luego leyó la frase «Un asesino carnicero anda suelto por nuestra urbe», la nota era de Augusto Santacruz. Esther se llevó la mano al pecho. Esforzándose en reprimirlas, las palabras «Waikikí», «exótica», «inmoralidad», «pecado» y «asesinato» estallaron frente a sus ojos como los cohetes:

—¡Luisa! ¡Luisa! Tenemos que revisar la habitación de ese muchacho.

Desaforadas, ahora esto les parece terrorífico.

—Hay que ir a la comisaría —por fin alcanza a decir, tendiéndole la taza de té a Esther, que sigue sentada en la cama de Mario, inspeccionando los corpiños con curiosidad y asco.

Katmandú está muerta. No hay forma de quitarse esa imagen de la cabeza: el cuerpo ya cubierto de brillos color plata, como todos los viernes para salir a su número, tendida boca arriba con ese hilito de sangre que bajo sus negrísimos cabellos se extiende hasta formar un charco, reflejado por la luz del foco que titila y hace que las plumas, los disfraces y el vestuario adquieran tonalidades monstruosas, de otro mundo. Las dos divinas almendras a medio abrir, ya sin brillo; los flecos de las pezoneras esparcidos como patas de tarántula. Y esa piel tan suave, aperlada y joven, ahora tiene un tono violáceo, frío. Sus frascos de perfume están regados por el suelo, junto con una estola de mink manchada de sangre, al lado de un vaso de fonda hecho añicos; un bote de Teatrical estrellado contra la pared da fe de una terrible pelea. Alguien quiso arrancarle el calzón, uno parecido al que Mario robó aquella vez, y la culpa lo asalta. La foto de Katmandú desnuda, cubierta solo con una gorda serpiente, lo mira exigiéndole justicia. Al lado del cadáver, Venustiano, el gato al que Katmandú consentía con un platito de leche en su camerino, duerme como velándola.

El aire sigue sin llegarle a los pulmones, no puede pensar. Ya ha pasado mucho tiempo desde que la encontró, no hay forma de saber cuánto. Es la segunda vez que pisa los separos, pero al menos allá en Yuxtle no compartía el espacio. Aquí hay cuatro tipos además de Chuy. Uno de ellos trae el pantalón descosido del tiro, pero le da lo mismo y se sienta contra la pared con las piernas abiertas. Y no hay baño, deben usar el mismo cubo de metal ahora casi lleno. Nadie se atreve a moverlo de donde está, acercarse es casi un puñetazo en la nariz. Mario, dentro de poco, querrá orinar. Se pregunta si para entonces alguien habrá venido a vaciar aquello. Mejor esperar. Además, ahora nada le parece importante. Una congoja espesa lo colma y lo envenena a cada minuto, como el cubo de la celda. Ni siquiera ha podido llorar, ni modo que lo haga frente a Chuy; su compañero está seguro de que don José, el patrón, irá por él, y eso lo mantiene con buen ánimo. Chuy es indispensable, se sabe el teje y maneje del Waikikí entero. Pero a

Mario, ¿quién lo defenderá? Y en el fondo, ahora que Katmandú no está, todo le da igual.

—Me faltó el aire —le dijo al comandante Zetina, un panzón bromista y descreído, en el primer interrogatorio.

—¿A qué hora llegó la señorita?

—No sé, yo pensé que era el primero en abrir el restaurante.

Carcajadas.

—Ahora ese antro es un restaurante.

—Llegué poco antes de mi hora de entrada, que es a las seis.

—¿Quién dio parte?

—Chuy —respondió Mario—, Chuy los llamó, yo estaba ahogado.

—De borracho habrá sido, ¿le trataste de arrebatar el calzón antes o después de dispararle en la sien?

Silencio; él la vio perfecta, hasta era un bonito cadáver.

—Si te gustan frías, mejor confiésalo.

—Yo no la maté.

—Entonces, ¿quién?

Y en ese momento Mario imaginó, como tantas veces, la vida privada de Katmandú. La sospecha de una vida oculta y truculenta le pareció tan terrible que se apresuró a apartarla.

Ahora, en la celda, apretando el esfínter, cree que entregarse a esas preguntas sin respuesta es una peligrosa fantasía, pero aun así se pierde en ella. De por sí la Katmandú era un ser etéreo. Era, se repite tratando de creerlo. Era. Como si el viento siempre hubiera estado esperándola para llevársela dejando atrás los acordes, las luces, los pasos de elegante sensualidad.

—¿Qué relación tienes con Margarito Everest Reynosa, alias «la Márgara»?

Fue la primera pregunta del segundo interrogatorio. Zetina ni lo miró, se cortaba las uñas.

—Ninguna, hay un error, no se llama Margarito.

—Pero trabaja contigo.

—No.

—¿Cómo no?

—Ella trabaja para Katmandú —aclaró.

—¿Y qué labores desempeña?

—Le peina las pelucas.

Y llovieron carcajadas, sonoras y terribles, del otro policía que también lo miraba en ese cuartucho con olor a perro mojado.

—¿Qué hiciste con la Márgara, a dónde la mandaste?

—Yo no…

—Más vale que desembuches, chato, ahorita soy todo oídos. Si me desesperas, aquí el oficial va a empezar a tronarte los dedos; es su maña, le gusta cómo crujen los huesos de las manos, ¿cierto?

El oficial peló una sonrisa chimuela.

—Por cada mentira, él te truena un hueso, empezando por el chiquito y terminando por el gordo. No creo que aguantes, tienes manos de virgencita. Míralas, oficial, como te gustan, lisitas, derechitas...

Pero Mario no habló. Y el aire se le fue del estómago con el puñetazo.

—¿Crees que somos pendejos? ¿Eso crees?

La celda está en silencio, el zumbido de las moscas es lo único que se escucha en la oscuridad. El tipo con el hoyo en el pantalón ronca, el hambre arrecia. Ya es de día, pero no hay forma de saber la hora, a todos les quitaron los relojes al entrar. Alguien pregunta:

—¿Qué horas son?

Y Chuy contesta:

—Las que usted diga, señor presidente.

Estalla una carcajada que los libera un poco de la desesperación. Mario piensa que es parte de la condena: pura eternidad en medio de unas paredes sucias, sin relojes ni sol para marcar las horas, escuchando las chungas de unos desconocidos. No aguanta más, y delante de todos se acerca al cubo repugnante sintiendo las miradas encima. El primer chorro sale con dolor y ya lo siguiente es alivio, pero debe detenerse para evitar el desbordamiento de ese coágulo de orines y mierda. No lo logra.

—¡Ya inundaste la celda, marrano! —le grita uno de los que están en el rincón. Chuy mira hacia otro lado.

—Mario Hernández —escucha junto con los golpes de una macana en la reja. Se acerca a la puerta sin decir «yo», anticipando la tortura que vendrá. Si estuvieras aquí, mamá, te mueres; ya me salvaste de una cárcel, pero no podrás sacarme de esta. No la oye como antes, como tantas veces donde clarito imaginaba su voz reclamándole por ser tonto o pelear con su hermano Pablo. Y de pronto, escucha la voz suave de Katmandú, ese tono de seda que jamás volverá a oír: me das confianza, seguido de aquel beso evanescente mientras rozaba su mano al propinarle veinte pesos.

Zetina lo espera junto con el oficial «quebrantahuesos».

—¿Con quién planeaste el asesinato?

Otra vez la burra al trigo, piensa Mario.

—Yo no la maté —pronuncia esa frase infernal que ha repetido hasta el cansancio, tanto a unos como a otros—. La admiro y la quiero, ¿cómo iba yo a matarla?

—Entonces explícame la pistola en tu cuarto de pensión. Y estos trapitos con flecos. Y acá tenemos unos recortes, puras fotos de la occisa que encontraron tus caseras, nos las acaban de traer.

—La pistola es de mi tío Lucio, Lucio Hernández. Se la quité yo mismo en el Waikikí hace poco, iba bien borracho.

Los oficiales intercambian miradas incrédulas.

—¿Es tu tío?

Mario asiente.

—Pues si esa arma es suya, te sirvió para matar a la chinita, es el mismo calibre —asegura el oficial.

—Ya están haciendo las pruebas a ver cuándo se disparó por última vez —añade Zetina.

—Yo ni sé usar una pistola —interrumpe Mario—. Los recortes y los corpiños son porque yo la quería, yo la quiero.

—Tanto, que la asesinaste —dice el oficial—. Te vamos a hacer la prueba de la pólvora también a ti, infeliz.

—A ver, repasemos una vez más: llegaste al Waikikí cerca de las cinco y no había nadie.

Mario continúa con el relato:

—Me puse a barrer el pasillo de los camerinos. Todo es lo mismo que ya le he repetido, señor.

—¿No hubo disparos?

—No.

—¿Viste salir a alguien?

—Tampoco.

—¿Ni por la puerta de los actores?

—No.

—Te pusiste a barrer.

—Sí, para hacer algo en lo que llegaba Chuy. En eso me acordé de que un día antes trajeron un regalo para Katmandú, una de esas cajitas que le mandaba don Palomino.

La cara de Zetina se transforma.

—¿Quién?

—Uno de sus amigos, o admiradores.

Otra vez se le va el aire de pensar en la vida oscura de su amada.

—¿Palomino Ferrer? —pregunta el otro oficial, y Zetina lo mira con reproche, culpándolo de indiscreto.

—Sí, sí, ese señor le mandaba unas muñequitas chinas, bueno, creíamos que era él porque nunca traían tarjeta, pero ella recibía muchos regalos de admiradores que no decían sus nombres.

—Pues no los van a decir, todos son casados —agrega el oficial, riéndose—. ¿Qué clase de regalos recibía la Katmandú?

—Flores, chocolates, botellas de vino, a veces joyas. Las joyas eran de parte de don Palomino, según ella misma decía.

—Y las muñecas esas que dices —pregunta Zetina—, ¿de qué tamaño son?

—Son de adorno, de porcelana, como de unos quince centímetros, gorditas; en su camerino tenía unas cinco, ella decía que eran de colección.

—Y fuiste a llevarle el regalo.

—Sí, lo tenía en mi petaca del gimnasio porque un día antes se había ido temprano del ensayo general y no alcancé a dársela.

—O más bien te la ibas a robar, como hiciste con sus calzones —interrumpe el oficial, pero basta una mirada de Zetina para callarlo.

—Sigue, Mario, síguele.

—Le iba a dejar el regalo en su camerino, pues ella siempre llega con la Márgara hasta las seis y media o a veces más tarde para cambiarse, preparar todo. Abrí la puerta y…

—¿Por qué tenías llave del camerino?

—Ella misma me la dio, me gané su confianza; quería que le ayudara con ciertas cosas porque Márgara no se daba abasto. Katmandú se maquillaba sola, pero Márgara le pintaba el ojo derecho, ella decía que ese ojo no le salía bien.

—Y cuando llegaste…

—Vi toda esa sangre debajo de la mesa de las patas de león y atrás estaba Katmandú en el suelo. Se me fue el aire, todavía no puedo respirar bien.

—¿Tocaste el cuerpo?

—Me estaba ahogando, comandante. Cuando salí de ahí vi que Chuy ya había llegado y fui por él.

Zetina se levanta bruscamente.

—¿Dónde está la muñeca esa que dices?

—No sé, seguro en mi petaca.

—¿La que te confiscamos aquí?

—Sí, creo que sí.

Con un gesto le indica al oficial que lo siga y dejan a Mario solo en el cuartucho, pero no cierran la puerta. Lo único diferente que le ha dicho al comandante es aquello de los regalos, esas cajas con moño color escarlata. Una pista, se da cuenta. Y tampoco le confesó que acarició su mejilla helada. Entonces alcanza a escuchar:

—No tiene sentido eso, ¿y el otro cadáver qué?

A Mario se le congela la sangre. ¿Otro cadáver? Vuelve a entrar el comandante Zetina, esta vez con su petaca de gimnasio en las manos. Saca la caja con el listón escarlata y rápido lo desata frente a Mario, quien aprueba con la pura mirada. Y ahí está una muñeca china de porcelana, pero esta vez trae el kimono negro, como si estuviera de luto.

—¿La habías visto? —pregunta Zetina.

—No, nunca abro sus regalos.

—Llévensela para que la analicen —ordena después de unos segundos en que se limpia la papada de sudor—. Ahora resulta que no sabes nada…

—Ya le dije que tengo tres meses trabajando en el Waikikí.

—¿No entiendes que, si no hablas, de aquí te vas a ir derechito a la chingada?, te van a echar unos veinte años, ¡por lo menos! Mira, chato, ya me estás cansando, la Márgara o tú mataron a la china.

—O los dos —agregó el oficial y se rascó los testículos antes de sentarse al lado de Mario y pescarle la mano con su garra que lucía un gran anillo de plata y vidrio rojo—. Usted dice, mi comandante, por cuál empiezo.

No sabe cuánto tiempo lleva en el separo. Siente la cabeza pesada, por lo menos ya cambiaron el cubo y trapearon, aunque el olor no se ha ido del todo. Mario se mira los dedos, no puede creer que estén completos, derechitos y funcionando luego de ese torzón. Cuando el oficial jaló su índice juró que se lo arrancaría, nunca había sentido tanto dolor. Ahí sí que se le salieron las lágrimas, pero no tanto por el pavor de ser descoyuntado, más bien se le escapó un revoltijo de pesares que llevaba oculto en las entrañas. Ese dedo abrió la puerta y a borbotones escapó la amargura seguida de enormes sollozos, uno detrás de otro. No solo la imagen de Katmandú muerta, sino su otra falta, por la que huyó de Yuxtle, se arremolinaron junto con las caras de su madre y Pablo siendo injustos con él, y luego vio las espigas ondeantes bajo el viento en época de cosecha. Ese llanto desesperado aflojó la torcedura, quizá por compasión o sorpresa. Hasta Zetina se mostró ligeramente conmovido, pues le ofreció un pañuelo azul cuando vio que no paraba de llorar, incluso después de que el oficial lo había liberado. Se pregunta si el próximo interrogatorio le dejará los dedos en su lugar.

Chuy ni pregunta cómo está, parece que le basta con verlo entero. Mario no se atreve a decirle lo que alcanzó a escuchar del otro cadáver. El miedo a que el propio Chuy esté involucrado se apodera de él. Repentinamente, el nombre de Jesús Vázquez Otero se escucha desde afuera. Chuy se levanta y acude al llamado, sale de la celda y le echa a Mario una mirada de complicidad.

Otra vez ha pasado mucho tiempo y Chuy no vuelve. ¿Le habrán hecho algo por su culpa? ¿Se habrán dado cuenta de que Chuy tiene algo que ver? ¿Y si el propio Chuy la mató? La otra posibilidad es que don José haya ido por él a sacarlo de la delegación, como tanto esperaba.

—Lo que logra el dinero —dice en voz alta.

El chaparrito que tiene al lado complementa la frase: poderoso caballero es don dinero. Y le cuenta que está ahí por un accidente de tránsito, pero Mario apenas lo escucha. ¿Habrán matado a Katmandú por dinero? No logra articular pensamientos ordenados, su cabeza da vueltas y su estómago pide comida a gritos. Quién sabe cuánto ha pasado en esa celda, lo único que les han ofrecido a todos es agua.

El hombre gordo se acerca al cubo y sin ningún empacho se baja los pantalones hasta los tobillos. Otra vez la peste. A Mario se le quita el hambre. El señor termina. Alguien grita:

—¡Pobre, pero pa los frijoles sí saco!

Los demás se ríen.

—¡A la larga te acostumbras! —le responde el gordo.

Ya no está Chuy como para burlarse juntos. Ahora tiene la certeza de que don José lo rescató. Pero tú, Mario, a nadie le importas. Al menos a nadie en la ciudad. Seguro que las señoritas Esther y Luisa no le permitirán jamás volver a refugiarse en su cuarto de la pensión; ahí pensaría con calma qué hacer, si es que lo sueltan. Qué diría su abuelo de verlo entambado: «árbol que crece torcido…».

Ya ha leído todos los mensajes escritos en la pared: que si los cucos se vengarán de un tal Kikis; que si Petronilo ama a Paloma, y la mayoría son puras palabras soeces o frases sin mucho sentido: atrás se pide pero por delante se despacha, Pascual es puto, los chimos estuvieron aquí, tú me la Pérez Prado con canciones de Agustín Lara. Y en medio se asoma un «Padre nuestro que estás en los cielos», con una cruz chueca al lado del dibujo de unas tetas. Uno que acusan de proxeneta le pidió matar a las cucarachas para que no se le treparan en lo que se echaba una pestaña, y como Mario no podía dormir, accedió. De vez en cuando le llega la infame idea de Chuy: que están buscando a un culpable con tal de zanjar rápido el caso. Pero ella es famosa, una vedette del cine nacional. Pues con más razón, había dicho él. Y bueno, Chuy tiene más experiencia y aunque no es muy amigo suyo, confía en que lo ayude con don José, a ver si puede hacer algo.

Cuánto cambió en tan poco tiempo. Justo cuando empezaba a enderezarse, a sentir como propio ese cuarto de la Virgen regañona, esas calles largas; ahora que sabe usar tres líneas del tranvía y no le hace daño la comida, lo culpan de matar a su diosa. Se le figura que el mundo es como ese cubo de mierda que otra vez ya se desbordó. ¿Qué pasará mañana si no recogen tanta suciedad? Un guardia les pasa unas tortas flacas de jamón con rajas y él piensa que seguro acabarán ahí, en ese rincón. Mario se pregunta si ellos mismos, los de la prisión, no serán los desechos de alguien más, de un dios que tiene todo de diablo.

Ha pasado mucho tiempo, quizá ya es más de medio día, cuando el interrogatorio vuelve a comenzar.

—¿Desde cuándo conoces a María Esperanza Sánchez Lobato?

—¿A quién?

Un golpe termina por sacarle el aire, ese que respiraba en el Waikikí y que compartía con Katmandú, ese aire de baile, elegancia y juerga.

—Su nombre de puta es Esmeralda —revira Zetina y le clava los ojos al oficial, diciéndole algo con la mirada que Mario no comprende.

Zetina saca de una caja un cuaderno que arroja en la mesa.

—Aquí está todo, mejor empieza a hablar, tu bailarina confesó en este diario su intención de matar a la occisa. Y ahí apareces, hermano. Dime, ¿desde cuándo te chingas a la flaca?

— ¿Eso es de Esmeralda? —Mario trata de coger el cuaderno, pero el oficial, con un macanazo en la mesa, se lo impide.

—De verdad no sé nada, llegué hace tres meses, soy de Yuxtle.

—Pinche pueblo perdido —se le sale al oficial.

— Aunque seas del puto Congo... Mira, imbécil, tienes suerte de que hoy no estamos para mariconerías y de que tienes palancas, pero los vamos a estar vigilando, no se crean tu noviecita y tú que se van a zafar tan fácil. Ya te vas.

Esto último le parece irreal, imposible. ¿Palancas?

A la salida le entregan sus llaves, el sombrero, el saco, su cartera, y del poco dinero que traía, nada. Abren la reja y Mario sale sintiendo sus miradas, como si desde sus ojos le dijeran con reproche: volverás, seguirás siendo lo que eres y aquí perteneces.

Siendo las doce del mediodía con treinta y ocho minutos es traída a esta Delegación la Srita. María Esperanza Sánchez Lobato por los patrulleros H. Bermúdez y J. Fonseca, quienes afirman que a la hora de aprehenderla presentó resistencia a la autoridad, soltándole una fuerte patada en la espinilla al agente Bermúdez, por lo que será acreedora a una sanción más lo que se le acumule por el caso del asesinato de la Srita. Lirio López Chen, mejor conocida como Katmandú. La señorita Esperanza niega llamarse así e insiste en que su nombre es Esmeralda. Que nació en el pueblo de San Nicolás, cercano á Contreras. Se declara muy sorprendida del asesinato y jura que ella nunca quiso matar á la occisa. Á la pregunta del comandante Zetina de por qué escribió en su diario que quería hacerlo, María Esperanza se suelta en llanto y lo niega, pregunta quién le dio su cuaderno a la autoridad, por lo que el comandante, con su natural apostura, le muestra la pieza inculpatoria «A», que consta en los archivos de la Delegación, misma que fue entregada a la autoridad por su compañera Perla Xóchitl Avendaño Pérez, quien horas antes se presentó en esta Comisaría para denunciar a su amiga, quien había huido de su domicilio en la calle de Manuel Doblado 16 B, para regresar hace unos minutos y ser aprehendida en el zaguán por los mencionados comandantes Bermúdez y Fonseca, los cuales se han retirado a tomar sus sagrados alimentos. En su bolsa se encontró una navaja muy filosa que enseguida levantó la sospecha de los honorables defensores de la ley. Al insistir la señorita Sánchez Lobato en que ella usa la navaja solo para defenderse de los pervertidos que se pasan de lanza en su horario laboral y jamás ha sostenido una pistola en sus manos y ser observada con malicia por el comandante y el oficial Ramírez, se le inquiere sobre su pretensión de envenenar a la señorita Lirio, á lo que ella responde con las expresiones altisonantes á las que son afectas las mujeres de su clase e intenta dar un manotazo al comandante Zetina, quien con su natural gallardía le detiene la mano cuajada de anillos (es necesario aclarar que son de bisutería) y le explica que su pretensión se vio frustrada al haber echado en la bebida de ésta no otra cosa sino un poco de bicarbonato. La señorita Sánchez, alias Esmeralda, parece respirar aliviada e insiste en que ella de ninguna manera hubiera querido terminar con la vida de Lirio, alias Katmandú, por más que ésta la humillara y le hiciera ofensas difíciles de perdonar, y sugiere a los oficiales indagar en la persona conocida como «La Márgara», además de otros sujetos que continuamente agasajaban a la estrella chino-mexicana. Después de mucha discusión se determina liberar a la Srita. María Esperanza Sánchez Lobato, por falta de pruebas (y porque peca de ingenuidad) bajo fianza de $200.00 por sus ofensas á la autoridad y portación de arma blanca, no sin antes contener sus insultos y patadas recluyéndola en los separos de esta H. Delegación con otras mariposas de la vida airada que esperan fianza.

México, Distrito Federal
28 de agosto de 1951

A este cuaderno le quedan pocas páginas, mañana me compraré otro. Se lo robé a un niño idiota, el mismo que gritó «¡ahí viene, agárrenla!» cuando regresé a la vecindad después de dar unas cuantas vueltas porque me moría de miedo. Yo no me pensaba escapar, o a lo mejor sí, no sé. Después de estar encerrada un buen rato en mi cuarto, cuando Ricardo amenazó con tumbar la puerta, no aguanté la desesperación y me salí corriendo como una loca por las calles de alrededor. Hasta me metí a la iglesia a preguntarle a Dios qué hacer, pero pues Él qué cosa va a decir, si mi vida es una larga espera al infierno.

Total, como a las doce regresé muy asustada, convencida de que había envenenado a Katmandú, y estaba arrepentidísima. Una cosa es odiar tanto y otra de plano matar, eso sí no. Yo quería que se sintiera muy mal, o sí, que se muriera de algo, pero tampoco ser yo la que la matara. Ay, Jesús, no sé qué quería. El caso es que regresé para contarles todo a mis compañeros y pedirles ayuda, estaba dispuesta a confesarles lo que había hecho, yo los creía mis amigos, pero pues no. Cuando llegué al zaguán ahí estaban los policías en el patio de la vecindad, los podía distinguir. Y si no hubiera sido por el maldito chamaco, me lanzaba a correr otra vez. Yo no maté a Katmandú, alguien le disparó con una pistola, pero eso no lo supe hasta que llegué a la delegación.

Total que me llevó la julia. En la delegación, un comandante de lo más prepotente y otro oficial me interrogaron y luego me metieron a una de las jaulas que tienen ahí. Yo me defendí con uñas y dientes, y al final solo por faltarle al respeto a la autoridad tenía que pagar doscientos pesos para salir, ¿de dónde iba a sacar tanto dinero? No traía ni un clavo. Mi ropa estaba sucia, toda yo olía horrible. Perla pasó a verme y me trajo ropa. Le pedí que me ayudara a salir. Nos querías matar a todos con veneno, pero ni siquiera te iba a resultar porque era bicarbonato, me dijo, pues encontraron la lata de Nido en la cocina. Nunca me imaginé que ella me hubiera denunciado. ¿Fuiste tú?, le pregunté. Saliste hecha una loca y dejaste tu cuaderno sobre la cama, abierto en la última página, Antonieta se puso a leerlo pensando que era un recado, así nos enteramos de tus intenciones. No, yo jamás les hubiera querido hacer daño, te lo juro, le contesté. Uno escribe muchas cosas, pero yo no quería que pasara nada malo, si hasta le puse bien poquito a Katmandú, de verdad; es que estaba muy enojada, tú viste cómo me trataba. Pues no sé si creerte, me dijo como si escupiera. Mejor quédate aquí y practica tu pinche baile de la pirámide, remató.

Y se fue, dejándome en ese separo lleno de cucarachas y con unas pirujas que creían que era una de las suyas y que la pirámide era una postura para coger; nomás me quebré y me puse a llorar en medio de sus burlas. Ya ni sabía qué me iba a pasar, era mi castigo por lo de la criatura que perdí y ahora sí se acababa mi vida; hasta estaba pensando cómo colgarme ahí mismo y terminar de una vez por todas, pues me confiscaron mi navaja querida, cuando apareció el oficial y me dijo que podía salir, porque un samaritano había pagado mi fianza. ¿Quién sería el samaritano? Les pregunté y nomás se rieron: tu novio, me dijo una secretaria con fleco de tubo, un esperpento como tú, engendro del pecado. No sé qué es un esperpento, tengo que averiguarlo. ¿Habría sido don Luis, el vigilante del Waikikí? O quizá alguno de los bongoseros... Solo espero que no me lo quiera cobrar de la manera que ya sabemos; aunque, si tiene que ser, en una de esas y es hasta mejor que la celda con las cucarachas, pensé.

Afuera de la delegación había un grupito de reporteros en la calle que me preguntaban si había matado a Katmandú y me sacaban fotos. Yo me tapé la cara con la bolsa de papel donde Perla me había traído unos calzones, una blusa y mi bilet, mientras alcancé a ver de lejos a Mario, que parecía estar escapando de ellos. El muchacho del Guay, a saber qué andaba haciendo por esos rumbos, a lo mejor fue a declarar. ¡Claro!, pensé, seguro pudo ser él, tan obsesionado que está con la Katmandú... pero, ¿por qué andaba libre entonces? Me les zafé a los reporteros y corrí para alcanzarlo; cuando llegué a la esquina me encontré al novio de Antonieta, el escritor. Resulta que él fue quien pagó la fianza. ¡Yo creía que esos no tienen nunca un clavo!, ¿cómo le habrá hecho? Ovidio me miraba con sus ojos como afiebrados que tiene y me decía quién sabe qué cosas; me había ayudado porque una mujer que escribe no puede estar en la cárcel. Solo estoy descarrilada por las bajas pasiones, pero él puede ayudarme a encontrar un propósito en la vida, dizque. Insistió en que encauzara mi rabia contra las injusticias afiliándome al partido. ¿A cuál partido?, le pregunté, pero ni escuché bien con el nervio de ver que Mario se alejaba y no podría alcanzarlo. ¿Qué hora es? Y Ovidio sacó un reloj viejo de su bolsillo con una cadenita oxidada. Las cuatro y media, la hora en que se despiertan las sombras, casi declamó. Me dio más miedo él que el comandante Zetina.

Tenía que regresar a la vecindad, aunque Perla estuviera tan furiosa; a lo mejor alcanzaría a convencerla de que realmente yo jamás les hubiera querido hacer daño, nunca de los nuncas, y si se me quedó la lata en la cocina fue por burra, no por otra cosa. Y es que no tenía yo nada, mi poco dinero ahorrado estaba todo allá, debajo del colchón. Le agradecí a Ovidio y me sentí tan sola que le pedí acompañarme para hablar con mis amigos, pero me rogó que no les dijera por nada del mundo que había pagado la fianza y escribió su teléfono en un boleto de tranvía. Le temblaban las manos al pobre y luego quiso despedirse de beso en la mejilla, pero se quedó a medio camino y solo dijo: llámame y platicamos más de la causa proletaria, compañera. Lo vi alejarse con su traje café tan arrugado y grande, el sombrero medio chueco, con actitud sospechosa o culpable. Se me hizo feo maquinar cosas a espaldas de Antonieta, no es de comadres, así que tiré el papel. Yo no tenía más que la bolsa con los calzones y unos centavos que me dejó Perla. Después de todo, no me odiaba tanto, por lo menos podía tomar el camión.

Lo malo fue cuando regresé a la vecindad: Antonieta había dejado mi ropa y mis cosas en el pasillo, todo revuelto encima de mi maleta; afuera estaban las señoras, los niños y hasta los perros, bola de chismosos nomás viendo qué hacía. Tú mataste a la Katmandú, ¿por qué te soltaron?, me gritó una vecina coja. ¿A ustedes qué chingaos les importa?, les ladré a los mirones. Toqué y toqué a la puerta hasta que me abrió Ricardo, pero no pasé de la entrada: ¡que no entre!, gritaron Perla y Antonieta desde el comedor; ya no me hablaban a mí, nomás a Ricardo. Traté de explicarles, les insistí en que yo no había querido envenenar a nadie, que no soy una asesina, nomás me ofusqué. Y lloré y todo, pero no se apiadaron.

¿Cómo pudiste darle abrigo a esa víbora ponzoñosa?, le lanzó Antonieta a Perla, pero ella solo se puso seria. Ricardo tenía cara de lástima, por él sí me dejaba entrar; le pedí que por lo menos pudiera sacar mi dinero de donde lo tenía escondido. Antonieta se interpuso, yo le di un buen empujón y me metí hasta mi cuarto. Adentro estaba Evaristo, el chichifo de Ricardo, peinándose el copete muy instalado en mi cama. ¿Tú qué haces aquí?, le pregunté preocupada por el sobre donde guardaba mi lana. Hoy me mudé, me dijeron que ya no vives en esta casa. El piso se abrió bajo mis pies. Metí la mano debajo del colchón y saqué el sobre, pero mi dinero no estaba completo: agarré para la renta que debías, me dijo Antonieta desde el quicio. Me dio tanta rabia que rompí mi promesa: pues para que sepas, tu novio Ovidio me sacó del bote; si supiera que cobras a lo chino, te dejaría. Y pagó doscientos pesotes por mí.

Nomás vi que se ponía verde y de todos los colores. Me empujó al pasillo y cerró la puerta de trancazo. Afuera seguía la bola de chismosos, viendo cómo metía mi ropa y mis cosas a la maleta, y hasta se burlaban de mis calzones y la ropa de lentejuelas, ¡el vestuario arruinado en los charcos mugrosos del zaguán! Mi frasco de maquillaje roto, con lo caro que me salió. Levanté la petaca, que estaba pesada, y la zarandeé enfrente de ellos, dispuesta a darles un buen chingadazo si no me dejaban pasar. Se abrieron sin dejar las burlas. ¡Güila!, me gritó un viejo idiota. ¡Ya quisieras, le contesté, a ti ni se te ha de parar! Me salí toda digna y en el camino encontré abandonado este cuaderno. Chamaco pendejo, se ve que ni estudia, lo deja botado por todas partes, pues a mí me servirá más. Hasta tiene un corazón pintado en la última página que dice «Carmela». Escuincle baboso.

Se me salen las lágrimas mientras escribo y hasta se moja el papel, pero es que traigo una rabia y un susto que no puedo controlar. Total, me vine al Waikikí para ver qué estaba pasando, si no lo habían cerrado por el asesinato o si me admitirían en la noche. Me moría de hambre, esperaba que en la cocina me dieran algo de comer con las ficheras. Si era necesario, haría la ficha esa noche para ganar unos tlacos y no sentirme tan desesperada, hasta podría jalar con algún cliente modosito, un vejestorio que se durmiera rápido, y así tendría dónde descansar, pero fue imposible. Quise ser discreta y toqué a la puerta de atrás, entonces abrió don Luis, el cuidador, y se puso pálido. ¿También me vas a matar a mí, flaca?, me dijo, y levantó las manos como si le estuviera apuntando con una pistola. Todavía me reí, pensando que era chunga, pero al entrar vi cómo la gente se quitaba: los meseros y garroteros que ahí estaban reunidos con don José se me quedaban mirando y me abrían paso, yo les preguntaba quihobo o qué, pero no abrieron la boca.

Llegué hasta el camerino de Katmandú; la puerta permanecía sellada con una cinta, pero no cerrada, y pude ver por la rendija una silueta blanca pintada en el piso, junto a una manchota de sangre. Me acalambré de ver a la muerte entre tantos perfumes y satines, sentí náusea y pensé que no debí de haberme asomado. Antes de que me pudiera escapar, se apareció el gachupín detestable: ¿tú qué haces aquí, te escapaste de la cárcel? Le dije que no, que solo me habían llevado a la delegación para interrogarme. No sé a cuento de qué, don José, se lo juro, me hice la que no entendía nada. ¡Algo habrás hecho! Arrojó su eterno puro al suelo y se puso a pisotearlo como si matara cucarachas. Todas ustedes me van a dejar en la ruina, aparte de las mordidas que tengo que pagar para que no me clausuren otra vez. ¡A la calle!, gritó. Y me fui con la cola entre las patas. Luego vi por qué: el periódico de la tarde acababa de salir con mi foto entrando a la delegación, jaloneada por los policías. La plana decía «Tiple y sacaborrachos: combinación mortal para Katmandú». A un lado estaba la foto de Mario con esposas en las muñecas y su carita de yo no fui. Sentí que la ciudad entera me señalaba con su dedo acusador. Yo quería que el mundo me viera bailar y de repente me tengo que esconder como si tuviera tiña. Pero, ¿y Mario? ¿Será posible que el guapito sea un asesino?

Aquí tengo enfrente *El Gráfico*, estoy en el café Yang Tse, donde me vine a refugiar a dos cuadras, con todo y mi maleta. La mesera es china y se ve que o no entiende español o no ha visto la foto, pues ha sido amable conmigo y hasta me pasó unas servilletas cuando me vio soltar el lagrimón. Los otros comensales me miran de lado con desprecio y burla: qué ganas de clavarles el tenedor en los ojos. Ay, Dios, qué cosas pienso: ¿estaré loca? Es que cuando me encabrito me dan ganas de hacer cosas muy malas, muy malas. Pero no las hago, sé distinguir. Ya me comí unas enchiladas y se me soltó la panza. No tengo la más jodida idea de a dónde ir, ni qué chingaos haré, estoy perdida. Aunque sea me voy a volar un cuchillo filoso, no vaya a ser que lo necesite para defenderme.

Ya cálmate, Esmeralda, respira hondo como te enseñó la maestra Shirley. Necesitas dinero y si no quieres ponerte a robar bancos, más vale que regreses al Guay a exigir la quincena que te corresponde. No te dejes, ve y exígele al gachupín tu lana, no tiene derecho a dejarte en la calle y quedarse con lo tuyo. Qué fácil, me corre y se queda con mi dinero. Así cualquiera pone un cabaret.

9

Tu tío Lucio, aunque es un cabrón, sabrá responderte. La voz imperiosa de su madre vuelve a sonar ahí afuera de la delegación, con los pies en la banqueta sembrada de colillas y los huesos adoloridos. El aire, húmedo y frío, lo reanima poco a poco.

—Tío —le dice Mario—, ¿se acordó de las lilas?

—Cumplo mis promesas, ya lo viste. —Arrecia el paso con la firme intención de marcarle distancia.

—¿Y así nomás me va a dejar?

El tío Lucio se detiene con brusquedad.

—¿Pues qué más quieres, cabrón? Ya te saqué del bote y no te voy a cobrar esta vez, pero si sigues así, te juro que le vendes el alma al diablo, maricón. Nunca vuelvas a involucrarme en tus movidas, te lo advierto. Si serás imbécil, Mario, ¿cómo se te ocurre decirles que me quitaste una pistola por borracho? No me hagas quedar mal, ¿yo qué tengo que ver con la puta china esa?

—No era ninguna puta.

El tono alto y firme de Mario advierte a Lucio que esa es una herida abierta.

—Katmandú no era una corriente, tenía a su novio el empresario.

La garganta se le cierra con brusquedad, pero antes de que el sentimiento le gane, trata de respirar profundo. Pareciera que el aire le inspira la idea:

—Buscaré a don Palomino, seguro sabe qué pasó con ella. Pero antes voy a ir por mis cosas, a ver si todavía están en la pensión.

—¿A mí qué me importa lo que hagas? Solo no me embarres en tus pendejadas, ya estás advertido. Y quítate esa idea de la cabeza, no necesitas visitar a ningún Palomino para nada, no te metas en más problemas, a la otra no te iré a sacar.

Con la frente muy en alto y sacando la barriga de pelota, el tío Lucio dobla en la esquina. Mario lo alcanza corriendo:

—¡Ey! Al menos dime qué son las lilas, qué significan.

—Es algo entre tu mamá y yo.

—Dímelo, por favor.

Por fin el tío se detiene.

—Pues esto tiene que ver conmigo, no con tu mamá.

—Dímelo, y te vas, no te estaré siguiendo, ni dando problemas.

Lucio toma conciencia de que el sobrino lo tutea por primera vez. Mario se le impone, ya no es el muchachito tibio tocando el timbre con una bolsa de tamales, y es más alto que él.

—Cuando tenía diecisiete años me hice amigo de las tres hijas de don Gonzalo Santoyo, una era la que me gustaba para algo serio, Ana Lila; pero fue Martha Lila, la menor, la que me quitó lo quinto. —Suelta una risa incontrolable, aflojándose el cinturón—. Y bueno, una vez recibí una carta de Juana Lila declarándome su amor, muy larga, por cierto. Era una muchacha arrebatada y muy nerviosa —recuerda—. A ella solo le metí mano una vez.

Comienza a orinar sin empacho frente a un arbolito trespeleque. Para Mario, aquello es como si marcara su territorio diciéndole: esto es lo que opino de ti.

—¿No puedes esperarte?

—No, ya no aguantaba. Todos estos cuicos son mis cuates, ellos entenderán que no querré ir a sus limpísimos baños de donde te acabo de sacar —declara señalando con la barbilla a los policías distraídos a unos cincuenta metros. Se sacude las últimas gotitas frente a Mario y luego, sin guardársela, lo mira directo a los ojos—. El papá se enteró de todo y me sacó a balazos de mi casa, me corrió del pueblo; pero antes acabé en la cárcel y tu mamá estuvo trabajando en la tienda de don Carmelo para juntar dinero. Ella me sacó. Duré veinte meses ahí metido. Y no voy a volver ahora que todo está saliéndome tan bien, así que ya sabes, con esto pago la deuda con tu madre.

El tío Lucio recobra el paso y se aleja. Por más que se esfuerza, Mario no logra imaginárselo joven, sin esa barriga de embarazada y el bigotito entrecano. En su cabeza recrea la imagen de las Lilas, ahora a sabiendas de que el asunto no se refería a un ramo de flores o algo por el estilo, sino a tres mujeres cortejadas o desvirgadas por su tío, un gordo calvo con una verruga morada. La imagen es repulsiva. La historia le parece absurda, seguramente su tío le está mintiendo, pero prefiere no averiguar más, de momento. El recuerdo de Katmandú lo regresa a su dolor.

Ahora está afuera, donde hay un mundo. Emprende el camino hacia cualquier calle que lo aleje de esa larga pared gris de la delegación. Una luz blanca, repentina y molesta lo toma por asalto. Es la cámara de un periodista.

—¡Déjame en paz! —Y sigue caminando—. Ya me sacaron muchas fotos ayer, lárguense.

De pronto, mira cómo otros dos periodistas se le acercan, y a lo lejos reconoce a la bailarina flaca: Esmeralda. ¿La habrán agarrado también? Con razón el comandante Zetina le preguntó si la conocía. Quién sabe qué les habrá dicho. O qué habrá hecho ella. Se aleja corriendo del periodista. Le pregunta a un papelero dónde tomar un tranvía para ir a la pensión de las señoritas Lumière a recoger sus cosas. De camino, ya en el tranvía, se pregunta cómo lo recibirán, echándome las cruces, por lo menos.

—Viejas traicioneras —dice en voz alta—, ¡mochas hipócritas!

Y en ese momento se acuerda del escapulario que lleva colgado al cuello; con un ademán rabioso, intenta arrancárselo, pero el hilo le quema la piel del cuello y acrecienta su ira. Trata de quitárselo con un segundo tirón, pero el amuleto sigue encajándosele;

resuelve mordisquearlo hasta romper ese estambre fastidioso ante la mirada estupefacta de los pasajeros.

—¿Por qué me castigas? ¡A la chingada contigo! —grita al cielo, asomándose por la ventana y arrojando el escapulario a la calle, seguro de que ningún rayo caerá para aniquilarlo—. Sí, estoy loco, ¿y qué? —les dice, muy envalentonado, a los mirones.

Tengo derecho a reclamar mis cosas en la pensión, faltaba más, piensa, al suponer que las Lumière hicieron una hoguera con sus cuatro camisas nuevas, los tres pares de zapatos, sus cinturones, el sombrero y el saco de hombreras picudas que se compró con su primer sueldo. Quiere recuperar el reloj del abuelo, aunque tenga que entrar a la fuerza. Ahora está seguro de que es un mejor talismán.

—Quisiera hablar con don José, por favor —repite por tercera vez, ahora al propio Chuy, en la puerta de actores; no se atrevió a llamar a la principal que da a Reforma. Ni don Luis ni Clavelito lo dejaron pasar, su amigo Chuy le insiste en que ya no puede trabajar ahí en el Waikikí. El veliz encontrado en plena calle, ante la puerta de la pensión, comienza a pesarle. La señorita Luisa le dijo desde la puerta que esas eran sus pertenencias y que por favor no volviera. Esther de plano ni salió. Por fortuna todas sus cosas estaban intactas; la señorita Luisa no le hizo ninguna pregunta incómoda. La petaca, su morral y el reloj del abuelo con las doce y cuarto marcadas permanentemente lo hacen sentirse más dueño de sí. Hasta la camisa que había puesto en la canasta de la ropa sucia y sus pantalones grises estaban relucientes y bien planchados, quizá alguna de ellas lo habrá hecho de buena fe.

—Mira, hermano, qué bueno que te soltaron, yo sé que no eres capaz de hacer algo así. Déjame arreglarlo con don José, te va a dar algo de dinero, pero no va a querer que entres ni vengas. Con tu carota en todos los periódicos por ser sospechoso de asesinato, comprenderás que no le conviene, piensa en la clientela. —Chuy sale un momento y le pone la mano sobre el hombro en actitud paternal—. Te van a reconocer, Mario. Búscate otro trabajo, cambia de aires, es lo mejor, en este negocio las viejas lo complican todo. Es un mundo muy cochino, y tú no tienes temple. Deveras, mejor no vuelvas a lo mismo.

Ambos observan a Esmeralda, que viene acercándose a unos cuantos metros; se ve mal, un poco encorvada y con los pelos revueltos. Se saludan con una mueca.

—Y ahora tú; a ver, Esperancita, ya te dije... —Chuy, mirando hacia los lados, los jala a unos pocos metros, hacia un zaguán más oculto—. No los deben ver aquí, par de brutos.

—No me llames así, Jesús, además, soy Esmeralda, no Esperancita. Ya sé que no van a querer que baile aquí, eso ni me lo expliques, vengo por el pago de las últimas funciones, lo que me deben. Y nada más. Ni crean que se van a clavar mis centavos.

Chuy les pide a los dos un poco de paciencia.

—Ahí traes dinero —insiste ella—, no te hagas. Danos lo nuestro a cada uno y asunto arreglado.

Mario se queda frío, no sabe cómo reaccionar ante ese poder negociador de Esmeralda, él ni siquiera iba a pedir el dinero de los días que trabajó.

—¿Por qué habríamos de pagarte? —pregunta Chuy—, si ustedes mancharon el nombre del cabaret. Ahora va a estar cerrado quién sabe hasta cuándo, por lo menos tres semanas en lo que se sabe quién fue o se calman las cosas y la gente deja de hablar. Eso es mucho dinero perdido.

—Yo necesito entrar, aunque sea muy rápido, por favor —le ruega Mario.

—¿Dejaste algo adentro?

—Sí —miente él.

—Ven mañana después de las nueve, ahorita solamente podemos estar el Clavel, don José, don Luis o yo, hay policías entrando y saliendo. A ver qué puedo negociar por ustedes.

—De aquí no nos movemos —asegura ella, recargándose en el quicio de la entrada.

—Ahorita están los garroteros y los del camión de refrescos arreglándose con don José por aquello de la clausura, yo les recomiendo mejor esperar a mañana, hoy no creo que les pague; anda muy irritable con lo de la Katmandú. Pero yo veré por ustedes, al menos algo que les dé.

—Lo trabajado —exige Esmeralda.

—No prometo nada —y se va con prisa, como si se deshiciera de dos perros.

La calle casi no tiene coches, el silencio empeora, pero ninguno dice nada; miran al pavimento, distraídos, como esperando a que Chuy regrese.

—¿Qué hora tienes? —le pregunta a Esmeralda sacando el reloj del abuelo y le cuenta que siempre da las doce y cuarto.

—Deben ser más de las siete —responde ella. Vuelve el silencio entre los dos.

—¿Ya comiste? —Es lo único que a Mario se le ocurre decir para romper la incomodidad.

—Sí, me comí unas enchiladas antes de volver a venir.

—¿Cómo?

—Entré hace rato, el viejo me echó, el gachupín. Me da rabia que no nos quieran pagar.

—¿A dónde vas a ir? —Mario señala la maleta y el par de bultos que Esmeralda lleva.

—Pues ya veré —le asegura ella.

—Yo tampoco tengo a dónde ir, me corrieron de la pensión donde vivía. Me acusaron…

—¿De haberla matado? —interrumpe ella—. A mí también. Ya me tenían harta, decían que tú o yo lo hicimos, casi para convencernos de echarnos la culpa, con eso ya tienen a alguien en el bote y asunto arreglado. Así se las gastan.

Otra vez se hace el silencio. Por fin suena a lo lejos una campana de bomberos, Mario está casi seguro de que son los bomberos, pues la señorita Luisa le enseñó la diferencia con las ambulancias, apenas hace tres meses de eso y vaya cómo cambian las cosas, reflexiona.

—¿Conoces alguna pensión no muy lejos? Ya ves que no soy de aquí.

—Sí conozco, por Santo Domingo —afirma ella de una forma en la que queda claro que lo acompañará—. Más bien es un hotel, pero debe estar barato, al menos para pasar la noche. Ahorita no vamos a encontrar otra cosa.

Mario se pregunta si será bueno que lo vean con la flaca, ¿por qué la habrán agarrado como sospechosa? Quizá sí tiene vela en el entierro, anda muy corajuda cargando a cuestas sus cosas, como si mentara madres del mundo.

—¿Y sabes algo de la Márgara? —se atreve a preguntar, a ver si la puerta de la confesión se abre.

—No, ¿cómo voy a saber algo de esa enana bigotona?

A Mario le vienen a la mente los roces que presenció entre las dos. Decide creerle.

—¿A ti por qué te agarraron? —pregunta Esmeralda.

Sin más, comienzan a caminar juntos. Mario le cuenta de la pistola de su tío y la increíble coincidencia del calibre de la bala que acabó con Katmandú; se ahorra la explicación de los corpiños robados y más bien suspira, intenta esconder la maraña de tristeza que no lo deja cuando recuerda la boca abierta y esa expresión a medio camino entre la incredulidad y el éxtasis.

—¿Te hicieron algo? —le pregunta ella, él entiende que se refiere al tiempo en la delegación.

—Me tuvieron ahí toda la noche y apenas salí hace rato, cada tanto me despertaban para darme puñetazos en el estómago, decían que yo sabía algo más, pero no pude decirles nada, yo nada más la encontré muerta —y la voz se le quiebra.

—Oye, Mario, ¿y te preguntaron por la Márgara?

—Mil veces, como si yo fuera su amigo.

Esmeralda se detiene unos segundos para descansar la maleta.

—Esa quién sabe dónde ande, seguro está prófuga, hace rato no la vi cuando me corrió don José. Y no se apareció el viernes, el día en que la mataron, y había función.

—A lo mejor la chaparra está involucrada —responde Mario de inmediato—. Yo necesito entrar al Waikikí.

—¿Y eso?

—Ya ves —responde circunspecto.

Esmeralda entiende que no le dirá más. ¿Qué habrá dejado ahí si los monigotes de la puerta no tienen camerino? Se me hace que este es bien mosca muerta, ay, pero me da más miedo quedarme sola, se dice.

Quisiera saber si esta flaca tiene algo que ver con la muerte de Katmandú. Ella confiaba en mí, me lo dijo. Todavía ahora puede contar conmigo, esté donde esté. Y se imagina a su diosa como un ánima bendita del purgatorio, con las flamas tapándole los pezones, las partes pudendas y sumisa expresión de ruego alzando los brazos ya no al ritmo del djembé, sino al cielo que la desprecia. De inmediato vuelve el recuerdo de sus ojos opacos y su boca abierta, inmóvil, sobre el charco oscuro, casi negro, como si se negara a aceptar esa bala perforándole la vida a los veintidós años. Otra vez la falta de aire. Más vale caminar despacio y concentrarse en cada paso, uno a uno, siguiendo a la sospechosa versión de Vitola.

Esmeralda se desespera: este de plano no se ha dado cuenta de lo tarde que es. Ya casi no hay gente en las calles y todavía se da el lujo de quedarse atrás.

—Apúrale, mijo, ya casi llegamos —le ordena, impaciente, mientras busca su navaja y solo encuentra el cuchillo que se robó en el café de chinos, no vaya a ser que una rata se pase de lista y me salte en una esquina para quitarme los pocos ahorros, sería el colmo. Ojalá haya cuartos para toda la noche en el hotel Impala, luego las pirujas acaparan y no dejan ni una cama libre para los que sí quieren dormir. ¿Podré dormir? Nunca he estado tan cansada y a la vez tan despierta. Mira dónde acabaste, Esmeralda, con el pazguato de los ojitos en el mero hotel a donde se van las ficheras de El Burro con los clientes. Las vueltas que da la vida. O las revolcadas, más bien. Al menos el lugar no está piojoso, lo sé porque alguna vez llegué con muchas copas encima y un chango que me cayó simpático. Y hasta eso me invitaba algo de vez en cuando. A ver si este cara de niño se luce y paga por la noche. ¿Y si amanezco muerta como la Katmandú? Ya no me trago ningún cuento; no vaya a ser que, por ingenua, como me llamó la méndiga secretaria esa de la delegación, y por desesperada, me apriete el pescuezo. Me tengo que conseguir otra filosa, este cuchillo del café de chinos no corta ni la mantequilla. Mejor cálmate, Esmeralda, nada ganas con sacar las uñas.

Es bien arrebatada, se parece a mi hermano Pablo, se ve que la rabia le gana como la pipí. Mejor no confiar en ella, aquí uno está solo. Solo. Una punzada de dolor le llega con ese pensamiento mientras camina. Ni un amigo hice en estos tres meses, las señoritas Lumière me pusieron las cruces, Chuy es fiel al patrón y ni se acuerda de nuestras idas al Greco a practicar boxeo. El ingrato tampoco se acuerda de la vez que lo invité al cine y vimos *Simbad el mareado*; al salir se la pasó cantando «a gozar, yo quiero mambo. Así, así, así mamá». Y yo le hacía el coro: «bom, bom-bom, bo-bo-bom-bom». Pensé que ese día nos habíamos hecho más amigos cuando me dijo: cómo me gustaría pescar una mamacita de esas, igualito a Tin Tan, con un hilo amarrado al dedo gordo y que la piernona atrapara mi anzuelo, aunque acabara yo en el agua. A mí también, le dije. Pero tú ya estás bien pescado por la Katmandú, mano, y en esas aguas uno no puede nadar. Mira nomás lo que terminaste pescando, escucha la voz de su madre, una larguirucha, enojona y rumbera, para colmo. Ni siquiera es exótica como Katmandú. Mejor tenerla de cerca y vigilarla, ir sacándole la sopa de a poquito. No puede evitar su costumbre y se fija en sus zapatos: son discretos, de tacón de aguja, negros y un poco desgastados, como su carácter.

Cruzan San Juan de Letrán, toman Belisario Domínguez en silencio y en la tercera esquina por fin se alza el hotel Impala, de tres pisos. Afuera, un pachuco habla acaloradamente con otro que todavía, a pesar de la noche, lleva puesto el sombrero y una leontina dorada. Bajo el farol dos muchachas con medias de red esperan clientes y, mientras, se espantan los mosquitos que les revolotean; una ayuda a la otra y le da un manazo, comienzan a discutir.

—Yo ya me hubiera puesto un suéter —le comparte Esmeralda en voz baja. En ese instante toma a Mario de la mano con mucha confianza y este, desprevenido, la retira de un jalón—. Allá tú, entonces —es lo único que alcanza a decir y se sigue de frente hasta la entrada, digna y herida. Ahora tendré que pagar el cuarto yo sola, todavía no estoy para rogarle a nadie, piensa.

Mario reacciona, se da cuenta de que le tomó la mano con tal de que los creyeran pareja y, arrepentido, se adelanta al mostrador, donde un señor de bigotito ralo cabecea.

—Un cuarto sencillo —pide Esmeralda.

—Son veinte pesos por la noche entera.

—¿Veinte?, ya subió mucho.

Mientras ella busca su monedero, Mario le extiende dos billetes al hombre y rápido la pesca de la muñeca. Ella lo mira con sorpresa, pero se deja.

—Oiga, ¿y hay descuento si pagamos por semana? —pregunta él.

—Cómo no, por semana o por mes se les hace precio. Díganle mañana al encargado del día. Vengan conmigo, les llevo su equipaje, el cuarto es el número 13.

—¿Tendrá un pedazo de cuerda largo que me preste, señor? —pregunta Mario.

El hombre se queda pensativo.

—Solo tengo cordel de ese que llevan las cortinas, no sé si te sirva.

—Con ese bastará —aclara Mario. El hombre va al cuartito que tiene detrás y regresa con el pedido.

—Primer piso a la derecha —les indica, y él carga las dos maletas detrás suyo.

Esmeralda de la indignación pasa a la desconfianza, ¿querrá ahorcarme con eso? Pero algo le impide soltarse de Mario; se deja conducir hasta que llegan a la puerta de su habitación. Mario despide al encargado con una pequeña propina y da las gracias. Es solo por hoy, se dice a sí misma, si ibas a hacerla de puta, pues al menos con uno que te gusta. Y por un mugre cuarto de veinte pesos, ¿o será por otra cosa? No se atreve a moverse, se queda ante la cama.

El cuarto solo tiene el buró, un perchero, una mesita con dos sillas, un espejo y la ventana por donde entran ruidos de la calle. Mario se apresura a cerrarla y se queda anudando el cordón en la manija. ¡Ya estuvo que este loco me va a colgar de la ventana! Estoy tan cansada que no voy a poder defenderme como Dios manda. Cuando Mario se acerca, ella aprieta los ojos y el cuchillo. Su mano actúa sola, casi sin su consentimiento, y ataca a Mario. Este alcanza a reaccionar y detiene el filo cerca de su cuello. Los dos forcejean.

—¿Qué te pasa?

—¡A mí no me vas a matar como a Katmandú!

Él logra arrebatarle el cuchillo y lo guarda en su pantalón. Le da un poco de lástima porque es un cuchillo de mesa. De un empujón la sienta en la cama.

—¡Quieta! ¿Por qué piensas que te voy a matar? —Él se apresura a cargar el perchero y colocarlo a mitad del cuarto. Ahí anuda el otro extremo del cordón sin dejar de vigilar a Esmeralda—. Ya te dije que yo no le hice nada a Katmandú. Seguro tú sí tienes algo que ver, la odiabas.

Esmeralda se queda en silencio, indefensa. Con brusquedad, Mario empuja la cama donde ella está sentada hacia la pared con tal de hacerse espacio, coge una de las dos almohadas, le ordena que se levante, ella obedece entre movimientos circunspectos. Él toma la cobija para colgarla en ese cordón.

—Es para que estés más cómoda, tú duérmete en la cama, yo me quedo en el piso, de este lado.

—¿No ibas a apretarme el pescuezo?

—No.

Se forma un silencio. Mario abre su petaca y saca algunas prendas para acomodarlas en el suelo y que sean la base de su cama; por fortuna, el único tapete del cuarto, lleno de quemaduras de cigarro, le da algo de soporte. Va al clóset, donde encuentra una cobija de lana, y con eso le basta para reposar. Ella, del otro lado de la sobrecama, espía por la gran abertura que ha quedado. Lo ve sacarse la camisa sin desabotonarla; sus incipientes músculos dibujándose a través de la piel apiñonada y esos ojos tristes terminan por calmarla. Qué estúpida, se dice. Ha hecho esta división en el cuarto para mí, para ue esté cómoda. Esto la enternece y a la vez la ofende; ya estaba esperando el ataque y la idea no le disgustaba del todo. No entiende tantos pudores, a las tiples en el cabaret se nos ve casi todo, pero le parece bonito aquel respeto inusitado.

—Mario, ¿podrías devolverme mi cuchillo, por favor? La verdad es que siempre pongo una navaja abajo del colchón, es mi costumbre, no te lo voy a enterrar, en serio. Te lo juro.

—No. Hasta que me digas por qué te culparon de la muerte de Katmandú.

Ella suspira. Va a empezar a hablar, pero él la interrumpe:

—No quiero saber nada hoy, ya no puedo con tanto; mañana será, pero mientras, yo me quedo con el cuchillo.

A uno y otro lado de esa frontera de tela colgante el cansancio va tomando densidad. La luz de afuera se cuela y le cae sobre los ojos; es lo que le toca, pues no hay manera de cerrar la cortina sin comprometer la división improvisada. No ha comido nada en todo el día, el hambre se le espantó. No puede dejar de pensar en Katmandú, oír su voz, oler ese perfume que inundaba el camerino. «Ya está mejor que nosotros», le viene esa frase tantas veces pronunciada por su madre en los funerales de Yuxtle. Pero Mario duda de que ella esté mejor; la muerte la tomó por sorpresa, ella quería seguir bailando. ¿Qué habrá sentido cuando le dispararon en la sien? Cómo quisiera saber cuál fue esa última escena, ese instante final, pero quedó atrapado en esos ojos chinos que no volverán a abrirse. Sin darse cuenta ya está sollozando y ahora no sabe si es por ella, por él o por todo lo vivido esos malditos meses.

A Esmeralda le dan ganas de quitar la cobija y consolarlo, pero ¿con qué derecho? Casi lo pica en la vena del cuello minutos atrás. ¿Qué le diría? Ella ha escuchado sollozos así de profundos, así de dolorosos, tan quebrados que se confunden con temblores: los suyos. No le dice nada, pues cuando uno está así ninguna palabra alcanza, se quedan muy cortas. Si lo sabré yo. Acaricia la tela que los separa, acostada de lado, hacia Mario. Tú y yo tenemos el mismo desamparo, pero la frase se le queda en la punta de la lengua, no sale y ahí, atrapada, crece en forma de una pesadez que le cierra los ojos.

Mario escucha el frufrú de los vestuarios como el zumbido de las abejas en una colmena. Las chicas se preparan para el baile. Maquillaje, plumas, perfume, zapatos, cada una a lo suyo. Aunque aquel peinado le ha costado trabajo a la Márgara y muchas ansias, el complicado traje de Katmandú, hecho de tul, le queda de maravilla. Comienzan los tambores de a poquito, entran las trompetas, altas y resbaladizas, cachondas, y de pronto, sale el coro de bailarinas, todas meneando los brazos bajo las luces. La diva entra al final. Su vestido se convierte en nubes conforme mueve la cadera, como si hubiera nacido entre aquellas telas vaporosas y con ese peinado alto adornado con una piña.

Entre movimientos de ave majestuosa, el traje de tul adquiere la forma de los templos chinos y se oscurece: las hombreras son los aleros vueltos hacia arriba. La piña es ahora un techo doble con bestias en la cresta. Desplegando unas repentinas alas de murciélago, Katmandú le dirige una terrible mirada de angustia y dolor. Sus pupilas se vuelven rojas. Sálvame, le dice, sálvame. Su lengua es la de una serpiente, bífida, sangrante, demoniaca. Las luces se vuelven rojas, unas llamas salen del suelo, las tiples comienzan a incendiarse. La gente huye despavorida, tumba las sillas, se apelotona en la puerta cerrada esperando salir. Chuy intenta detener a la turba, que lo aplasta, y Mario se queda frente al demonio en que se ha convertido Katmandú: un ser con cuatro brazos que sigue bailando entre los cuerpos agónicos y ardientes de las tiples, amenazando con sus gigantescas alas. Y al fondo del escenario donde cuelgan las letras WAIKIKÍ, se abre un boquete atroz, oscuro, profundo, del que salen alaridos.

—Despierta, despierta. Estás gritando, tuviste un mal sueño —le dice Esmeralda, asomada por encima de la cobija vuelta cortina. Él se incorpora sudando. Otra vez le falta el aire—. Respira hondo, ya pasó.

Las luces de los faroles que penetran por la ventana lo regresan a la calma. Se da cuenta de que sigue ahí, en el Impala. Las maletas en un rincón, el espejo tapado con una toalla para que no alcance a ver a Esmeralda reflejándose, las sillas detrás suyo y la mesa en la penumbra lo devuelven al presente poco a poco.

—Mañana tengo que ir al Waikikí o no me dejará en paz —confiesa.

—No te entiendo, Mario.

—Necesito averiguar quién la mató, Katmandú confiaba en mí.

—Ya la policía anda en eso, ¿por qué insistes?

—La policía y nada son lo mismo; querrán culpar a otros, como a nosotros, bien lo dijiste hace rato. No les importa saber quién mató a una vedette, a una exótica, en el fondo creen que se lo merece, por atrevida.

—Y no entienden que muchas están ahí por necesidad, la mayor parte tienen niños y familia que mantener, como Antonieta. Pero este ambiente, aunque sea de mujeres partiéndonos el lomo, es solo para los cochinos hombres. —Esmeralda se arrepiente de haberlo dicho—. Bueno, a lo mejor tú no eres así, se ve que la querías bien, yo lo que quiero es cobrar mi lana.

—Ya sé, tengo una idea —dice Mario—, tú vas mañana por tu dinero y yo voy a entrar, a ver cómo, en el camerino.

—¿Crees que Chuy te deje entrar?

—Pues por la buena, y si no, entro por la mala.

—¿Te importa tanto?

—No me deja estar, no me deja respirar. Katmandú está inquieta, se lo debo.

—¿Tú se lo debes a ella?

—En mí confiaba, pero ya sé que no es tu asunto, mañana puedes irte, yo voy a pagar este cuarto una semana y quedarme aquí a ver qué averiguo.

Esmeralda se sienta en la cama.

—Yo la quería muerta —confiesa—. Sí, la odiaba, pero no la maté, me enredaron por envidiosa. Y por traicionera. No soy una asesina, la china no se merecía eso, por muy creída que fuera. Era un año más chica que yo. Y calzábamos del mismo número.

Mario la escucha detrás de la cobija, sorprendido.

—Sí, una vez le iba a echar un chicle masticado en el zapato para vengarme de sus burlas y terminé probándomelos y, bueno... también los usé, eran de muy buen gusto y una no se puede dar esos lujos. Tenía muchísimos. Nunca se los robé, ¿eh? Solo era como un préstamo una o dos veces que salí a bailar.

Él no puede culparla, también robó los corpiños. Ahora le parece que todos querían algo de Katmandú, aunque fuera un pedazo, tan grande era su poder.

—¿Qué buscarás en el Waikikí? —pregunta Esmeralda, intrigada.

—Las muñequitas chinas que según le regalaba Palomino Ferrer, el tipo ese con quien salía.

—Yo empezaría por la Márgara, pues anda desaparecida, ¿no?

¡El otro cuerpo! Mario recuerda lo que escuchó en la delegación, pero en realidad es apenas un hilo de araña.

—Hay que encontrar a la Márgara —propone ella—, sacarle la sopa.

—A menos que la hayan matado también, decían que hay otro cuerpo.

—¿En el Waikikí?

—No sé.

—Yo puedo preguntarles a las tiples, a los meseros, buscar a su representante, algo se podrá averiguar.

—Hay mucho por hacer —responde Mario antes de volver a acurrucarse en esa cama improvisada, confiando en que el mejor colchón es su cansancio y en que ahora, quizá no esté solo.

10

Qué bonito es lo bonito. Bonito mi *strapless* negro de satín que acabo de planchar, el de las ocasiones tristes y las elegantes, no falla. Y bonito lo que me guardaba el destino, por lo menos para hoy, mañana ya no sé.

Ayer no sabía cómo reaccionar: primero me sentí enojada porque pensé que Mario había dado por hecho que me entregaría a sus instintos así sin más, como todos los hombres, y estaba enojada porque ni me lo preguntó. Luego, cuando pidió una cuerda en la recepción del hotel, casi me morí del miedo de que me quisiera ahorcar, pero al final pasamos la noche como hermanitas de la caridad, cada uno de un lado de la cobija que colgó y mirando al techo, y no me hizo falta mi cuchillo, solo me dejé puesto mi fondo rosa para dormir más cómoda. Lo oía suspirar agobiado y tampoco pude dormir de pensar qué sería de mí, qué haría para vivir de ahí en adelante. A fin de cuentas, por más que lo hubiera visto tantas veces en el cabaret, estaba con un extraño; este día iba a pasar y luego tendría que rascarme con mis propias uñas. Me había confiado en Perla y en mis amigos, pensando que me acompañarían siempre, pero así pasa. A fin de cuentas, si ni en mi familia pude confiar, menos lo iba a hacer con el resto de la gente; esa soledad era la mayor de las tristezas y mi condena, pero qué le iba a hacer. Ya entraba por las cortinas la primera luz del amanecer cuando se me ocurrió ir al Burro a que me recontrataran. Total, si bajo de categoría por un tiempo no importa, la cosa es comer.

Mario se paró bien temprano, por lo visto le urgía salir de ahí: escuché que se lavaba los dientes y se vestía en el baño; pensé que no quería pasar ni un minuto más conmigo, pero luego me avisó que me esperaba abajo para ir a desayunar. Yo respiré un poco y me arreglé despacio, bajé con mucha hambre. Nos fuimos al mercado: pedí dos tlacoyos gigantes, con mucha salsita roja y bien picosa, que me revivieron, y un atole de piña; él no había comido nada desde el día anterior, se devoró dos carnes asadas con frijoles y no se llenó; entonces pidió un platote de enchiladas verdes. Parecía un niño con esa manera de tragar. Estábamos lado a lado en una banca y casi ni nos atrevíamos a mirarnos. Estuve por decirle que si no quería colgar un trapo también ahí, en medio de los dos, pero más bien le propuse venir conmigo al Burro, se me ocurrió que a lo mejor lo contrataban a él de sacaborrachos. Me contestó que prefería buscar en otra parte. Pensé que mejor cada quien debía agarrar para su lado; si él quería regresar al Guay mejor que fuera solo, ese no era mi problema; a fin de cuentas, yo qué. Luego vengo por mi maleta, le dije, y enfilé mis pasitos a la colonia Obrera: si volvía a trabajar ahí, me encontraría a Antonieta y a la bola de escritores muertos de hambre, seguro; pero no me importaba, que pensaran lo que quisieran, yo qué. A ver cómo puso Antonieta a Ovidio luego de que le dije que él me había sacado de la delegación.

«*La baca es noble porque nos da la leche y con su cuero se fabrican los sapatos*». Chamaco estúpido, te equivocaste de página y no sabes escribir vaca. Este cuaderno ya me tiene harta, el niño pintarrajeó las hojas sin ton ni son.

Qué muina me dio regresar a Porfirio Parra 35, deveras. Sentí que el asno gigante de la fachada se estaba burlando de mí con su sonrisita de malora. El Burro olía a jabón, porque estaban trapeando; doña Florinda, la señora de la limpieza, cepillaba la lengua por la que se resbalan las bailarinas, y suspiré pensando que volvería a rasgarme las medias como antes. Por mucho que doña Florinda friegue los pisos y el techo con su eterna escoba, en El Burro jamás se va ese olor a loción corriente, cerveza y sobacos. Si tenía algo de suerte me pondrían en el número de las cuatro de la madrugada cuando los clientes están en el suelo de borrachos, pero ni modo. En esas que sale Barbosa, el gerente, y me pregunta qué hago ahí: quiero regresar a trabajar con usted, le dije. Ya le iba a dorar la píldora con la mentira de que no nos trataban bien en el Waikikí y en cambio él era rebuena gente, cuando vi que traía un periódico en la mano, el periódico del día anterior con la maldita foto: ni loco te recibo aquí, changuita, no me vayas a envenenar a algún cliente. ¿Cómo cree?, yo ni hice nada, ya hasta me liberaron. Si no, no me vería en estos rumbos, le dije, nomás me llamaron como testigo. Será el sereno, me contestó, pero me vas a dar mala suerte. Mejor ya vete, no te vaya a ver la chota. Le dije que no tenía a dónde ir. ¿Y a mí qué? Regrésate a tu pueblo o dedícate al talón, haz lo que quieras. Eso sí me caló; cuando me recupere de todo esto, voy a echarle un cerillo a su oficina.

Qué cosas digo, ¡cómo voy a hacer eso! Pero es que deveras…

Me sentía en el hoyo más profundo y negro de la desgracia, como en el bolero: mi vida ha destrozado, maldigo a esa mujer. Y maldecía a Katmandú pensando que ya no tenía ni para el hotel; en cuanto a Mario, estaba claro que prefería irse por su cuenta. En el Waikikí se habían negado a pagarnos, pero me la debían. Algo tenía yo que hacer para cobrarme. El caso es que regresé al Impala con la cola entre las piernas, pedí la llave de la habitación y subí sin pensar en nada. Abro la puerta y, ¿qué me encuentro? Al muñeco recién salido de la regadera, empapado y como Diosito lo trajo al mundo. Nos quedamos mirando como hechizados, ya no sé ni qué me pasó, si yo me le eché encima o él a mí, el caso es que rodamos por la cama y tiramos el cordón con la cobija: parecía que estábamos muertos de hambre, de sed, nos dábamos lengüetazos y nos acariciábamos, yo quería reír y llorar al mismo tiempo y de verdad que el aliento a cebolla que se cargaba no me importó.

Así acostados nos quedamos viendo: qué estoy haciendo, pensé. Y él también puso cara de acongojado. Murmuró: esto no está bien, como aquella vez en su camerino, y se sentó en el borde de la cama con las manos en los cachetes como si estuviera muy arrepentido. Le agarré la mano y le dije: no importa, ven. Se volvió a acostar y se quedó mirando al techo como si la Virgen lo regañara.

Esos besos y las manos apretándome, recorriéndome la espalda, todito el cuerpo, nunca se me olvidarán. No era como mis otras veces, no sentía que él se me fuera a echar encima como un animal para domarme; me encendía su ansia, parecida a la mía, y también la ternura. ¿Sería yo o Katmandú a la que se imaginaba mientras me acariciaba con tanta melancolía, con esos ojitos tristes que pedían perdón? No me importó si pensaba en ella, nunca me había pasado algo así, tan dichosa y hasta con miedo de tocar ese cuerpo y mirarle la carita de ángel que nada más parecía preguntarme: ¿qué estamos haciendo, Esmeralda? Yo había sentido algo que no podría explicar, y eso que no me terminó de sacar la ropa; una explosión tan grande en todo el cuerpo que pensé que me estaba muriendo. Nunca había sentido algo así, ni siquiera las pocas veces que me había gustado, como con ese chango que me traje aquí al Impala, esto era del otro mundo. ¡Cuánto pecado!, al final me imaginé asándome en el infierno como los pollos de la rosticería junto a la vecindad, pero no me importó. Si iba a terminar ahí de todos modos, tenía que sacarle jugo cuando menos a lo que me faltara por vivir. ¡Y quería más! Ya no sé ni cuánto tiempo estuvimos dándonos más besos, aunque de lo otro nada.

«20 de noviembre: anibersario de la Rebolusión». Maldito escuincle, si será burro, ya me estaba emocionando de contar estas cosas y me interrumpes con tus babosadas.

Al final me adormilé, pero el chiflido de un afilador me despertó. Cuando abrí los ojos, me encontré con que Mario había sacado un corpiño azul de mi maleta. Se lo ponía frente a la cara y me miraba a través de los encajes: a mí, a Esperanza, la flaca del pelo pintado de caoba pasión, con mis ojos agrandados por el rímel y el bilet rosa medio corrido. ¿O sería a Katmandú? La vista se le iba a la ventana, al techo, como si el brasier fuera un espectáculo. Tanta delicadeza, casi ternura con la que tocaba esa tela me puso chinita, con eso supe que él no podía ser como los demás hombres y a lo mejor no me maltrataría, pero estaba chiflado y quién sabe si me llegaría a querer.

No pude más, me solté a llorar. Entonces salió de su ensimismamiento, como avergonzado, y me abrazó. Me acurruqué como un cachorrito; para disimular lo mucho que ansiaba su cariño, le conté lo que me habían dicho en El Burro. No sé qué haré ahora, le dije. Él me platicó que se fue al gimnasio y ya ni entró: uno de los entrenadores leía el *Ovaciones* de la foto maldita, uno que le decían el Popeye. El tipo volteó a verlo con cara de pasmado, luego revisó la foto otra vez para comprobar que era el mismo, y ahí Mario aprovechó para pelarse.

A él también le había caído nuestra situación como una cubeta de agua fría. Si esa foto llega a Yuxtle, ya me fregué, nunca me van a perdonar. Encendí un cigarro y le pregunté qué le tenían que perdonar. Un día te cuento, susurró. Prendió un cigarro con el mío y me pasó los dedos por la garganta. La piel se me erizó, casi me le vuelco encima ahora sí. ¿Qué vamos a hacer?, le dije. Mientras carguemos esa pinche mala fama, va a estar en chino que nos contraten en cualquier lugar.

Está en chino, exclamó Mario y se sentó en la cama. ¿Quién mataría a Katmandú? ¿Quién podría querer muerta a una mujer tan hermosa, tan buena?, preguntaba, mientras se le salían las lágrimas. Mi brasier se le había quedado en una rodilla. Ya sé que te la querías comer viva, le dije medio despechada de que se pusiera a soñar con ella y mi brasier en su regazo. Se lo arrebaté y me paré para ir al baño. Katmandú tenía de santa lo que yo de millonaria, le lancé. Y ahí se me ocurrió: vamos al Waikikí de una vez. ¿Ahora? Sí, vamos, de que nos tienen que pagar, nos tienen que pagar, aunque sea por la mala. No, no vas a usar ese cuchillo otra vez. Ganas no me faltaban, luego de verlo tan enamorado de la china y después de que casi me le había entregado con algo muy parecido al amor, dispuesta a todo. Vamos, le dije, vamos a ver qué agarramos: a lo mejor todavía no se llevan el dinero de la caja. Y como han estado liquidando a la gente, debe estar bien llena.

¿De plano? Ándale, hay que prepararnos y pensamos cómo. Ya me había bañado antes de salir al Burro, pero me di un regaderazo rápido y aproveché para lavar mis calzones y la blusa del día anterior. Al salir encontré a Mario frente a mi maleta: me había escogido un brasier, unos chones rosas y un vestido brillante. Estás loco, le dije, muerta de la risa; me puse mi vestido azul marino con un cinturón y la falda amplia, pues tenía que estar cómoda para moverme más ágil. Salimos del hotel agarrados del brazo, como una pareja de recién casados. Por lo menos eso sentí, fue un minuto de alegría nada más, pues en la esquina Mario se me soltó.

Afuera del Guay había poco movimiento. Buscamos la puerta de artistas, pero estaba cerrada. Ya era más de mediodía y no parecía haber nadie, los policías del día anterior se habían ido. Tocamos con los nudillos, con la idea de que don Luis estaría cuidando. Nadie salió a abrir.

Anduvimos dando vueltas hasta ver por dónde entrar; queríamos colarnos al patio de servicio que daba a la cocina por el edificio de al lado, pero se veía difícil. En una de esas apareció

Venustiano. No me había fijado que tenía botitas blancas y un lunar del mismo color en los bigotes; el muy hábil se escurrió por la rotura de una ventana. Mira, seguramente da a la cocina, me susurró Mario. Estaba bien cerrada, con un buen golpe podríamos romper el resto del vidrio. Pasaron unas señoras y después dos tipos que se nos quedaron mirando. Yo aproveché para tirármele al cuello y besarlo; él se quiso apartar, pero le dije al oído: haz como que nos queremos manosear a solas. Entonces sí me abrazó. Por lo visto, pensé, este solo reacciona así, por la fuerza. Cuando se fue la gente, Mario le dio un buen golpe al vidrio, yo otro y nada, solo hacíamos un ruido del demonio. Entonces agarré un ladrillo suelto al pie de una jardinera y se lo pasé. Ahora venían tres albañiles caminando por la banqueta y nos miraban: me le volví a echar a los brazos; él me besó y como que se fue pegando a la pared. Me hubiera gustado que me siguiera besando en todas partes; en cuanto pudo, le soltó el ladrillazo a la ventana. Los otros ya iban por la esquina y no escucharon. Terminamos de romper los vidrios y sacar las astillas; yo me descolgué primero, porque soy más ágil, a Mario le costó un poco más de trabajo. Era solo un metro y medio lo que había que saltar.

La bodega del Guay estaba llena de polvo y triques: cajones de cerveza, una caja fuerte del año de la guayaba, ropa vieja, una caldera. Entraba algo de luz por la ventana y pude distinguir un sombrero con plumas, que me quise probar, pero le salieron volando polillas. La caja fuerte estaba vacía, la habían llenado de botellas y un guasón escribió en un papel: «Ya quisieras». Encontramos la puerta que estaba con seguro, pero desde adentro se podía abrir, así que nos colamos. Un pasillo, una rampa de metal y llegamos al patio de servicio que tanto queríamos, frente a la cocina. ¿Habrá alguien?, me preguntó Mario. A lo mejor, pero ya estamos aquí, le dije, no nos queda de otra. Además, había sentido algo que me rozó las piernas y no era Venustiano, para colmo no me puse medias porque se me iban a rasgar, así que solo me pinté la raya de la costura atrás de la pantorrilla. Con un empujón muy fuerte la puerta metálica de la cocina cedió. Apenas entramos, Venustiano se deslizó como flecha: pobrecito, se veía bien desmejorado, traía los bigotes caídos. Con el lío de Katmandú nadie se acordó de él. Busqué en la despensa y le abrí una lata de sardinas; también aproveché para robarme un bolillo medio duro de una bolsa en la mesa, porque tenía hambre y desde el mercado no habíamos comido.

El Waikikí parecía un cadáver: las mesas apiladas, el escenario vacío. Quitaron los adornos y ahora estaban en el piso, todo junto parecía un barco abandonado. Se me estrujó el corazón de pensar en tantas cosas que había vivido ahí, y esto que nunca me hubiera imaginado: entrar como ladrones a robar; bueno, no a robar, a cobrar lo que nos debían. Mario me señaló la caja registradora junto a la barra: solo nos llevamos lo que nos deben, me susurró, yo no soy un ladrón. Yo tampoco, le contesté enojada, pues qué te crees. Igual deberíamos cobrarles algo de intereses por las molestias, ¿no? Y porque nos acusaron de algo que no hicimos. Empezamos a discutir y a enojarnos: él pensaba que soy una aprovechada, yo de plano lo veía muy pazguato, pero qué decepción: en la caja no había sino unas monedas. Y para colmo, don Luis salió del fondo preguntando quihobo, quihobo, quién anda ahí. Nos agachamos detrás de la barra; Mario agarró una botella de los anaqueles por si hacía falta darle un cerrajazo en la mera choya, yo nada más me pegué contra él, pues su aliento y su respiración me movían todo. En esas oímos que don Luis exclamó: ¡así que eras tú! ¡Ya te dije: pasa y no hagas daño, pinche espectro puto! Naaa, 'ches fantasmas, asesinos, culeros, ¡putooos! Estaba borrachísimo don Luis, quizá lo pusieron a trabajar y se entonó para darse valor. ¿A quién le habla este idiota?

De repente oímos una voz que retumbaba: aléeejate, Satánas. Me dio un escalofrío. Era fray Gerásimo, el mismo fantasma de la vez que me dejaron ahí encerrada. Estaba convencida de que Katmandú y la Márgara me habían hecho una broma, pero esto era muy raro; era como una sombra proyectada en la pared de las palmeras, tenía forma de cucurucho al revés, con la túnica larga y la capucha picuda. Temblando, le susurré a Mario: es el fantasma del Waikikí. La sombra flotaba y se movía por el cabaret. Don Luis le seguía gritando, haciendo cruces con las manos y dando vueltas por la tarima de la orquesta, como si persiguiera a un mosco. Mario estaba pálido: apretaba los ojos y movía los labios; estaba rezando, pero eso no nos iba a ayudar mucho. Se persignó unas tres veces a velocidad de rayo. A lo mejor es un castigo, me susurró, por lo que hicimos en el hotel sin estar casados. Pero no llegamos al final, le contesté, entonces no es pecado. Me empezó a latir muy fuerte el corazón, de miedo, pero también de vértigo por lo que estábamos viendo: ¿Y si nos había descubierto el espíritu de Katmandú en el hotel y deveras nos estaba castigando? Esa mujer acaparadora ni loca se hubiera ido con un sacaborrachos, pero quizá de todos modos lo quería para ella solita, era una seductora, por eso terminó así. Ay, qué cosas digo. Ninguna merece que la maten, por más piruja que sea.

Don Luis se alejó por el pasillo hacia el fondo; unos minutos después dejamos de escucharlo. La sombra también se tranquilizó, se quedó posada en la pared como una mariposa negra. ¿Y ahora?, pregunté. Mario me dijo: mira. La sombra de fray Gerásimo levantó un brazo y con el dedo nos invitó a seguirlo. Yo me quedé tiesa del pánico, pero Mario me jaló de la mano, todo me sudaba. Luego me dijo que, en su pueblo, los fantasmas avisan a los vivos dónde se encuentran los tesoros. Vamos, insistió. La sombra flotaba delante de nosotros y lo seguimos. ¿Cómo no se nos había ocurrido entrar a la oficina de don José? El fantasma se desvaneció enfrente de la puerta. Ah, pillo, pensé. Alguien nos jugaba una broma, uno de los magos de aquel *show*, quizá, pero esos solo sacaban encueradas de sus cajas oscuras. ¿Existirán los fantasmas? A mi bombón no se le hacen nada raros. Los da por hecho. Ay, mi bombón, ya le voy a decir así.

En algún momento de mi vida tuve que usar un pasador para escapar de un cuarto de hotel donde un tipo me quería encerrar.

Le había dado un buen trancazo, pero no tenía la llave, entonces por pura desesperación estuve dándole vueltas a la horquilla en la cerradura hasta que lo logré. De algo me sirvió, así fue como nos metimos a la oficina de aquel hombre sin corazón. Nos abalanzamos sobre su escritorio y abrimos todos los cajones, pero ni un maldito billete guardaba el méndigo entre tantos papeles. ¿Sería un invento de fray Gerásimo, una broma fantasmal? Seguimos buscando: un sobre dentro de un sobre dentro de un sobre y ahí encontramos quinientos pesos; el sobre traía escrito «Lucero», una de las amantes del gachupín. Pobrecita, le dije a Mario, tanto esforzarse y se va a quedar sin su pago. ¿Pago por qué?, me contestó. Por sus servicios, me imagino. Mario se veía decepcionado del mundo: por todas partes hay demasiada maldad y tentaciones, me dijo. Pues sí, pero mira: no la va a dejar sin su dinero, seguro le rellena el sobre otra vez, vas a ver. Mario se iba a poner a contar la lana para sacar solo lo que nos debían. ¿Cómo crees?, me reí, le arrebaté el sobre y me salí rápido de la oficina, vámonos antes de que nos agarren.

Buscamos al fantasma, pero ya no estaba, era todo muy raro. Vamos al camerino de Katmandú, me dijo Mario. ¡Se nos va a aparecer!, le contesté, y si ya era canija, ahora imagínatela de muerta. Mario sonrió, tan enamorado estaba de ella que hasta le hizo ilusión. A mí casi se me sale decirle que la china se vengaría de lo que le eché en el vaso, pero cerré la boca a tiempo. Lo seguí con miedo; los camerinos estaban con la puerta cerrada. La figura de Katmandú seguía pintada en el piso y había sangre seca regada por ahí, era horrible. A Mario se le salieron las lágrimas. ¿Quién habrá sido capaz?, murmuró, dejándose caer en el silloncito lleno de ropa y trapos esparcidos. Agarró uno de los velos de Katmandú y se lo puso en la cara. Ya va a empezar, pensé. Mario, ponte listo, nos tenemos que ir, le murmuré mientras esculcaba el tocador buscando algo sospechoso. Ni que la hiciéramos de detectives, pero a lo mejor encontrábamos alguna cosa. Mira las muñequitas, me dijo. Y sí, ahí estaban dos muñequitas de porcelana tiradas junto a la mesa de las patas de león, eran las que le traía el niño, cada una con el kimono de un color y en una postura diferente. La policía se quedó la del kimono negro, lloriqueó Mario como si se la hubieran quitado a él. Para sacarlo de ahí, agarré las muñequitas y me las eché en la bolsa. Ámonos, le insistí, luego averiguamos.

No fue difícil salir por la puerta de artistas, porque don Luis roncaba en el sillón del que había sido nuestro camerino, el de las tiples. Ahí estaba panza arriba entre todos los vestuarios, abrazado a una serpiente de plumas de avestruz: así vería yo por última vez ese lugar donde chismeaba tan sabroso con Perla y Ricardo. ¿Será lo más alto a lo que he llegado en la vida?

«Carmela miamor, yo te quiero, ¿quieres ser mi novia? Te regalo mi rana y mi ratón».

No, y no será tu novia nunca, escuincle caguengue.

Cuando salimos me temblaban las piernas. Por favor, Mario, vamos a comer algo, ya con el dinero nos alcanza. Él estaba como pasmado, como si deveras se le hubiera aparecido el fantasma de Katmandú, no podía ni hablar. Caminamos hasta el café de chinos al que había ido el día anterior y pedimos algo de comer. Esta vez fueron unos tacos de pollo, la verdad muy sabrosos, pero no me los pude acabar, me sentía nerviosa. ¿Qué vamos a hacer?, le pregunté. Me dijo: vamos al velorio. Y con la cara me hizo un gesto hacia un *Gráfico* que alguien había dejado en la mesa de enfrente: «Mañana velan a Katmandú». Y otra vez la foto de la canija en primera plana. Por lo visto te están gustando los fantasmas, le dije, pero él no se rio.

En lo que caminábamos de regreso al hotel se me ocurrió que no podríamos ir como estábamos: nos iban a reconocer. Nos tendremos que disfrazar, Mario. Y así pasamos la tarde: pintándonos el pelo, yo de negro, mi color original, y poniéndole mucha agua oxigenada al castaño de Mario. Parece todo un güero de rancho. Acabo de planchar mi vestido negro de satín. Está dormido en la cama, casi encuerado. ¿Dormiremos juntos siempre? Me esperaré a que caiga bien profundo para abrazarlo, aunque no se dé cuenta. Qué bonito siento, como la canción de María Victoria que suena en la radio y que ha hecho tanto escándalo, según esto porque nos inspira pasiones sicalípticas. No sé qué quiere decir sicalípticas, pero si tienen que ver con lo que yo sentí en la mañana, esas pasiones deben de ser la pura gloria.

11

La encargada de Pompas Fúnebres Alcalá no se da abasto. Está harta de decirle lo mismo a los fanáticos y chismosos que se tratan de colar, parece que nadie entiende cuando les aclara: la ceremonia es privada. Aunque espera salir muy elegante en la foto que le sacó el periodista del *Excélsior* al lado de la mismísima Emilia Guiú —quien estaba igualita que en *Angelitos negros*, muy digna y altiva—, eso no compensa las horas extras de trabajo llevando jarras y jarras de café a la gente. Ya hablará con el señor Alcalá, a ver si le da permiso de faltar un lunes y alargar ese fin de semana, aunque sea para darse una escapada a Cuernavaca. En eso está, cuidando que no pasen colados y metiches, imaginándose una rica comida en el Casino de la Selva, cuando se acerca una parejita a romperle el ensueño. A ella la conoce, la ha visto en una película con Tin Tan, pero no se acuerda del nombre, es la del ferrocarrilero que estafa a mujeres millonarias. Esas piernas de chorros de atole bajo la falda no son como para salir en el cine, pero se ve distinguida con los lentes oscuros de gatito y el peinado en alto. Él tiene cara de perdido, es claro quién lleva la batuta.

—Venimos al funeral de Katmandú —dice ella, adelantándose.

—Dígame su nombre y apellido.

—Fanny Kaufman —responde, muy segura.

Esa mera, cómo se me pudo olvidar si es tan simpática, se convence, y los deja pasar con una sonrisa amable.

—Capilla dos —les indica—, subiendo las escaleras.

Mario siente cómo Esmeralda le aprieta el brazo, emocionada, y le sigue la corriente; los dos entran muy erguidos en la recepción toda de mármol y con olor a claveles. Su saco negro con hombreras, el de los días en el Waikikí, dio el gatazo. Si la encargada se hubiera acercado un poco, vería que la camisa está percudida en el cuello, pero Esmeralda tenía razón, es cosa de aparentar. Eso de bailar en los escenarios es una gran sapiencia, aprender a sonreír, aunque la vida te esté ahogando. Quizá poner buena cara ayuda y al final uno termina por creérselo. Puede ser una buena táctica hacerse el interesante, el hombre de mundo; al menos a estos tipos les da una imagen de poder ante cualquier catástrofe, piensa, acomodándose el saco, conmovido por entrar en la capilla donde yace el cuerpo de Katmandú.

Al fondo, una gran cruz cuelga de la pared. Las pocas personas que han llegado a esa hora parecen desencantarse de ver aquel féretro color natural, muy sobrio y casi sin coronas, y prefieren pasar a la sala contigua. A Mario se le figura que dentro no está Katmandú, sino alguien más, quizá una chica de buena familia, recatada y que se ha ido del mundo siendo virgen. No hay rastros de sus plumas, de sus lentejuelas atrevidas, de su desparpajo en escena. Es como si estuvieran en un foro equivocado, como si hubieran llegado al Waikikí de día, cuando se nota que la tarima de los músicos está descarapelada sin luces que lo disimulen. Solo el débil resplandor de cuatro cirios gordos que enmarcan eso que parece más bien un ropero acostado.

Las coronas de flores blancas traen motivos chinos en los listones con el nombre de la estrella. Pero solo hay una, al pie del sarcófago, que dice: «Lirio, siempre te amaremos». Y firma: «Tu familia». Qué nombre más extraño, alejado de quien era, pues para Mario, aunque los periodistas lo repitan, ella siempre será Katmandú. Busca a alguien con ojos rasgados entre las personas elegantes. A lo mejor si le da el pésame a algún familiar puede hacerle conversación y averiguar algo más de lo que dicen los recortes de periódico que ya ha puesto con chinches en la pared del hotel Impala. Ahora que han logrado pasar y están ahí, entre los amigos de Katmandú, no pueden desaprovechar la ocasión.

En la sala contigua hay un grupo de gente del espectáculo y Mario reconoce a un par de diputados que frecuentan el Waikikí, a uno de ellos le daba por bailar encuerado antes del amanecer. También distingue a la Gladiola y a la Petaquitas con otras bailarinas y ficheras muy de negro, casi irreconocibles con tanta ropa. Las mujeres están todas peinadas como Esmeralda, con chongos altos, estirados, o con discretos broches quienes lucen cabelleras rizadas. Entre los chongos, Esmeralda distingue el sombrero de Clavelito y le dice que se escabullan por uno de los lados hacia donde una mujer robusta, de bellos ojos rasgados, está repartiendo galletas entre los dolientes. Ella de pronto se vuelve y los observa, llorosa. Mario se apresura a sonreírle. Esmeralda lo imita. La mujer devuelve el gesto con una tímida, casi imperceptible inclinación de cabeza, le es imposible sonreír.

—Es ella —le susurra a Esmeralda—. A ella debemos acercarnos.

—¿Crees que sea la madre de Katmandú?

—Puede ser, habrá que averiguar. Vamos por un café y nos sentamos un momento —le propone.

Encuentran un sofá gris en un rincón. Cada vez va llegando más gente y les sudan las manos de que los vayan a reconocer.

—Hay que estar atentos, a ver si anda la enana por aquí —propone Esmeralda en voz casi inaudible detrás del velo de su sombrero.

Una joven con un collar de perlas y vestido negro entallado que lleva un café en la mano se sienta al lado de Mario y le sonríe:

—Tápame para que no me vean, güero, ya me harté de que me soben a cada saludo. Qué tristes son las despedidas —dice en voz alta, haciendo partícipe a Esmeralda.

—Sí —comenta ella—, apenas hace unos cuantos días estábamos juntas, ensayando.

—¿Fuiste su compañera? ¡Yo también!, hicimos una película de René Cardona, Lirio tenía un papel chiquito, bailaba en un número, ¿y usted?

—Nos conocimos en el Waikikí, soy solo una tiple ahí, pero éramos buenas amigas, nos ayudábamos mucho —miente Esmeralda.

La mujer suspira.

—Encantada, soy... Linda Lobato.

—María Victoria Cervantes, mucho gusto.

La mujer le estrecha la mano. Esmeralda siente una sacudida de la emoción:

—Usted es la que siente bonito, yo sí la entiendo.

Y le guiña el ojo. Ella tan famosa y tan sencilla, piensa, es admirable.

—Este es Rafael Bustamante —presenta a Mario muy segura. Él no puede creer la habilidad de Esmeralda para el disfraz.

—Qué cosa tan triste —afirma María—, despedirse sin poder verla.

—Ya lo creo —exclama Mario.

—Ese féretro hueco me da escalofríos.

—¿Hueco? —pregunta Esmeralda.

—El cuerpo no lo han traído; dijeron que hoy, pero no se sabe, ya han pasado tres días y pues, figúrense... Dicen por ahí que la van a cremar. La ceremonia es para nosotros, porque a ella la siguen estudiando, no dan con el culpable. Es una lástima, un horror que le haya pasado esto a Lirio, todavía no me la creo.

Le da un trago al café.

Ahora la sala está a reventar, a lo lejos se escuchan los acordes de un mariachi que canta «Las golondrinas». Mario se pierde mirando los zapatos de la gente de pie frente a ellos que casi se les cae encima. Esmeralda sigue rendida ante la estrella:

—Una pregunta, María, ¿esa señora que repartía la bandeja con galletas...?

—Ah, es su madre, sí.

—Ya me lo figuraba —declara Esmeralda—. Queremos darle el pésame.

—Yo no me puedo ni imaginar por lo que está pasando esa pobre mujer.

—Qué difíciles son estas cosas —agrega Esmeralda.

—Ya ni me digas, que yo vengo de otro, este es mi segundo funeral del día.

—¿Cómo?

—Pues fui al de Palomino Ferrer, él era primo de mi representante, ya ves este medio tan chiquito.

—¿El novio de Katmandú? —se apresura a preguntar Mario, sacudido por la revelación; ese es el otro cadáver, piensa.

Ella suelta una risita coqueta.

—Bueno, uno de los novios, tú sabes.

Ante el silencio de Mario, se apresura:

—Soy una indiscreta, todavía no lo han anunciado y no me sé morder la lengua.

—Estamos en confianza, deveras —se adelanta Esmeralda—. ¿Y qué le pasó a Palomino?

—Bueno, ustedes son gente del medio, y les puedo contar. Lo encontraron muerto en su casa, se supone que de un ataque al corazón, pero yo supe que también le habían disparado —dice bajando la voz—; esto no salió en la prensa, ya saben cómo es con la gente poderosa.

Esmeralda se queda sin aliento, cuántos misterios. A Mario le quema una duda:

—¿Quién era el otro novio de Katmandú?

—Ay, ya estoy de cotorra —pero no se aguanta de soltar el nombre—: Félix Calvario, un líder sindical.

—¿Tú qué haces por aquí?

La pregunta provoca que las miradas de los tres se centren en Ricardo, que se dirige a Esmeralda, y en cuanto se percata de con quién está, cambia su actitud y sonríe, ladino.

—Hola, María chula, qué gusto verte, me encantaste en *Mujeres de la escena*, qué voz y qué vestidos tan hermosos, te veías divina, vas a ser bien famosa; bueno, ya eres. —Y suelta una risita.

Ella hace un gesto amable, pero se nota que no lo reconoce.

—Seguro no te acuerdas de mí, estudié con el maestro Julio Richard, he bailado mucho también por mi cuenta.

Este ya va a empezar a sacar las credenciales a ver qué pesca, se dice Esmeralda, nos va a ahuyentar a la informante.

—Pues un gusto verte, voy a ir a saludar a Amalia Aguilar, acaba de llegar; tenemos un proyecto por ahí con Miguel Morayta y necesitamos platicar, nos urge.

María se despide muy amable y los deja.

—A ver si nos vemos al ratito y me cuentas, María divina, quizá puedo ayudar... —Los ojos de Ricardo siguen a la joven cantante como si se le fuera la vida y ella se pierde entre el gentío ignorándolo, cosa que hace reír a Esmeralda.

Ricardo se sienta en el lugar que dejó libre María.

—No seas bruja, mana, ya ves que uno tiene que buscar la chuleta en este medio.

—Sí, mi rey, y a ti no te importó nada saber cómo me conseguía yo la mía; es más, ni dónde iba a dormir.

—Yo no quería dejarte afuera, pero las demás se pusieron histéricas, exageraron mucho, en el fondo les dio miedo que fueras tan… vengativa.

—No querías dejarme afuera, pero ya tenías inquilino en mi colchón.

—¿Y qué hacen aquí? ¿Cómo los dejaron entrar?

—Baja la voz, estás en un velorio, venimos a despedirnos de ella —le dice Mario y toma a Esmeralda del brazo.

—¿Ya conseguiste galán?

—A ti qué te importa, Ricardo, vete, mejor.

—En serio, manita, perdóname, yo fui el único que te defendió. —Ella lo observa de hito en hito—. Pero se me hace que se te olvidaron todas esas piezas de baile que te monté, para lucirte en la audición del Guay. Por cierto, te queda muy bien ese color de pelo, negro, muy negro, así, con el peinado a lo alto te ves muy chamaca, se resaltan tus ojos.

Esmeralda no puede evitar una sonrisita de satisfacción. Ricardo siempre ha tenido buen gusto, piensa.

—Creí que éramos una familia: Antonieta, Perla y tú.

—Pues conmigo todavía cuentas, o más bien cuentan, los dos. Tú no te ves mal de güero, pareces gringo bronceadito. A lo mejor ya no viviremos juntos, pero no te tengo ojeriza, Esmeralda, deveras, yo te creo. —La toma de la mano. A Esmeralda se le llenan los ojos de lágrimas.

—¿Y tú cómo te colaste, Ricardo? —ella cambia de tema con tal de que el rímel no se le corra.

—La verdad, le pedí a don José que me pusiera en la lista, yo nunca tuve nada en contra de Katmandú.

—¿Vino don José? —se espanta Mario. No les conviene topárselo, puede sospechar del robo. Discretamente, Esmeralda le da un pisotón para que cambie su actitud y parezca natural.

—Me dijeron que hace rato estuvo aquí, pero ya se fue. Anda apurado, moviendo todas sus palancas para que no le clausuren el Guay. A todos nos afectó este suicidio.

—¿Suicidio? —pregunta Mario, desconcertado.

—Hay quienes dicen que eso fue.

—Katmandú no haría algo así, y menos en su camerino, era demasiado soberbia como para darse un balazo.

—¿Tú crees, Esmeralda?

—Yo tampoco creo que se haya matado —afirma Mario.

—Ya ves que la Márgara anda suelta, ¿dónde habrá quedado la enana esa?

—Quién sabe, mana.

—Esperen, la mamá de Katmandú se quedó solita, voy a aprovechar para darle el pésame —dice Mario, apresurándose a colarse atrás de los mariachis que ahora cantan «La barca de oro». Algunos de los dolientes sacan sus pañuelos.

—Señora, disculpe la interrupción. Mucho gusto en conocerla, qué pena me da que sea en estas circunstancias. Soy… Rafael. Trabajé con su hija en el Waikikí. La admiré mucho, no sabe usted cuánto.

La mujer le estrecha la mano de manera rápida y un poco desdeñosa.

—Gracias, joven, ojalá la hubiera usted admirado por otras habilidades… —Baja los ojos, hace un gesto adolorido, y frunce el ceño, irritada—. Lirio estaría entre nosotros.

Mario no sabe qué responder, se le figuró que sería muy fácil estar ante ella, iniciar una plática. Pero la imagen de Katmandú en pezoneras, contoneándose, de pronto contrasta con esa señora recatada, que usa un discreto velo negro y lleva un rosario en la mano derecha.

—Yo… no he dejado de llorarle —confiesa él.

—Habrá misa a las seis, tengo que encontrar a la encargada —corta de tajo la conversación.

En ese instante, una pareja se acerca a la mujer para abrazarla, ambos tienen los ojos estirados, parecen familia. Mario se queda cerca, quiere escuchar lo que le dicen.

Luego de las condolencias, la madre de Katmandú confiesa:

—Tenía tres años de no hablar con ella, ¡tres años!, desde que se fue a vivir a Polanco y se volvió tan… excéntrica. Hasta un cachorro de leopardo tenía. —Y se suelta a llorar en el hombro de ese señor de suéter negro.

—Me duele, *mèimei*, me duele por ti y por ella. El tiempo se escurre, no creí que ya fueran cuatro años de lo que pasó con mi amigo Ming Zhao.

Mario se siente pésimo de quedarse ahí, escuchando una plática ajena, pero a la vez le interesa, le incumbe.

—De haberse casado con Ming ahora estaría en Tampico con él... —Un sollozo interrumpe la voz ronca.

Otro, piensa Mario, ¿pues cuántos hombres habrán ocupado un espacio en la vida de Katmandú? ¿Cuál habría ocupado él?

Uno pequeño, muy pequeño, pero modesto. El de la confianza, tan solo ese. Ahora más que nunca lo sabe, es una convicción: quiere ocupar un lugar más grande, a lo mejor en su vida de muerta, pero eso es lo de menos.

No puede quedarse más tiempo escuchando, ya es suficiente para levantar sospechas, mejor se aleja, no sin antes tomar unas galletas de la charola que ahora colocaron en la mesita del café. Entonces, hasta donde Mario ve, hay tres hombres y una enana en el escenario: Palomino Ferrer, el muertito; Ming Zhao, con quien la familia a lo mejor quería casar a Katmandú, pero ese vive en Tampico; y el líder sindical Félix Calvario. Cualquiera de los tres habría tenido motivos para matarla, si es que eran celosos. Y la Márgara, tan desaparecida. Regresa con Esmeralda, que todavía platica con Ricardo.

—Ay, con los pelos rubios te ves más distinguido, más guapo, no a cualquiera le queda, chiquito.

Ricardo le guiña un ojo, pero Mario ni siquiera sonríe. Ese tipo lambiscón no le parece muy confiable.

—Bueno, los dejo, esta es una gran oportunidad para codearse con la gente importante del gremio.

—¿Un funeral? —pregunta Mario, ofendido.

—Bueno, ella está muerta y uno sigue aquí, bailándole quién sabe hasta cuándo. Como quien dice, a Katmandú ya se le acabó el problema, pero a uno…

Le da dos besos a Esmeralda, quien ya parece haberlo perdonado. Luego, para la trompita y le manda un beso disimulado a Mario, agitando los dedos en señal de despedida.

—Quita esa cara de malandro, lo maricón no se pega, te lo juro —le dice Esmeralda dándole un codazo.

—Parece que todo el mundo está aquí por algún motivo que al final no es Katmandú —Mario se apresura a responder.

Ambos miran alrededor.

—¿Ya te diste cuenta de que la familia está muy aparte de todos los de la artisteada?

—Sí —responde él—, son pocos los parientes, no se rozan con los demás. Eso es porque la hija les salió exótica, mira nada más todo este lugar, parece convento. Por lo que escuché querían que Katmandú fuera otra, ahora de muerta ya la pueden disfrazar para que la recuerden recatada, como su ataúd.

—Qué cosa más fea, ni un triste fleco le colgaron, ni un adornito —coincide Esmeralda.

—Todos vinieron disfrazados; no somos los únicos, hasta el bailarín del Waikikí, tu amigo, ahora se siente la gran cosa.

—Ricardo me acaba de chismear algo muy importante.

—¿Qué cosa?

—El nombre completo de la Márgara.

—Yo averigüé algo: a Katmandú la iban a casar con un chino, un tal Ming Zhao, hace cuatro años.

—¿Y eso de qué nos sirve?

—Ay, pues tampoco nos ayuda mucho el nombre completo de la Márgara.

—Si serás burro, con eso podemos buscar dónde vive en el directorio de teléfonos.

A Mario se le iluminan los ojos. Las cámaras de dos periodistas lanzan destellos que alertan a los parientes.

—¿Quién los dejó entrar? ¡Privado! Se lo dije a la encargada, no quiero periodistas aquí, puro morbo es lo que provocan. ¡Lárguense! Mi hija ya les enseñó en vida todo lo que querían ver, hijos de puta.

—Cálmate, *mèimei*, cálmate. ¿Dónde está la encargada? Mírala, ahí está platicando muy coqueta con Mantequilla.

Unos cuantos tipos se acercan a los periodistas, quienes no retroceden, siguen lanzando sus flashazos a pesar de los empujones. Mario y Esmeralda quedan a un paso de la trifulca. Uno de los periodistas se le queda viendo y lo enfoca con su cámara.

De pronto, una chispa interna se enciende y lanza el puño de Mario sobre el joven antes de que se atreva a retratarlo. El fuego corre y no se queda en un puñetazo. Él sigue golpeando caras y estómagos; nada importa si son galanes del cine, productores, representantes, tíos, primos o amantes de Katmandú. La furia de Mario se impacta en todos. Los gritos de las damas se unen a los de la madre de la difunta, que sigue maldiciendo. Esmeralda termina por entrarle a los empujones, ella también saca las uñas. Por fin llegan los guardias, que con sus macanas tratan de controlar a toda esa bola de gente golpeada, mentando madres entre amenazas y sombreros caídos. La señora Chen se apresura a cerrar la puerta de vidrio. Mario y Esmeralda quedan fuera.

—¡Vámonos! ¡Suéltalo! Ya déjalo, chato. Va a llegar la julia y de esta no nos salvamos.

Por fin los jalones de Esmeralda lo regresan de la turbación furiosa, terrible, en la que se había dejado sumergir.

—Apúrale a bajar las escaleras. En la puerta principal me tomas de la mano y nos seguimos más quedito, disimulando. Qué barbaridad. ¿No se te rompió el saco? Te los sonaste a todos, y con esa rapidez... Traes un golpe cerca del ojo, seguro se te pone morado. Te cambió la expresión, Mario, nunca pensé verte así. Eras otro.

Bajando la cara siguen el plan improvisado y, nerviosos, salen del lugar luego de ver a otros periodistas con ganas de entrar a la funeraria.

—A ver qué chisme sale mañana en los periódicos —dice Esmeralda—. Ojalá y no nos hayan reconocido.

Los pasos en el asfalto recuperan el ritmo de la normalidad. Ninguno se suelta a pesar de que les sudan las manos. Esmeralda no se atreve a decirle nada; a ratos sonríe, incrédula de todo ese brío en él. Este es más corajudo que yo, me reteencanta. Poco a poco, la respiración se calma, la furia se desvanece y el sonido de los cláxones confirma que han dejado atrás el teatro del funeral.

—¿A dónde vamos? —le pregunta por fin.

—Pues a cualquier lugar donde haya un directorio de teléfonos para buscar a Márgara —responde Mario—, ¿no que conseguiste su nombre?

—Oye, y ¿no quieres descansar un ratito?

Ver a su galán en acción la llena de fantasías, pero él sigue su olfato; se arrepiente de armar tanto borlote en el funeral de su muertita:

—Yo le prometí encontrar al culpable, si quieres ve tú a descansar.

—Tanto actor reunido y te sientes en película de detectives, Mario. Mejor te acompaño, pero me das un beso.

Mario, todavía sintiendo la adrenalina, mira a sus espaldas: un hombre de gabardina café, a unos quince metros de distancia, oculta su rostro bajo el ala del sombrero. Toma a Esmeralda de la cintura y arrecia el paso. En la esquina dan vuelta de manera precipitada. Encuentra una florería abierta y casi arrastra a Esmeralda al interior.

—¿Qué haces?

—Nos vienen siguiendo. Escoge una flor, te la compro.

Mientras el encargado del local se acerca, Mario inspecciona la calle ocultándose entre los arreglos exhibidos en el escaparate y alcanza a ver que el tipo vacila un poco, pero al fin se sigue de frente. A lo mejor son mis nervios, se dice al pagar un *corsage* de gardenias que Esmeralda se lleva a la nariz.

La de Bolívar 184 es una casa bastante sobria, ni vieja ni nueva. Los techos parecen altos desde afuera. Hay solo dos ventanas alargadas, picudas; eso da la impresión de que fueran pupilas de gato y el zaguán es un hocico también gatuno. Se le figura que de ahí saldrá una familia de ratones a recibirlos, eso le hace gracia y un poco se siente así: un ratón acercándose cada vez más a la boca que habrá de tragárselo. Esmeralda está cansada, mejor habría sido venir en una hora más decente. Algo así como las nueve de la mañana, cuando ya amaneció y la gente se comió una concha con café. Es importante limpiar el nombre de una, pero mejor de mañana, después de descansar. No sé cómo no se le antoja irnos a la cama un rato, deberíamos de estar así, más interesados en la vida que en la muerte. Qué rabia. Lo que hace una por… ¿por qué hago esto? Ay, Esmeralda, tú deberías estar bailando en algún lado, ensayando, tomando clase, y mírate.

—A ver, Mario, pongámonos de acuerdo. Llevamos diez minutos viendo esta pinche casa y nomás no te atreves a tocar. ¿O quieres que lo haga yo? ¿Es esa tu forma de decírmelo?

—Espérame, estoy pensando, estoy pensando.

—Llevas todo el camino pensando. Yo mejor me voy al hotel.

—Ya sé, quédate aquí en la esquina; si ves que me reciben, cuentas quince minutos y, si no salgo, llamas a alguien.

—Tú debiste ser actor, se te da el puro drama.

—¿Se te ocurre algo mejor?

—Pues ya, decimos que estamos muy angustiados, porque la enana es nuestra compañera de trabajo y la queremos, venimos para saber de ella, en son de paz y tan tan, la pelota quedará de su lado. Todavía nos vemos decentes, yo me sé pintar sin espejito, entonces me retoco el bilet y listo: entramos los dos, en caso de que nos inviten a pasar. Es cosa de hablarles muy educados, amables.

—Bueno —accede Mario y se apresura a llamar a la puerta.

—Vaya, algo tan simple y tanto pensar.

Al cabo de casi un minuto, a punto de tocar la campana una vez más, por fin se abre la puerta del zaguán. Un hombre pequeño, diminuto, les da las buenas tardes. Tiene un extraño bigote revolucionario, demasiado tupido para esa cabeza, que a su vez es demasiado grande para ese pequeño cuerpo. Debe ser su papá, piensa Mario, pero no se atreve a decir nada, solo sonríe.

—Muy buenas noches, disculpe la hora. Soy Perla Xóchitl Avendaño, encantada de conocerlo —le extiende la mano al señor, quien corresponde con extrañeza—. Yo trabajo con Márgara.

—Margarita —corrige Mario—, trabajamos con Margarita, también con la señorita Katmandú.

—Quisiéramos platicar con usted. No le robaremos mucho de su tiempo, señor Everest.

—No, señorita, el señor Everest es mi papá. Pero pasen, es mejor que los atienda él, yo ahora estoy a punto de salir de casa.

La salita, casi al pie de la escalera, es bastante hogareña, con muebles muy bien cuidados. Un gran reloj de piso marca las ocho en punto. El hombrecito los invita a sentarse y sube a buscar a su padre. El sofá es de tamaño normal, pero ciertamente está más a ras de piso. Hay mucho silencio. Solo el segundero continúa su vaivén.

Por fin el bigotón regresa.

—Esperamos no importunar a su papá.

—No, le va a dar gusto. No tiene amigos, es muy avaro. Como siempre, les hablará de su grupo de payasos enanos en el Atayde, luego de su compañía independiente, el Petit Théâtre. Actuaban mucho en Estados Unidos. Ocho meses al año los pasábamos allá, de pueblito en pueblito. Eran más famosos en los United que acá. —Usted tampoco es de aquí, ¿verdad? —se dirige a Mario.

—No, soy de Yuxtle, un pueblito, también, pero del Bajío.

—Ya decía yo que usted era de la farándula, ese pelo güero no es natural, ¿verdad? No me diga que fue Márgara la que se lo arregló.

Mario no sabe qué contestar, Esmeralda se adelanta:

—Estamos por estrenar un espectáculo, pero esta tragedia ha movido las fechas.

—Una tragedia, sin duda —una voz un tanto aniñada, pero a la vez extrañamente formal, que proviene del primer piso, se suma a la conversación—. ¡Minerva, tenemos visitas!

—¡Ya voy!

El sonido de esa segunda voz también tiene algo de infantil, muy nasal. Otro hombrecito se apresura a descender de las escaleras, viene vestido de pantalón gris y una camisa naranja, muy bien fajada. A Mario le parece que el señor no se puede mover con mucha agilidad por el tamaño de su trasero. Por fin les sonríe a los dos. Da por sentado que Mario y Esmeralda son un par de admiradores, pues les extiende a cada uno un papel con el logotipo del Petit Théâtre que lleva una dedicatoria sencilla: «Gracias por hacer esto posible», abajo, la firma muy estilizada: Arcadio Everest. Y se lanza a hablarles como si los conociera de toda la vida del *show* que su familia ofrecía en los pueblos de Arizona y Nuevo México, haciendo alusión al calor, a las víboras y las excelentes llantas americanas que compraron para garantizar las giras, pues ellos llevaban todo el escenario a cuestas, se las arreglaban entre los seis.

—Mi hermano ya falleció, por entonces estaba soltero y era parte del *show* —aclara don Arcadio sin que nadie le haya preguntado.

Repentinamente, de las escaleras sale una figura rellenita, con un vestido de flores amarillas y unos zapatos de niña traviesa que a Mario le parecen encantadores.

—Ella es Minerva, aunque ustedes seguro la reconocieron.

Esmeralda no para de sonreír, se fija en que la mujercita lleva un par de aretes de libélula.

—Ya no los hartes, Arcadio, tú juras que todo el mundo sabe quiénes somos. Hace quince años de nuestra última presentación, para entonces invitamos a otra familia de liliputenses acróbatas; ellos te arruinaron, Arcadio, nunca me cansaré de decírtelo, ¿qué podían hacer nuestras canciones y bailables al lado de unas ardillas trapecistas? ¡Era obvio! Nos robaban a la audiencia, por no mencionar las veces que devoraron nuestra comida.

—¿Nos robaron la comida, mamá? ¿También eso? —pregunta el del bigote, que no se ha ido.

—Nos la vivíamos viajando, Minerva, acuérdate de lo harta que estabas de esas cafeterías.

—¡Pura agua de calcetín! Me la pasé cocinando y cuidando a los tres escuincles.

—¡Tenías a Rose of Sharon! Me costaba mis buenos dólares para que te ayudara con todo.

—¡Era una mustia! ¡Una ladina! ¡Ella me robó el prendedor que hacía juego con mis libélulas!

Se lleva la manita al pecho abultado, demasiado grande para ella, tratando de encontrar el prendedor, nerviosa.

—Nunca lo pudimos comprobar, la carpa estaba abierta.

—Dormíamos en carpas porque se te olvidaba negociar hoteles para tu familia.

—¡Sí nos quedábamos en hoteles! Acuérdate del de Bakersfield, mujer, se te olvidan las cosas.

—Ah, sí, ¿donde te revolcaste con la del violín? ¡Bah!

—Mamá, papá, por favor, compórtense, aquí hay invitados. Y yo me tengo que ir, no quiero llegar tarde.

—Vas a ir a ver a esa puta.

—¡Mamá!

—Eres igual a tu padre.

La mujercita, molesta y buscando un cómplice, se dirige a Esmeralda, alzando los brazos:

—El pobre cree que una muchacha alta lo quiere. —Y se sienta en la única silla de la sala dispuesta a su medida, como una muñeca parlante y peleonera—. A todos mis hijos les ven la cara.

—¿Y su hija Márgara? —interrumpe Mario, un poco desesperado de la discusión.

—Margarita —corrige Esmeralda.

—La señorita Katmandú era la única que le decía Margarita. La trataba con mucho respeto, ya puede figurarse usted: nosotros no estamos acostumbrados al respeto de la gente. Al revés.

La mujer se lleva las manos a la cara.

—Otro hijo mío, esclavo de una vedette, ¡ay, qué mi desgracia!

La puerta principal se abre y el hombrecito de los bigotes sale, mascullando frases inaudibles.

—Le pusimos Margarita porque pensamos que era mujer hasta que cumplió los nueve años. Un día, fuimos de excursión a Hidalgo, de donde es mi familia, y la vi orinando de pie al lado de sus dos hermanos, haciendo competencias para ver quién lanzaba el chorro más lejos.

—¡Minerva!

—Sí, Minerva, así me llamo, pero deja de llamarme tanto porque de por sí ya lo desgastaste luego de treinta años juntos. ¡Treinta! No sé cómo he podido aguantar.

—¿Y Márgara? —insiste Esmeralda—, nos gustaría saludarla.

—Esa no para de llorar desde que le mataron a la meretriz. Está desconsolada.

En ese instante, por la misma escalera desciende otro hombrecito, muy bien arreglado con sombrero elegante y lentes.

—Ramiro, ¿cómo dejaste a Márgara?

—Igual, mamá, igual.

—Ellos son compañeros de rumba, ve y dile a tu hermana que la vinieron a ver, a lo mejor la alegra.

—Le di del Neuro Fosfato Eskay, se vende muy bien en la farmacia.

—Él es el más chico de mis hijos, el más traidor —dice don Arcadio.

—Ya vas a empezar, papá.

—Dejó la farándula por los frasquitos.

—¡Mamá!

—Es farmacéutico —aclara dirigiéndose a Mario y poniendo los ojos en blanco—. Ramiro, ya sabes que me tienes que explicar eso del neurofrufrú.

—Neuro Fosfato Eskay, es para la debilidad nerviosa, cuando uno está decaído.

—¡Tráeme tres frascos! —grita don Arcadio.

—De una vez tráele seis, así entro al concurso de la viuda abnegada para el próximo diez de mayo. ¡Me puedo ganar ciento cincuenta pesos! Solo necesito ser viuda, claro, y escribir la biografía de una mujer que haya formado a sus hijos «arrostrando la adversidad», eso ya lo tengo, quién diría que me pagarían por contar mi vida.

En la parte más alta de la gran escalera aparece la Márgara, quien baja los escalones con cara de pujo y ojos de tomate.

—¿Qué hacen aquí? ¡Deberían estar en la cárcel!

A Mario se le acelera el pulso. Esmeralda se levanta del asiento. Ramiro se queda pasmado.

—¡Margarito!, cuida esa bocota, ellos querían saludarte.

—Ay, sí tú, bien buenas gentes.

—Mario y yo no sabíamos que venías de familia de artistas. —Doña Minerva y don Arcadio se hinchan de orgullo con el comentario de Esmeralda—. Estábamos preocupados por ti, no te habíamos visto.

—Uy, sí, tan angustiados que no dormían.

—¡Cómo te atreves a decir eso, Margarito! Eres un grosero —le grita su madre, y les explica en voz baja—: le molesta que la llame así, es lo peor. No seas maleducado y siéntate, saluda a quienes vinieron hasta acá por ti.

—Ya no soy ningún Margarito, soy Márgara —dice dejándose caer en el sofá.

Mario comprueba que, de hecho, Márgara es la más alta de toda la familia.

—Yo era el perro de Katmandú. —Y comienza a sollozar.

—Así le puse yo —aclara doña Minerva, muy divertida.

—¿Estás triste? —pregunta Mario.

—Antes no ha inundado toda la casa con sus lágrimas —interviene don Arcadio.

—¡A ver si así nos lloras a nosotros, cabrona! —le grita doña Minerva, quien se levanta de su sillita y va hacia Márgara para acariciarle el pelo y arrullarla un poco.

Mario y Esmeralda se miran entre sí: esa extraña mujer no puede haber matado a la Katmandú.

—¿Supiste que también asesinaron a don Palomino? —le pregunta Mario. Los sollozos cesan y ella alcanza a responder afirmando con la cabeza. Por fin se calma, suspira y dice:

—Él me daba mis buenas propinas, yo fui su chaperona varias veces, hasta conocí su mansión de las Lomas, Lirio me mandó a espiarlo.

—¿Cómo? —pregunta Esmeralda, escandalizada.

—Estaba casado. —Y se suena la nariz con tanta fuerza que se oye como trompetilla.

—Qué desgracia —dice doña Minerva—. El demonio que la mató también se echó a don Palomino, estoy segura.

Mario sospecha lo mismo y asiente.

—¿Desde cuándo conoces a Katmandú?

—Desde que hizo *Carta audaz*, yo trabajaba en el cine con Agustín P. Delgado, era del equipo de maquillaje. Ella me trató muy bien y al final le gustó tanto mi trabajo que me propuso ayudarla en sus números. Nos cuidábamos las dos. Yo estaba en las fiestas que hacía en su casa de Polanco con señores de mucho dinero y cuando se pasaban de listos con ella mandaba al mozo a soltar a Mimí, el leopardo. Siempre había gente extraña merodeando. Como era tan amiguera y hermosa nadie se resistía, era como un imán. Palomino la obligó a llevar una vida más discreta, sin tanta francachela, pero ella se las arreglaba para escaparse y yo nunca supe qué se traía entre manos o siquiera qué pensaba.

—Esa mujer te hacía como badajo de campana y tú bien dejadota, a deshoras siempre —dice doña Minerva. Y otra vez los sollozos de Márgara.

Mario nunca pensó ver a la Márgara, tan dueña de sus pasos, tan mandona, hecha un guiñapo triste. Esta sí la quiso, se dice.

—Esmeralda y yo queremos averiguar todo lo que podamos y encontrar al culpable.

—¿Y ustedes dos qué se traen?

—Tenemos que limpiar nuestros nombres por culpa del periódico —aclara Esmeralda.

—Ay, sí, los tortolitos asesinos.

Esmeralda se pone roja, Mario se revuelve en su asiento.

—¿Y luego qué?

—¿Perdón?

—Sí, cuando lo encuentren, ¿qué piensan hacer?

—Pues yo, volver a bailar —dice Esmeralda sin pensarlo.

—Me refiero a qué van a hacer con él, si lo encuentran.

Hasta ese momento, ni Mario ni Esmeralda se han respondido esa pregunta.

—Yo los ayudo, pero solo si lo quieren muerto.

12

¡Ya me compré otra libreta! Me chocaba encontrarme los garabatos de ese niño baboso. Esta tiene las tapas duras y las esquinas verdes, verde esmeralda, como yo. También las paredes de mi cuarto lo son, solo que en tono pistache: tengo una cama muy estrecha, un ropero medio chueco y una mesa; a duras penas puedo practicar mis rutinas de baile en la mañana. En el cuarto de al lado duerme Panchita, la cocinera, más allá están María del Órgano y Flor, que ayudan en todo, y abajo están los del chofer y el jardinero. El jardinero es Mario: en la mañana, cuando estoy sacudiendo las sábanas de doña Alberta Ferrer, alcanzo a mirarlo que se saca la camisa un momento, antes de seguir podando los gladiolos. Le chiflo, me cierra un ojo y se pone el dedo en esos labios tan carnositos que tiene; se abanica un poco con la hoja de un hule para quitarse el calor y, antes de que lo regañen, se vuelve a poner la camisa. Quién te viera, Esmeralda, luego de ser tan mala y jija de tu madre, andas paseando con un sacudidor, pensando en puras cursilerías y cantando «Amorcito corazón».

En esta casa hay mucho trabajo, no paramos. Menos mal que con la señora Alfonsina aprendí a lavar, a sacar el polvo, a hacer las camas bien lisas y, por supuesto, a remendar. Doña Alberta anda de lo más contenta conmigo, ayer me dejó peinarla y me preguntó dónde aprendí: para tantearla, le dije que había trabajado en el salón de belleza «Katmandú», allá en la colonia Roma. Se puso toda nerviosa, el perfume que se estaba embadurnando hasta en la nariz voló por los aires, me hizo limpiarlo y se puso a buscar su cigarrera por el tocador, le temblaban las manos. Ahora estoy casi segura de que ella la mató; eso le digo a Mario, pero insiste en que tenemos que encontrar pruebas.

Llevamos aquí más de una semana. Fue la Márgara la que nos dijo por dónde vivía don Palomino, el occiso magnate, como le llamaron en una nota del periódico que por fin se dio a conocer apenas antier; pero, claro, ahí solo decía que le dio un soponcio, a los influyentes nunca los asesinan ni les pasa nada escandaloso mientras estén bien con el gobierno; dicen que este presidente hace lo que quiere, como todos los hombres. Mientras más encumbrados, más poder quieren. La enana no se acordaba muy bien del número, sí de la calle. Al día siguiente de que nos pasó el chisme, nos trepamos a un libre y le pedimos que nos llevara a Chapultepec Heights. ¿Hasta Las Lomas?, preguntó el ruletero, mirándonos con sospecha. Ni que fuera broma, le contestamos, y estuvimos un buen rato regateándole; nos cobró carísimo y se la pasó rezongando por todo lo que ha crecido la ciudad sin ton ni son en este sexenio. Ya no sé llegar a ningún lado, las casas se ven iguales en algunas partes, no se orienta uno bien, nos dijo. A pesar de sus quejas aquí nos trajo. Anduvimos dando vueltas por el barrio, atontados con las casotas tan elegantes y las calles que suben y bajan: yo solo en el cine había visto algo así. Perla me había contado que estuvo una vez en una mansión igual de grande, la de un prospecto de marido rico que conoció en el Savoy; salió corriendo luego de que el tipo la persiguió para encerrarla en un ropero como si fuera Barba Azul y no hallaba por dónde salir.

Las casas grandes como palacios y ni un alma caminando por la calle; a veces ni calle había, puro descampado. Yo hasta me empecé a preguntar cómo nos regresaríamos de ahí, ni siquiera teníamos un plan. En una esquina nos encontramos un puesto de periódicos. Nos llamó la atención una nota del *Excélsior*: «Zafarrancho en el velorio de Katmandú». Rápido le compramos el diario al niño que lo atendía. La nota decía que Katmandú hasta después de muerta levantaba pasiones. «Nos cuentan que la gresca comenzó cuando dos hombres que aseguraban ser los favoritos de la exótica se engarzaron en tremenda pelea». Y luego de contar que había sido una ceremonia «muy privada», a pesar de que todo el firmamento artístico se encontraba ahí reunido, pasaron a chismear quiénes estaban y cómo iban vestidos. Ya al final aseguraban que la policía seguía investigando al que terminó con la vida de la «despampanante occisa». Luego de leerla le preguntamos al chamaco por la calle de Montes Escandinavos, según nos había dicho la enana que se llamaba la de Palomino. O el enano, porque luego de la visita me quedé con las dudas. Ah, pues está allá adelante, junto al letrero de que buscan un jardinero y una muchacha. Pero a esa casa nadie quiere ir a preguntar desde lo que pasó.

¿Pues qué pasó? El chamaco abrió unos ojotes. ¿No supieron? No... Hubo un muerto, estuvo bien gacho, todos oyeron el disparo. Encontraron al señor con el coco hecho pedazos. Estuvo aquí la policía. Mario y yo nos miramos. El niño estaba emocionado. Dicen que el jardinero se escapó. ¿Y tú cómo sabes tanto? Oh, pues ya ve, señorita, estoy estudiando para detective por correspondencia. El chisme corrió porque fue allá, a dos cuadras; por estos rumbos casi ni pasa nada. ¿Ustedes no son de aquí?

Mario y yo decidimos que iríamos a pedir trabajo en casa de don Palomino, a ver qué averiguábamos, pero con el pelo desteñido él se veía muy raro. Regresamos al hotel Impala en un camión destartalado que tardó siglos en pasar. En las fotos del periódico no aparecíamos, por suerte. Se veía a un montón de periodistas y gente elegante tapándose la cara entre los catorrazos. En una estaban María Victoria y Mantequilla Nápoles dando autógrafos al final, entre otros actores despeinados. ¿Ya viste lo que provocaste?, le pregunté a Mario. Creo que se me notó la admiración, tiene mucho fuego en las venas este hombre. Aunque nos sentamos en la parte de atrás, la gente volteaba a mirarnos; o seguíamos medio disfrazados, o ya no nos dábamos cuenta de nuestro aspecto. Te pintas mucho, me dijo Mario. ¿Y no te gusta? No me contestó, pero me puse feliz: cuando un hombre quiere cambiarte, es que ya te quiere de novia, eso me decía Perla. Nada más por molestarlo le dije que Katmandú lo traía de un ala y se pintaba el triple que yo. Sí, me dijo, pero a la luz del día es distinto, no puedes andar tan maquillada en la calle, la gente nos mira. Me encantó que dijera eso, aunque no me diera la mano en el camino. Ya en el hotel me preguntaba qué pasaría con los besos que nos habíamos dado antes, porque seguíamos durmiendo con la cobija en medio: luego de nuestra visita a don Arcadio, Mario cayó como piedra y yo me le abracé, pero lo pensé mejor y me pasé a la cama, tampoco me gusta rogar.

Ven, le dije cuando llegamos, siéntate en el tocador. Así le quité lo güero y le volví a pintar el pelo de oscuro; le quedó medio estropajoso, pero mejor. En la mañana te embadurno un poco con mi maquillaje para que te veas más moreno, yo no lo necesito porque así soy. Lo trasquilé para que se viera formal, nomás me faltaba rebajarle de la nuca; sin pensarlo me puse a hurgar en su maleta, buscando una rasuradora, y que me dice: no toques mis cosas, pero yo ya había descubierto que tenía un brasier de Katmandú ahí guardado, uno azul con lentejuelas. No sé qué tanto esconde, si hasta pegó en la pared las noticias del asesinato con sus fotos; yo las quité, porque tampoco hay que arruinarse el descanso. Me di cuenta de que se había robado el brasier el día que estuvimos en el Guay, ah qué hombre. Cuando le pasé la rasuradora por la nuca, sentí que se erizaba. Me hubiera gustado darle de besos en ese cuello, pero mejor seguí de lo más profesional. Mi *corsage* estaba ahí, marchitándose, el olor a gardenias había durado.

Nos fuimos a merendar y a caminar un poco por el Centro; de regreso vi que se quitaba los pantalones y se acostaba. Me metí al baño y que se me ocurre ponerme el brasier de Katmandú; también me pinté como ella, con unas líneas azules como de gatito en los párpados; salí y di unas vueltas imitando las de su coreografía. Mario se estaba haciendo el dormido, pero de repente abrió unos ojotes y se le alzó todo, desde la punta del pelo hasta lo demás. Y pensé: a los galanes hay que actuarles sus fantasías; quizá él me querría de novia de pueblo, pero en las noches yo me llamo Esmeralda, soy una diosa y bailo para enloquecer a los hombres. Eso me encendió tanto como el brasier de Katmandú a él, pero se levantó y que se me arrodilla: por favor no hagas eso, no nos vamos a poder controlar. Después me dio un beso de lo más tierno y se metió al baño a echarse agua fría. Nos volvimos a dormir cada uno de su lado, acaloradísimos. A lo mejor debería bailarle todas las noches, hasta que se descontrole y que ya de una vez pierda yo mi alma inmortal. ¡Es algo tan raro lo que me está pasando! Pienso en lo que me hizo el asqueroso viejo y en la criatura que perdí, y luego esto: creí que nunca más lo desearía y mírate ahora, Esmeralda, a lo mejor y así hasta te embarazas y te casas... sería como una película, aunque en las películas las rumberas nunca se casan, antes se mueren o las matan.

De todos modos, aquí en la casota es más difícil vernos. A duras penas nos juntamos en la cocina a la hora de las comidas y en la tarde platicamos un ratito en los jardines de lo que vamos descubriendo, y es que a Mario le dio por decir que somos hermanos, en vez de esposos como yo había pensado, porque me dijo que no podemos darnos el lujo de armar un rebumbio si nos dan un cuarto juntos. Ni que fuera para tanto, total para que no hagamos nada.

El día en que llegamos a la mansión de don Palomino, allá afuera vi estacionado el auto negro en el que tantas veces habíamos visto salir a Katmandú del Guay. Cosme, el chofer, le estaba pasando una jerga; le dijimos que veníamos por el anuncio, a ver si nos querían contratar, y él avisó a las muchachas para que llamaran a doña Alberta. Por lo visto a la señora le urgían nuestros servicios, porque nos hizo pasar al recibidor y bajó en un santiamén por esa escalerota tan bonita que llega a las habitaciones. Apenas nos preguntó de dónde veníamos y si teníamos referencias. Mario le dijo que éramos hermanos y veníamos de Yuxtle; yo le aclaré que habíamos trabajado en una casa en la Santa María: tengo una libretita de la señora Alfonsina de hojas membretadas con su nombre que le robé el día que me corrió, por si se me ofrecía; ahí le escribimos las recomendaciones y me inventé una firma muy garigoleada. Ni modo que la fuera a buscar, ni la conoce.

Pues con eso tuvo bastante. Después Panchita nos contó que luego del asesinato, nadie se había querido presentar. Con razón nos aceptaron tan rápido. Y eso que en los periódicos no salió nada, nadita, y a los sirvientes les dijeron que ni una palabra o se quedaban sin trabajo, pero es difícil aguantarse de contar algo tan tremendo, yo pienso. María del Órgano y Flor me dieron mi uniforme negro, un mandil y su cofia blancos; me queda un poco grande y lo tengo que ajustar con imperdibles. Para Mario fue un overol de trabajo y un montón de herramientas; no sé si sabe podar rosales y arbolitos con forma de cisnes y venados, pero ahí está todas las mañanas, corte que te corte y barriendo hojas. Yo esculco la habitación de la señora Alberta buscando pruebas del asesinato de Katmandú entre sus sombreros finísimos de Christian Dior que parecen pantallas de lámpara. También soporto al Ticho, el hijo que no para de llamar y pedir cosas porque se siente mal de esto y de lo otro.

No parece que en esta casa se haya suicidado alguien; solo el personal se ve perturbado por lo que pasó, y aunque les prohibieron mencionar siquiera el asunto, a cada rato me cuentan de cómo se veía el pobre don Palomino en el piso del salón: le salió mucha sangre del pistoletazo en el cráneo y la alfombra persa se estropeó sin remedio. Les dijeron que fue suicidio, pero cuando se asomó Panchita por primera vez, ni siquiera había una pistola junto al cadáver. La verdad, si mi esposo hubiera muerto ahí, yo no querría ni entrar a ese cuarto. Pero doña Alberta anda como si nada por todas partes: dos veces por semana toma ahí su clase de canto con un profesor chaparrito de copete enchinado que se sienta al piano y la verdad parece que se está burlando de ella.

Hay otro hombre que la visita y se toman sus copas en el salón; Flor me dijo que ese señor es comandante de la policía, pero de los de mero arriba. La noche del dizque suicidio ella lo llamó y luego luego se presentó y arregló que se llevaran el cadáver. Lo velaron rapidito y dijeron que le había dado un infarto. Igual a alguien se le salió y todo el ambiente artístico lo sabe, María Victoria bien que nos lo dijo. A doña Alberta no se ve que le urja saber qué fue lo que pasó. ¿Y la mucama y el jardinero anteriores?, le pregunté, tratando de armarme la historia. Ah no, esos se escaparon juntos hace como un mes, se robaron unas joyas de la seño y el comandante Urrutia los encontró luego luego. Se están pudriendo en el tambo, remató Flor, como advirtiéndome de lo que le pasa a uno si se le ocurre hacer lo mismo. Uy, ¿y no habrán sido ellos los que mandaron a alguien para matar al señor? A nosotros todo nos parece horrendamente sospechoso; Mario cree que a lo mejor doña Alberta mató a Katmandú. Yo también, pero quisiera ver el modo de que nos encerremos a solas en alguna parte para hacerle un baile sensual con mi brasier anaranjado fuego. ¿Por qué dijo que éramos hermanos?

Ayer me llamó Ticho para que le tomemos la temperatura, pues dizque se siente enfermo. ¡Ese Ticho es una cosa! Se la pasa tumbado en un diván de su cuarto, oyendo música clásica. Cuando paso el plumero por su habitación, suspira como si se estuviera muriendo; la señora Alberta dice que su hijo es muy sensible de los nervios y tampoco le hace mucho caso. Ticho tiene quince años. Y la mano muy larga, pero conmigo se aguanta. Antier María del Órgano se sentó en la cama a tomarle la fiebre y enseguida sintió los dedos del condenado debajo de la blusa. Esta vez que me tocó ir a dizque atenderlo, le dije que yo solo sabía tomar la temperatura por el recto: a ver, voltéese joven, le dije. Se puso pálido y me contestó que ya se sentía mejor. Solo acércame un par de aspirinas, Celia, allá están en el ropero.

Olvidé escribir que en esta casa yo soy Celia y Mario se llama Pepe, como Pedro Infante y Blanca Estela Pavón en *Ustedes los ricos*. Nos bautizamos así para que no se nos olvidaran los nombres. Lo bueno con Ticho es que es muy sugestionable: le dije que tanta aspirina que toma le va a provocar una úlcera y a partir de ahí solo pide té de manzanilla y leche. Mañana le voy a decir que tanta leche provoca diarreas, a ver cómo se pone. Desde luego que la voz de doña Alberta desentonando «Estrellita» en el salón del piano no le ayuda para calmar los nervios. ¡Ay, las voces del Waikikí, los tríos, Pedrito Vargas, mi tocaya Esmeralda «la Versátil», cómo me encantaría oírlos otra vez! En la w también se puede escuchar, pero pues no es lo mismo. Y me falta música en la mañana temprano para practicar mi rutina; hago el calentamiento y los pasos nomás contando, y a veces, cuando Panchita pone su radio y suena un mambo, me voy a un cuarto cercano que esté vacío para darme mis vueltas y mis meneos sabrosos, ¡qué ilusión volver a nuestras vidas como eran!

Mario encontró un pasadizo que va de la covacha de la herramienta hasta el sótano. ¿Y qué crees que me encontré?, me preguntó. ¿Qué cosa, papacito, qué te encontraste?, le dije arrinconándolo contra la enredadera del patio para poder besarle el cuello sin que nos vieran. Él se dejó hacer y sentí cómo se iba poniendo lacio, lacio, y la verdad yo también. Ya eran como las siete y media, y estaba oscureciendo; los moscos empezaban a picarnos, pero no tenemos otro lugar para platicar a gusto. El muy canijo me pidió otra vez que paráramos. Anoche no podía dormir, me dijo al fin; salí del cuarto y empecé a dar vueltas; había dejado las herramientas muy desacomodadas y me metí a la covacha a ver si trabajando un poco me daba sueño, ahí escuché ruidos raros atrás de un cancel; que me pego al cancel y que se abre. Hay un túnel, como te dije, y al fondo se distinguía un resplandor. Uy, qué susto. ¿Y entonces? Caminé con mucho cuidado y que veo allá al fondo a Cosme y a Panchita junto a una tina. ¡Se estaban bañando! No, ¿cómo crees?, se rio Mario: estaban destilando una especie de tepache que olía a rayos. Yo nunca había oído que hicieran tepache en una tina, ¿cómo es eso, Mario? Llegamos a la conclusión de que en esta casa pasan cosas raras, pero nada de eso nos prueba que aquí esté el asesino de Katmandú. Me subí a dormir muy desconcertada. Hasta se me habían quitado las ganas de besuquear a mi dizque hermano.

En la mañana le di vueltas a Panchita en la cocina, a ver si olía a licor o algo así, pero los chiles que tostaba en el comal me hicieron llorar y estornudar. ¡Qué buenas salsas hace! Aquí sí que voy a engordar, por culpa de sus salsas y los guisados de olla que nos prepara. Mucho mejores que la avena y el caldo para Ticho; doña Alberta come pavo, ensalada rusa y cosas de restaurant, pero para nosotros es el chicharrón en salsa verde. Vénganos tu reino, exclama siempre Cosme cuando la ve acercarse a la mesa con esos platones suculentos; así cualquiera se vuelve creyente, la verdad. Yo aprovecho el alboroto de los guisados para espiar las idas y venidas de Panchita: de la despensa a la cocina, de la cocina al patio de los canarios; es como un abejorro gordito, no para. De repente se me desapareció en la despensa más tiempo del que imaginaba y pensé que algo habría allá, aparte de frascos y chiles secos. Cuando todos salieron a sus labores, me escurrí por la puerta pintada de color crema y alcancé a ver un cancel suelto, detrás de los zacates: ¿sería otra puerta escondida?

Mario decidió preguntarle a Cosme qué hacía con Panchita en el sótano; Cosme le suplicó que no le dijera a nadie. Es nuestro negocio. ¿Tepache?, preguntó Mario. Aguardiente de nanche, lo vendemos los domingos, solo que la señora no sabe; es muy popular en la colonia. El señor tampoco sabía, le dijo. Cosme se puso nervioso, pensó que Mario les cobraría por no rajar. Cómo cree, le contestó él, cada quien su asunto; yo no tengo por qué contar esas cosas. El chofer comenzó a entrar en confianza y hasta le invitó un vaso, dice que estaba muy sabroso, ni en Yuxtle había probado uno igual. Ya entrados en las copitas, Cosme le contó del día del disparo: le dijo al comandante Urrutia que el señor venía de la oficina para no alterar a la señora, pero la verdad es que venía del Waikikí; andaba con una cabaretera reguapa, una chinita que estaba de rechupete, esas palabras usó. Mario se tuvo que aguantar las ganas de pegarle cuando dijo eso, a mí en el fondo me alegró, a ver si así se le baja un poco la obsesión con Katmandú. Iban a la casita que le había puesto a la china en Polanco, a todo lujo, pero en el camino discutieron. Don Palomino le reprochó que andaba con otro. Y la china: tiene hasta más dinero que tú, así que ni te metas. ¡Bájate, bájate, ya no te aguanto, puta!, le gritó don Palomino. Cosme tuvo que detener el coche y dejaron a Katmandú tirada en pleno Reforma, como una cualquiera. Ellos regresaron a la casa. Don Palomino estaba muy nervioso, tenía los ojos inyectados de sangre, parece que se encerró a beber brandy en el salón. Panchita estaba bajando por el pasadizo porque tenía que vigilar el menjurje; ahí fue cuando escuchó el disparo. El caso es que corrió a ver qué sucedía y se encontró a don Palomino tendido en el piso en medio de un charco de sangre. ¿Y la señora, y Ticho? El niño bajó y se desmayó ahí mismo; la señora no paraba de gritar, se puso muy mal.

Se me retuercen las tripas de ver a Mario tan compungido imaginándose a Katmandú solita en Reforma con su vestido de satín y su abrigo de chinchilla; a mí la verdad me alegró. Eso merecía por ser tan mala. ¿Pero y luego? ¿Sería que esa misma tarde se regresó al Waikikí y la mataron? Entonces no fue Palomino. A lo mejor no quería dormir con su leopardo en casa. ¿Y quién sería el otro novio? Uy, cuántas preguntas. Diatiro que doña Alberta no podía ser la asesina de Katmandú, porque ella estaba en la casa, claro que pudo haber enviado a alguien, a su comandante Urrutia, al que le dice Paco y viene cada dos tardes a tomar té y oír discos de boleros con ella. Le dije a Mario que a lo mejor deberíamos robarnos unas joyas y escaparnos como el jardinero y la mucama anteriores, cuidando de que no nos agarren, pero él se ofendió, me contestó que no es ningún ladrón; lo del Guay nos lo debían, es diferente. Aquí vamos a estar hasta que averigüemos quién la mató. Está bien, papacito, le dije, y lo besé: necesito marcarlo de alguna manera, que sepa que es mío, aunque adore a la china. Mientras, a lo mejor averiguamos algo más; hablaré con Flor, que es muy amigable, aunque un poco zonza.

En cambio, la María del Órgano es una ficha; no es para menos, con ese nombre. Ya me dijo que le gustaba mi «hermano». Ay, Celia, cuéntame si Pepe tiene novia. Ya le dije que sí, que tiene esposa en el pueblo, y cinco hijitos, está muy comprometido. Ah, en el pueblo, ¿allá en Yuxtle?, ¿dónde queda? Debe de estar muy lejos... Y al menor pretexto sale al jardín, se le pasea enfrente, se agacha dizque para oler las hortensias y llevarse un ramo al salón, y le platica de cualquier cosa. La voy a poner a planchar sábanas, para que deje de zumbarle alrededor. Qué cansado es esto de ser mujer; siempre con el ansia y la pelea, si no es con una es con la otra, y aparte cuídate de los hombres, esos siempre andan de cuzcos consiguiéndose muchachas guapas para presumir. Y a las esposas solo les queda soñar, si no las interrumpen el llanto de los escuincles o la comida quemándose en la estufa. Solo las que tienen marmaja, como Alberta Ferrer, pueden darse el lujo de andar con sus gorgoritos o en tómbolas y rifas dizque para ayudar a los niños pobres. Si pudiera bailar a mi gusto en alguna parte, todo sería más fácil de aguantar.

Esta tarde volví a peinar a doña Alberta para su clase de canto, resulta que se va a presentar frente a unas amistades y tiene que hacer su ensayo general, por decirlo así. ¿Pues no que está muy compungida la viuda? El maestro Corolini llegó muy temprano y la señora hizo gárgaras con jugo de piña por como media hora. Yo me bajé a echarle un ojo al profesorcillo: lo caché abriendo las cajitas de porcelana encima de la chimenea, como si buscara algo. Ya decía yo que era muy raro, así lo quería agarrar. ¿Busca algo?, le pregunté. Pegó un salto, pero cuando volteó a verme ya estaba sonriendo. Aquí apreciando el buen gusto de la *siñora* Ferrer, nada más. ¿Y tú, *belísima*, qué andas haciendo por estos lares?, me dijo muy coquetón. Agarré uno de los plumeros que tengo repartidos por toda la casa y le dije: voy a sacudir el polvo antes de que baje la señora. Y como quien no quiere la cosa, le pasé las plumitas rosas y amarillas por la nariz, pero el condenado es necio: me quiso arrinconar contra la pared de la chimenea y pácatelas, que se abre. ¡Se abrió la pared, como si hubiera una puerta ahí! En esas que escuchamos a la señora cantando lo de «Estrellita, ¿cómo estás? Me pregunto, ¿qué serás?»; el chaparro malvado se regresó corriendo a su piano y el muro se me cerró solo. Volteé a ver si había algo atrás de mí: ¡todo oscuro, ya me quedé emparedada! Pero no, cuando mis ojitos se acostumbraron a la oscuridad, pude distinguir un resplandor hacia un lado: estaba en un pasillo estrecho, estrecho. Caminé hacia allá y me encontré con una escalera de metal alumbrada con un foco. Fui subiendo la escalera y que me topo con otro pasillo estrecho que daba vuelta otra vez. Atrás de la pared alcanzaba a escuchar ruidos, pegué la oreja: era clarita la voz de Ticho lloriqueando: «Flor, Florecita, ¡ven a sobarme aquí, que me duele!» Y Flor que le contestaba: «Ya estese, joven, no sea marrano».

Esta casa parece teatro, deveras; todo un mundo tras bambalinas. El pasillo sigue hasta una escalera que va a la cocina. Bajé tres peldaños y desde ahí que oigo a Panchita regañando al Firuláis porque metió la cabeza en la olla del guisado. Mejor volví a subir: ¿y si se podía salir desde este pasillo hacia alguno de los cuartos empujando la pared, como me pasó en el salón? Tenía que haber algo que se abriera. Estudié el muro con mucho cuidado: en la parte de abajo corría un zócalo que en algunos lugares se veía salido. El cuarto de doña Alberta estaría junto al de Ticho, más o menos; ella tardaría en subir, todavía la escuchaba lanzando gorgoritos en el piano. Probé a patear en el zocalito y nada, era muy raro. Lo pisé y me apoyé encima.

¡Eres un genio, Esmeralda!, me dije. La puerta se abrió justo en el fondo del clóset de la señora; podía salir a su cuarto en medio de los vestidos y los camisones y hacerme la que estaba ordenando zapatos o algo así, pero me acordé del sótano y la tina que me dijo Mario: mejor buscaba mi camino hasta allá por los túneles y salía directo al jardín.

Bajé por el pasillo que iba a la cocina; como imaginaba, llegando a la despensa daba la vuelta y seguía hacia otra escalerita. ¡Claro! Por ahí bajaba Pancha a su negocio con Cosme. Oí ruidos abajo y preferí salirme por la despensa; el hueco no estaba disimulado, habían quitado un pedazo de pared medio a la cínica: por lo visto a nadie le interesaban los zacates. O quizá todos en la casa sabían de tanto pasillo y túnel. ¿Lo sabrá el comandante? En la cocina no había nadie; crucé junto a las ollas tapadas y los trastes limpios en la penumbra, y salí al patio de servicio: ahí tenían al Firuláis amarrado a una tubería chille y chille, castigado. Canijo perro. Me seguí y di la vuelta hasta el jardín. María del Órgano le estaba mostrando algo a mi muñeco en la penumbra junto a la enredadera, quesque un moretón que le salió en un muslo, pero rápido los interrumpí: tengo que hablar contigo, le dije a Mario. Lo agarré del brazo y me lo llevé a un rincón. La muy cuzca se alejó exclamando que qué hermana tan mandona.

Le conté a Mario todo lo que había visto, los pasillos escondidos detrás de las paredes, las puertas que se abrían en los roperos y las alacenas. Entonces alguien de la casa le disparó a Palomino y se escapó por el túnel. Justo lo que había pensado, mi bombón, le contesté. No le gusta que le diga bombón, pero es que dan ganas de acabárselo a mordidas. Ay, tengo que bajarme estas calenturas, pero es que son días y días de dormir separados, sin la menor oportunidad de echarle un lazo. Tenemos que interrogar a doña Alberta. Quedamos en que yo me le apareceré en la noche en su cuarto y la haré sacar la sopa de lo que le pasó a Katmandú, aquí hay gato encerrado. Mario me va a esperar atrás en el túnel por si algo sucede.

No sé por dónde empezar, ¡han pasado tantas cosas! Me parece una eternidad desde que bajé del tendedero la ropa para planchar y le llevé a Ticho su cena. No me pude aguantar de echarle sal en las natillas; cuando me dijo que sabían raro, le pregunté si conoce esa enfermedad con la que a uno le cambia el sabor de las cosas. Es gravísima, joven, a lo mejor ya le dio. Luego me bajé muerta de la risa a merendar a la cocina; Mario y yo nos hicimos guajes con los demás; él hablaba del Necaxa con Cosme y yo le arreglé la trenza a Flor. Salimos como si nos fuéramos a retirar y preparamos nuestras cosas para escapar corriendo si se ofrecía. Luego nos metimos por los túneles: Panchita y Cosme entonaban «Qué te ha dado esa mujer» junto a su tina y no nos vieron pasar. Ya eran como las diez cuando nos colamos por el clóset de la señora. Mario traía un cuchillo de cocina para protegerme en caso de que ella me quisiera hacer algo.

¡Así la quería agarrar!, le dije, ya la descubrí. Estaba sentada en el tocador, untándose *cold cream* junto a la botella de whisky. Se veía que llevaba varias copas, porque tardó en reaccionar. ¿Qué te pasa, criatura, qué mosca te picó? Es usted la que se hace la mosca muerta. ¡Asesinó a Katmandú luego de que su esposo se suicidó por ella! ¿Pero estás loca, Celia?, me gritó mientras veía salir a Mario del ropero con el cuchillo. ¿Y ahora tú?, ¿quiénes son ustedes? Somos dos inocentes a los que acusaron de matar a Katmandú, contestó mi galán. Me encantó lo de los dos inocentes, seguro lo sacó de alguna película. La señora Alberta se empezó a reír. ¡Ya sé, salieron en el periódico! La tiple y el sacaborrachos. Oye, pero tú estabas más arreglada en la foto, ¿eh? Y tú no pareces un rufián. Se puso de pie y se apoyó en el tocador con arrogancia; parecía que iba a cantar.

¿Suicidarse ese idiota? Si no le hubiéramos dado una ayudadita, era capaz de vivir doscientos años para seguir arruinándome la vida. Truncó mi carrera en la ópera, ¿y todo para qué?, para llevarse a la cama a cuanta vedette le sobara la calva por unos pesos. Me quedé helada: ¿una ayudadita? ¿O sea que usted?... De repente se dio cuenta de que había hablado de más. Yo no maté a Katmandú, criaturas, no saben lo que le agradecía mantener lejos a mi marido, por lo menos así podía cantar sin que me gritara que cerrara el pico porque estaba crudo. Hasta me dio tristeza cuando supe que había muerto... pobre.... Doña Alberta nos tenía fascinados con sus ojos como de serpiente, la verdad yo quería saber más. De repente se interrumpió y lanzó un suspiro. Una disculpa por el desahogo, dijo, pero no me harán perder el tiempo en fruslerías. Como quien no quería la cosa, levantó el auricular del teléfono que estaba en su mesita. Voy a llamar a Paco, a mí nadie me amenaza.

Mario y yo nos miramos por un momento y nos escapamos corriendo por el túnel otra vez. Salimos al jardín, agarramos nuestros tiliches que habíamos dejado cerca de la reja y directo a la calle. Todavía alcanzamos a escuchar los ladridos de Firuláis. Ya en el libre que tomamos en la avenida, Mario le pidió al ruletero que le subiera al radio lo más fuerte e hizo como si me fuera a dar un beso. Ya me estaba ilusionando, pero me susurró: tenemos que averiguar quién es el hombre que tiene más dinero que don Palomino, ese por el que Katmandú lo dejó; seguro él es el asesino. Vamos a casa de Katmandú, Cosme me dijo dónde vivía.

El taxista nos dejó en una esquina de la calle Petrarca; la colonia era muy bonita y arbolada, chulísima. Enfrente estaba la casa de la exótica, totalmente a oscuras. Se me hizo raro que no hubiera nadie vigilándola luego de todo el escándalo, a lo mejor ni la familia quería vivir ahí. Dimos la vuelta hasta encontrar una entrada trasera con un jardincito y Mario me pidió hacer mi truco del pasador. Estuve como media hora tratando de abrir la cerradura y nos daba nervios que los vecinos empezaran a asomarse. Mejor dimos una vuelta, para evitar sospechas, y al fin se nos ocurrió treparnos a la barda en el rincón más oscuro. Él me hizo pie de ladrón y di un buen salto: de algo sirven tantas acrobacias. Luego corrí a abrirle la puerta del frente, al pasar por el comedor vi una sombra que me asustó mucho. ¿Sería el fantasma de Katmandú? ¿O el dichoso leopardo Mimí? ¿Le habrían dado de comer? Me sudaban los muslos. Crucé la casa hasta llegar al recibidor y le abrí a Mario. Encendimos una discreta lamparita en un rincón de la sala y la apagamos enseguida. La casa estaba llena de alfombras y cuadros extraños, yo me la había imaginado como una tienda de la calle de Dolores, pero era muy distinta: como si ahí viviera un cazador de animales de peluche, todo era de peluche de colores con dorados. Mario acariciaba los muebles con la boca abierta, como si estuviera en un templo sagrado, el muy idiota. Ya deja de admirarte, que nos puede salir el leopardo en cualquier momento, o el fantasma de tu china, tú que crees en fantasmas. Cuando nos acostumbramos a la penumbra, nos pusimos a buscar por toda la casa alguna pista, algo, pero todo era demasiado raro. En un patio cubierto nos topamos con la jaula de Mimí vacía, era un palacio en chiquito alfombrado de rosa, aunque olía a rayos. La puerta estaba abierta y me dio más miedo aún acabar devorada, ¿andaría el gatote por ahí? Mario me dijo: no, seguramente ya se lo llevaron, alguien le tiene que dar de comer.

Subimos por la escalera enorme. En la que seguro fue la habitación de Katmandú, Mario cayó de rodillas frente a la gran cama en forma de corazón forrada de pieles y telas brillantes y se puso a oler las sábanas. Es su perfume, todavía huele a ella, suspiraba. En la cabecera estaban las letras de su nombre, doradas. Yo no me pude aguantar; le solté un buen trancazo con un zapato de su china. Estás celosa, Esmeralda, y ella está muerta, me contestó en plan de tragedia, temblando todo él. Sí estaba celosa, pero jamás lo voy a aceptar. Claro que no, le dije, solo que si te pones a oler tesoritos no vamos a encontrar nada.

Lo dejé ahí y me fui a dar vueltas por las demás recámaras a ver qué había. Una de las habitaciones me encantó, pues estaba llena de espejos, barras y unos aparatos vibradores para reducir el busto y la cadera; no me pude aguantar de estirarme y bailar una rutina sencilla en la penumbra. Si llego a ser rica algún día tendré un cuarto así para conservar cuerpo de sílfide toda la vida. Estaba haciendo puntas cuando sentí una sombra otra vez, ¿sería el fantasma de la china? Me salí a ver lo que había en la puerta de junto y pegué un grito de horror. En un pequeño cuarto como de costura decenas de muñequitas chinas me miraban. La luz de la calle las iluminaba por la ventana abierta y sus ojitos brillaban de manera siniestra. Las habían acomodado en repisas por colores y posturas. Mario llegó corriendo y se quedó patidifuso. Cuánta devoción le tenía don Palomino, dijo, para mandarle tantas. ¿Habrá sido él?, le pregunté. Pues yo sé de gente que colecciona estas cosas, qué obsesión, y más cuando tienen dinero, les da por lo exótico, como el leopardo. Sentía la respiración de Mario atrás de mi nuca y estaba temblando. Él me abrazó, yo no me pude aguantar y me volteé para besarlo, esta vez no me detuvo. No sé si fue la cama de Katmandú, pero su cuerpo ardía. Los dos caímos sobre la alfombra de peluche blanco y nos revolcamos como un par de fieras. No fue como mis otras veces, no sentí que él me quisiera domar, al contrario; me encendía su ansia, parecida a la mía, y también la ternura que sentía por él. Me desabrochó la blusa con torpeza y cuando vio mi brasier de encaje se volvió loco; no es que yo sea muy elegante, pero mi ropita interior me gusta fina y ni en las peores aventuras dejaré de ponérmela. Casi me lo arranca, y se puso a besarlo y a acariciarme las chichis con él. Yo me le trepé encima, parecía una danza lo que hacíamos, me gustaba arquearme como en mi baile de la pirámide y que me viera y me deseara tanto como a su diosa Katmandú. Y él con esos brazos fornidos y aquel garrote entre las piernas que se movía con tanto gusto entre las mías. Toda la vida había escuchado que hablaban del éxtasis, creo que ahora sí lo sentí, como tirarse sin paracaídas y dar vueltas y vueltas en el aire. Acabamos agotados y vi el amor en sus ojos, juro que sí. Me trae de un ala el hijo de su madre, para qué más que la verdad.

Cuando nos levantamos, las muñequitas nos seguían mirando. Salimos de aquel cuarto como si estuviéramos drogados. Mario me pidió perdón, no sé qué me pasó, me dijo, no me pude resistir. Yo tampoco, le mentí, me sentí como poseída. ¿Sería que el fantasma de Katmandú nos había dado un empujoncito? A lo mejor era ella la sombra que vi al entrar. Mario me abrazó con fuerza: nunca dejaré que te pase nada, dijo. Lloro cada vez que me acuerdo.

Bajamos a la cocina a buscar algo de comer. En la mesa había un enorme ramo de rosas con una tarjeta. Las flores estaban secas porque nadie las había puesto en agua y la tarjeta decía: «Un futuro luminoso nos espera». Firmaba Félix Calvario. ¿Será este el millonario por el que Katmandú dejó a Palomino, el que le restregó el día que la dejó tirada en Reforma, la noche en que lo asesinaron? Cuántas preguntas. La comida del refrigerador ya estaba pasada, pero logramos encontrar en la despensa unas latas de mejillones y caviar, y galletas saladas. Nunca habíamos probado el caviar, estaba muy salado pero bastante rico; y abrimos unas cervezas. Me sentí como en una fiesta. Gracias, Katy, pensé, me hiciste la valona; te prometo que encontraremos al engendro malparido que te mató, después de todo no eras tan mala gente.

Le propuse a Mario que durmiéramos en la habitación de Katmandú, ya que tanto le había gustado el olorcito de la cama; total, ya éramos amigas, pero se espantó. Sacrílega, me respondió, a los muertos se les respeta. No hay quien lo entienda, ni modo. Pero bien que agarraba sus calzones cuando estaba vivita y coleando. Al final nos acostamos en la sala, en los sillones de terciopelo rojo. Mario ya se durmió, yo tengo insomnio de la emoción por todo lo que ha pasado.

Me subí a buscar mi bolsa que se me había caído en el cuarto de las muñequitas y no me pude aguantar de esculcar los clósets y los cajones en el cuarto de Katmandú. Alguien se llevó las joyas del tocador y queda poca ropa, ¿quién habrá sido? El mismo que estará cuidando a Mimí, me imagino. Eso sí, cuando fui al baño me encontré mil pesos en una bolsa tirada en el piso. Qué suerte, porque no tenemos ni un clavo. Mejor me bajé a la sala y saqué mi querido cuaderno de la maleta. Quizá estos días no se repetirán; si no escribo lo que pasó, se me queda atorado.

En cuanto claree nos iremos a buscar un escondite, quién sabe si doña Alberta haya mandado a alguien a perseguirnos, hay mucho peligro. Yo tengo miedo, no puedo pegar el ojo, por eso mejor me puse a escribir. Solo falta que se me aparezca otro fantasma, y no será el de fray Gerásimo. Lo único bueno de todo esto es que viviremos juntos, aunque sea un cuchitril será nuestro nido.

13

Mario llega al gimnasio El Greco con vergüenza y se queda afuera, parado en la banqueta. Ahora nada le pertenece. Ni siquiera puede presentarse como gente normal al sitio donde pagó por ejercitarse. Tiene dinero, sí, pero de los robos. El dinero honrado del trabajo se acaba de ir en la renta del cuarto de azotea que él y Esmeralda encontraron en Donceles. Por lo menos no tendrá que volver a aquel jardín donde las hileras de arbustos redondeados le parecían un rebaño de ovejas verdes a las que había que trasquilar. Una casa de locos, nadie era lo que aparentaba. Y, a fin de cuentas, ¿quién era realmente Katmandú? Esa pregunta no pudo responderla ni siquiera visitando su casa, husmeando entre esos muebles que ya perdieron su esencia, volviéndose pálidos, como cáscaras. Ni siquiera tuvo la dicha de encontrar a su fantasma y no guardó una prenda, un simple calzón o siquiera uno de sus zapatos que lo ayuden a imaginarla caminando entre las cortinas, los encajes, las alfombras peludas, ¿cómo viviría ella entre todos esos lujos? ¿Quiénes la visitaban? ¿Quién, además de don Palomino, conoció esas sábanas tersas y tentadoras que no le dejó a Esmeralda profanar? Esmeralda, una tierna compañera y un problema nuevo que no sabe cómo resolver.

Chuy llegará en cualquier momento, es la hora en que solían salir de las regaderas, luego del acostumbrado vapor, donde le contaba los chismes del Guay. Ya se tardó, piensa Mario, a quien cada vez le irritan más las esperas. Desde lo ocurrido con Katmandú, lo domina un sentimiento de repulsión a la policía, la gente, a sí mismo y cuanto lo rodea, pero se lo calla y lo hunde concentrándose en el presente, como quien se pasa un mal sabor de boca con un dulce.

—¿Qué haces aquí? Ya ni mis novias me buscan tanto —la voz tajante de Chuy y su ceño casi siempre fruncido parecen decir con orgullo que él suda y maldice para ganarse la vida, asintiendo como un rudo boxeador a las órdenes del patrón.

—Vine a hablar contigo derecho. ¿Hay alguna novedad?

—Pues no. El Guay sigue cerrado, no hay dinero para pagarles.

—¿Qué sabes de Félix Calvario?

—Ya dale vuelta a la página, deja a los muertos en sus tumbas y que la chota haga su trabajo.

Chuy da varios pasos al frente, tratando de esquivarlo, pero Mario lo sigue:

—Ellos no quieren saber quién la mató, buscan un culpable y en cuanto lo encuentren van a cerrar el caso. Además, a las mujeres como ella nunca las consideran inocentes.

—Es cierto, las culpan.

—Te invito una cerveza, Chuy, yo sé que respetabas a Katmandú.

—A mí siempre me trató muy bien. Te acepto la cerveza, pero me aceptas tú a mí unos cuantos consejos si te vas a meter más en estas aguas.

Ambos entran a la pulquería Las Duelistas, a dos cuadras del gimnasio, y cada uno ordena un curado de piña. En la gramola suena «Sin ti» con Los Panchos y Mario se pone melancólico; piensa que, en efecto, no hay clemencia en su dolor.

—Tú querías bien a Katmandú, y por eso te lo voy a decir: estas muchachas siempre están en peligro, de por sí. Sin ofender, pero ella se iba con el que mejor pagara. Sabía sacarles ventaja a los hombres. Decían por ahí que nunca duraba con uno más de seis meses. Los terminaba muy gacho, les mandaba a la Márgara con el recado de que ya no la buscaran, ni les daba la cara. Entonces pues yo creo que se hizo de unas cuantas enemistades por andar repartiéndose. Y en este medio no es ni malo ni bueno, Marito, así es y punto. Así ha sido siempre, yo por eso no juzgo a mi chinita, que Dios me la tenga en su seno. Muy su manera de lograr la fama. Te voy a decir una cosa: el problema es el tablado, muchas lo pisan y con tal de mantenerse hacen cualquier cosa. Algo tiene que las vuelve locas. Ahora, partiendo de ahí, dime lo que has estado averiguando en estos días y te diré qué tan metido estás en este teatro.

Mario se inquieta. Entonces es verdad, Chuy sabe más y lo ha estado ocultando. Ni modo, entiende que en estos casos es mejor soltar algo a cambio de información. Le cuenta todo lo que sabe, incluida la experiencia en la mansión de Chapultepec Heights; no puede aguantarse más e incluye la espantosa revelación de quién pudo haber asesinado a Palomino Ferrer, la noche que pasó con Esmeralda en la casa de Katmandú y el sospechoso nombre de Félix Calvario en un ramo de rosas.

—Eres un pendejo, Mario.

—¿Qué?

—¿Y andas así nomás, como si nada? ¿Estás solo? ¿Dónde estás viviendo?

Mario responde a todas las preguntas con desconfianza, bajando la voz.

—La flaca esa, ¿la trajiste?

—No.

—Mejor deja de involucrar a tu mujer en esto.

—No es mi mujer —alcanza a precisar.

—Ya te metiste hasta las nalgas en este lío, nomás piensa, esa señora rica los puede estar persiguiendo en este mismo momento y quién sabe si alguien los vio en casa de Katmandú. Deveras si serás pendejo, Mario.

—Pues ella no tenía miedo de nosotros, eso es un hecho, Chuy. Así de segura se veía doña Alberta luego de amenazarnos con llamar a su querido, el comandante Urrutia de la policía.

—¿Urrutia? ¡Esto está color de hormiga! Ya no me sigas diciendo, burro. —Chuy mira en todas direcciones, angustiado.

—Pero, Chuy, no somos nada para ella, ¿quién va a creernos a Esmeralda y a mí? Ni tú nos crees.

—Ah, no, yo haré como si nunca me hubieras buscado hoy, a mí no me conviene saber todo esto, pinche Mario.

—Pero si tú…

—A ver, cállate y hazme el chingado favor de acompañarme, voy a hacer algo por ti y de paso por esa flaca rabiosa.

Chuy se levanta de improviso y paga, Mario no puede creer tanta generosidad de su parte. Salen de la pulquería y Mario sigue a Chuy, quien guarda silencio.

—Necesitas un buen fierro, que no falle, hermano. Mira qué chulada la Colt. Y puedes sacarla a cuatro pagos, aquí mi cuate el Balín nos hace el paro, pero nada de no pagar el día que toca porque es canijo, ¿verdad, Balín?

—Sí, mi Chuy.

—Voy a llevarme las dos —dice Mario, sintiéndose suficiente y seguro de comprometerse, casi viendo a Esmeralda colocándosela en el liguero, unida a ese bendito muslo un tanto escuálido pero contorneado que la otra noche lo sumergió en la lujuria y lo comprometió con sus impulsos de rumbera: pecadora e inocente a la vez. De hecho, si pagara las dos armas de una vez con los mil pesos que se robó Esmeralda, no habría forma de subsistir la siguiente semana. Solo espera que ella no quiera seguir robando, pues es muy capaz, como si un robo llevara a otro y a otro. Habrá que trabajar en algo pronto, concluye.

En el momento de sentir el metal en la mano, pesado y definitivo, lo invade la vergüenza. ¿Y si todo aquello fuera una estupidez? Una serie de errores cayendo uno a uno como las fichas del dominó tan preciadas y amarillentas del abuelo.

—Esto es para que te cuides, para que andes a las vivas. Yo te enseño a usarla, de aquí nos vamos a Chapultepec.

—No, Chuy, nos va a agarrar la noche.

—Tenemos unas tres horas para practicar, ya luego le enseñas mis lecciones a tu palito de bilis.

Las pistolas, cuyo nombre y modelo ha olvidado, se amoldan a su mano. Es la hora gris y los ahuehuetes de Chapultepec van pareciendo tenebrosos. Las últimas botellas vacías están muy quietas sobre la piedra y lo observan, burlonas y desafiantes. Chuy solo ha fallado dos tiros usando el arma que será de Esmeralda.

—Son las últimas balas, a ver, concéntrate.

Chuy se coloca detrás de Mario y lo rodea hasta sostener sus manos, dándole firmeza.

—Procura no temblar, no vayas a cerrar los ojos —le susurra al oído—. Dispara.

La bala no da en el blanco.

—Tranquilo —le vuelve a susurrar.

El cuerpo de Chuy, tan pegado al suyo, con su voz ronca al oído, lo pone nervioso.

—Apunta otra vez. Vuélala, Marito —le dice, y la botella explota—. La otra —le ordena.

Mario dispara y lo logra. Una descarga de adrenalina lo recorre al sostener el arma.

—Ve por la última, ¡truénala! —La bala da en el blanco.

No puede contener la alegría y abraza a Chuy, emocionado. Chuy siente su rostro muy cerca y de repente sucede: lo besa. Mario se deja hacer, incrédulo. Su puño, instintivo, trata de golpear la mandíbula de Chuy, quien lo retiene a la fuerza, con todo y el arma.

—Quítate —le dice Mario.

—Perdón —susurra Chuy y se aparta—. Pensé que sí querías.

—No, Chuy.

—Nomás no le vayas a decir esto a nadie o te vuelo la cabeza con cualquiera de estas.

Aunque Mario tiene el arma, es el amenazado y no sabe cómo reaccionar; quisiera molerlo a golpes y de repente se ve a sí mismo con el corpiño y los calzones de Katmandú puestos. ¿Esto de Chuy será igual que lo mío con los zapatos y la ropa de encajes? Esa misma descarga que lo invadió, esa sensación. Si en Yuxtle supieran, seguro lo condenarían junto a los jotos. Y lo violarían como a un muchacho de la secundaria al que también le gustaban las cosas de mujer. Nunca se volvió a saber más de él en el pueblo.

—¿A quién le voy a decir? —le responde por fin, tembloroso.

Chuy toma su maleta de gimnasio, muy decidido, y echa a andar, dejando la otra Colt en el pasto. Mario no se acuerda bien del regreso; la levanta y se apresura a seguirlo.

—Espérame —le pide, pero Chuy no lo mira, solo baja la velocidad de sus pasos.

Continúan caminado en silencio, faltan unos quince minutos hasta salir del bosque y ninguno se atreve a mencionar algo, siquiera para cambiar ese tema denso que se quedó en el aire. Siente que algo muy grave acaba de hacer. Más que nada, se lamenta de su reacción.

—Perdóname, Chuy.

Esas dos palabras enternecen al otro.

—No te disculpes, fue la celebración.

Mario suelta una risita nerviosa que el propio Chuy sigue y le da una palmada muy viril en el hombro.

—Somos amigos, ¿verdad? —le pregunta Chuy.

—Sí —contesta él, casi suplicante por no perder al único amigo en la ciudad.

Ha oscurecido y el aire huele a lluvia. Chuy tiene cara de pocos amigos, de pronto lo voltea a ver como si estuviera mordiéndose las ganas de decirle algo. Ojalá no sean ganas de darle otro beso, piensa Mario.

—Hermano, te lo voy a decir derecho: antenoche los fueron a buscar al hotelucho ese donde se estaban quedando mientras andaban en casa de Katmandú.

—¿Quién?

—Pues la chota, Urrutia, ¿quién más?

—¿Cómo sabes eso?

—Ahí siguen yendo al Waikikí y a lo mejor seguirán un rato, metidos en el camerino grande, investigando. Don José no quiere, claro, le urge abrir. No sé cómo siguen sospechando de ustedes y no de él, por ejemplo.

—Don José no pudo haberlo hecho, iba a faltar porque estaba en Cuernavaca, acuérdate, Chuy, fue a comprar esas quince mesas nuevas, allá le salía más barato, volvió de emergencia.

—Pues seguro te van a interrogar otra vez, ni se te ocurra irte para Yuxtle ahorita, puede ser peor y les das armas contra ustedes. Quieren involucrarlos, hacerlos cómplices de la versión que van a vender. ¡Y ustedes mismos les dieron pie! ¿Cómo fueron tan idiotas de ir y amenazar a Alberta Ferrer?

Mario siente que el curado de piña le saldrá por las orejas.

—¿Qué?

—Van a decir que tú, Esmeralda y la Márgara sabían que Palomino Ferrer iba a matar a Katmandú, que eran sus informantes. Dirán que estaba enfermo de celos, la mató y luego él se suicidó, arrepentido, por cómo lo encontraron. Es la nueva versión porque nadie se creyó lo del infarto. Yo no entendía por qué, pero ahora que me hablas de Urrutia, me cayó el veinte. Ese tipo es peso pesado.

—¡Pero no coinciden las horas de las muertes!

—Pues eso lo van a cambiar, un tachecito en el informe y listo, dirán que fue un error, cualquier cosa. Así se las gastan. ¿Ves? Ustedes se tienen que esconder.

—¿Y tú cómo sabes todo eso?

—Pues hay por ahí un poli que es muy mi amigo, tú me entiendes... Anoche me contó parte del chisme.

—Todo mundo tiene un amigo policía en esta ciudad —dice Mario—, menos yo y Esmeralda.

—Si serás burro, a este le gusta el arroz con popote.

—¿El arroz?

—Ay, Mario.

—No sé de qué me hablas, pero ahora no queda de otra: debemos encontrar al asesino, es la única forma de evitar la cárcel.

—Eres un cursi, por eso creí que eras de los míos. Se te olvida que vivimos en México, ¿cuál cárcel? Los pueden matar.

El bosque parece haberlos comido, no hay senderos ni luz. La oscuridad se los traga.

—¿Vamos bien?

—Sí, creo que sí.

—¿No me dijiste que conocías por aquí, Chuy?

—Sí, hace mucho que no venía y ahora no veo bien, pero estoy casi seguro de que saldremos del bosque. Nomás no me pongas nervioso.

Mario guarda silencio y sigue a Chuy. Están rodeados de árboles y negrura. El sudor que le corre por la frente se vuelve frío y lo quema. Cuanto más camina, más frecuentes son los momentos de olvido en donde no son sus piernas las que llevan el paso, sino que estas arrastran, en una especie de inconsciencia, todo el cuerpo que a veces rompe alguna ramita seca.

Por fin encuentran una calzada. El problema es que los árboles no hablan ni dan direcciones.

—¿A la izquierda o a la derecha?

—Sigamos la carretera hasta donde nos lleve.

—No le vas a decir a tu amigo el policía que me viste, ¿verdad?

—A ver, Mario, si tú no hablas, yo no te delato.

—Sí, sí lo harás.

—Te juro que no. —Chuy lo mira y detiene el paso. Le pone la mano en el hombro.

—De por sí andabas bien raro, Chuy, muy alzado conmigo. Desde que te sacaron de la cárcel eres otro; no nos dejaste entrar al Guay, como si fuera tuyo, ni nos pagaste. Y luego vienes y me babeas.

Chuy lo suelta, respira hondo.

—Tienes razón. Perdón.

—Yo te digo que sí somos amigos, pero es en serio, Chuy; hace mucho no tengo amigos y de veras necesito uno.

—¿Y la flaca?

—No es mi amiga.

—No, ya decía yo que era tu mujer.

—No, no, tampoco; ella es diferente, le tengo ley. Parece como si la conociera desde hace mucho, pero a veces me devora. Es tan inquieta que no sabe estarse en ella misma, ¿me entiendes?

Sin darse cuenta, caminan en una dirección, ya con pasos firmes, aunque sin saber a dónde van, acompañándose en la oscuridad del bosque. Chuy termina contándole de sus aventuras con los dos bailarines más chicos del Waikikí. Y el miedo a que lo corran, eso lo hace anticiparse a los deseos de don José y para lograrlo hay que volverse indispensable.

—Solo a los coreógrafos y a Salvador Novo se les tolera la mariconería, a los demás no. Yo ya no tengo remedio, Mario; a mí esto no se me va a quitar, una vez que te lo pegan es tuyo para siempre, y si el mundo se entera, te jodiste.

—¿Y a ti quién te lo pegó?

—Mi primo, ese cabrón me hizo probarlo y fue... de principio a fin era un pecado, un vicio, puro morbo.

Mario evoca la sensación de la seda y los encajes de Katmandú sobre su piel, ya no oye a Chuy pensando en su propio morbo; solo Esmeralda parece entenderlo y no lo juzga.

—Las mujeres no me saben igual desde entonces —sigue diciendo Chuy—. Y a ti, ¿a qué te sabe el huesito?

—No le digas así.

—Yo los puedo ayudar, abajo del agua puedo preguntar por los avances de la policía. Para que no dudes de mi buena voluntad, te voy a decir dónde encontrar a Félix Calvario. A lo mejor sabe algo —le suelta de pronto—. Pero por favor no digas nunca esto que soy, nadie debe saberlo.

—Chuy, eres mi amigo, hazlo por Katmandú, yo no soy nadie; voy a encontrar al asesino y lo más seguro es que lo mate yo mismo. Si no me voy al infierno por una cosa, será por otra.

—Es un líder importante de Luz y Fuerza, también tiene otros negocios, es alguien pesado, Marito; una vez lo vi discutir bien feo con Katmandú. Ahora que lo pienso, es la única vez que la vi llorar. Yo que tú, mejor no lo buscaba. Escóndanse o váyanse de la ciudad, es lo más prudente.

—Dímelo, por favor. Yo sé lo que hago.

Mario recuerda a María Victoria hablando de aquel hombre en el funeral, otro amante de Katmandú, es como si uno guardara al otro, igual a las cajas chinas. Por fin llegan a una avenida más transitada. Deciden compartir un libre con tal de llegar rápido; a ambos les duelen los pies. Hay poca luz en esos rumbos solitarios. Ya en el auto, que conduce un señor calvo que no para de fumar, todavía recorren un pedazo de bosque y salen a Paseo de la Reforma. Pasan justo delante del Waikikí, con sus letras apagadas, muertas. Jueves por la noche y no hay gente en la pista ni en la entrada. A Mario le parece que el único habitante debe ser el fantasma, esa alma tan caritativa. Si estuviera vivo lo interrogaría, se dice, él lo debe haber visto todo. Pero ni cómo invocarlo. ¿Qué hará un fantasma todo el día?, se pregunta en silencio.

Chuy le cuenta que a fines de mes irá con su policía a la Arena Coliseo a ver pelear al Santo contra Black Shadow. Cómo le gustaría acompañarlos, pero hay que esconder la cabeza. El primero en bajarse es Mario, los dos se despiden con un abrazo.

—Te quiero vivo, hermano —le dice Chuy al último—. Cuida bien a esas niñas.

Las dos pistolas, sin cargar, van en el morral y pesan. Antes de irse, Chuy le extiende un papelito:

—Aquí encontrarás a Calvario. —Para Mario ese gesto es un pacto.

—Por si necesitas algo —le dice Chuy muy sonriente—, abajo anoté mi dirección.

El auto se va. En cuanto Mario pone un pie en el cuarto de azotea, huele a comida recién hecha y se desploma sobre una de las dos sillas del pequeño comedor que comparte espacio con la cama y el ropero. Esmeralda, desde la cocina, le pregunta por qué se tardó tanto. Antes de contarle todos los descubrimientos nuevos, le muestra las dos armas que compró a plazos en Tepito gracias a los contactos de Chuy.

—Una es para ti, necesitamos andar protegidos. Nos siguen buscando.

Le explica el riesgo que Chuy le advirtió.

—A esa señora se le salió que mató a don Palomino, ¿no la vamos a acusar? —pregunta Esmeralda.

—No tiene caso, lo importante es saber quién mató a Katmandú.

—Ay, Mario, esto va demasiado en serio, yo creo que mejor le paramos aquí; una cosa es cargar una navaja, otra muy distinta una fusca.

—Ya no podemos echarnos para atrás, estamos juntos en esto. Además, a estas alturas a lo mejor los asesinos de Katmandú saben que andamos tras ellos.

—¿Asesinos? ¿Ahora son más?

—Ya no sé ni qué creer, Chuy dice que sí tenía muchos enemigos; ya sabes, pretendientes, novios, toda esa gente por la que trepó hasta subir como la espuma. Ve tú a saber a cuántos hombres no les debió su fama.

—¿Ya ves qué clase de bicho era tu china? Ay, ya hemos estado dándole muchas vueltas a este asunto, es una venganza que ni es nuestra ni nos toca, bombón. Y el tipo que nos siguió en el funeral, ¿sería otro de sus amantes?

Se quedan en silencio. Esmeralda saca los platos y los acomoda en la mesa, él le ayuda con los vasos y los cubiertos. Ella le sirve un buen plato de frijoles que Mario rechaza para cedérselo. Él se sirve una porción más grande. Comienzan a comer, muy pensativos.

—Se lo debo, esto es una deuda con Katmandú. Si dejamos todo así, tal y como está, nunca vas a poder bailar, al menos no en un escenario. Siempre serás la bailarina sospechosa de asesinato.

Algunas partes de tu diario salieron en el periódico y a mí me tienen por el loco que le robaba su ropa interior.

—Pues, bombón, eso sí lo hiciste, no lo podemos arreglar.

—O sea que también me va a costar conseguir un trabajo si esto no se aclara. ¿Tú estarías contenta con que tu asesino ande por ahí matando a otras? —Esmeralda baja los ojos. Si nunca ha dejado que nadie se le trepe ni haga con ella lo que le plazca, menos después de muerta; se imagina como un demonio vengador incendiándole la casa al cabrón que la mató.

—Yo creo que si no damos con el culpable tú y yo seguiremos robando, cada vez más —argumenta Mario—. Por cierto, ¿saliste? ¿Te siguieron?

Esmeralda se pasa el bocado casi sin masticar.

—Creo que no. Solo bajé a comprar frijoles y a pagarle los dos meses a la señora que nos renta, ya viste lo que cobran por incluirte unos cuántos muebles. No debiste comprar dos pistolas, con una teníamos.

—¿Y luego qué? ¿Dejarte a ti sin protección? —Él se lleva la cuchara a la boca.

Esmeralda se emociona, pues con esas palabras ahora sabe que ya se preocupa por ella, la considera. Ningún hombre la ha protegido antes, y la certeza de por fin encontrar a alguien dispuesto de pronto es tan real que una cálida embriaguez la arropa.

—Chuy me escribió dónde puedo encontrar a ese tal Félix Calvario, me dio un papelito. Te voy a contestar lo mismo que le dije a él hace rato: hazlo por ella. Nadie merece morir así, y para colmo, que el matón quede suelto. Ya sé que no eran amigas, pero hasta he pensado que, si no somos nosotros, nadie llegará a saber qué pasó, van a culpar a cualquiera; tú viste a su familia, están más angustiados por borrar el mal nombre de su hija y hacerle un cuento nuevo, que por buscar justicia. Imagínate quedar así, como una promesa malograda. Así nombraba mi abuelo a los dos hijos que se le murieron de niños, sus promesas malogradas.

—Qué romántico eres.

—Lo mismo me dijo Chuy, pero romántico o no, tenemos que escondernos. Hay que avisarle a la Márgara que también van contra ella.

14

En esta vecindad vive pura ficha, incluyéndonos a nosotros. De día casi no hay nadie, ni siquiera chamacos; en la noche oigo pasos que salen a la carrera. ¿Seremos todos sombras del mal? Chicas de la mala vida pintarrajeadas (no como yo, por más que Mario diga que me pinto de más), tipos con la droga hasta en la corbata, una familia de gordos —esos qué harán, pobres, si ni correr pueden—, un pachuco con el traje en garras que se siente soñado y camina como si fuera Jesús sobre las aguas. Y nosotros en nuestro cuarto de azotea, amolado pero limpio, porque me esmeré en pasarle la escoba mientras oía en la radio esa que dice «sabes que te quiero mucho y quien nos separa es la humanidad». Si no estuviera tan asustada, me sentiría feliz de estar viviendo con el bombón, arrimadita a él en las noches. Nomás arrimadita, porque el hombre es raro: a veces me abraza con toda el alma y lo siento que arde y se entiesa de las ganas, después se arrepiente y casi me pide que recemos juntos, aunque a mí no se me olvida nuestro pandemonio en la casa de Katmandú, ahí sí que se nos metió el chamuco, o quién sabe si sería el chamuco porque a mí me llevó derechito al Cielo. Ay, no debería pensar estas cosas, pero es que deveras. Yo por más que le explico que este asunto del pecado nomás no tiene remedio y es mejor que lo gocemos mientras estamos vivitos y coleando, el pobre se atormenta. ¡Si es un pan de Dios! ¿Pero cómo lo ayudo? Desde anteanoche en que regresó de ver a Chuy me pidió que guardara la maleta con mis vestuarios y mis encajes en el ropero porque no la quiere ni ver. Quién sabe qué le pasó aparte de las fuscas, anda un poco raro.

Eso sí, yo me pegué un susto mortal con las pistolas. Nunca he usado una y ni siquiera sé cómo, una cosa es la navaja y otra muy distinta aquel fierro que para colmo pesa y ocupa mucho lugar en la bolsa; ya hasta me rompió el espejito de la polvera el maldito cachivache, pero ni modo. Y no encuentro por ningún lado mi monedero con la credencial de la academia de Shirley Vázquez; tiene algunos años, pero me gusta la foto de cuando era pollita y estaba contenta de haberme escapado de la casa; todavía me parezco un poco. ¿Se me habrá caído en la calle?

Ayer fuimos a ver a la Márgara; teníamos que contarle lo que sabíamos y avisarle que nos andan buscamos a todos; la cosa está que arde, eso dijo Chuy. Se lo debíamos porque ella nos dio la dirección de la casa de Palomino. Decidimos ir muy temprano, como a las seis, cuando todavía hay poquita gente en la calle; Mario me preguntó si la policía madrugaba como en Yuxtle o si prefieren andar de noche. Yo le contesté que aquí solo los políticos se madrugan unos a otros, pero no me entendió, ¡es tan tierno!

La casa de don Arcadio Everest no nos queda lejos. Llegamos cuando apenas amanecía; para que no se enojaran por tocar el timbre a esas horas, les compré la noche anterior una bolsa de conchas y chilindrinas chiquitas. Funcionó porque primero abrió Ramiro, el hermano de los lentes, que es muy comelón. Ya estaba vestido y peinado de raya en medio. Tienen suerte de que les abrí, casi acabo de salir de la regadera. Desayuno y corro a abrir la farmacia. Nos invitó a pasar muy amable; de la cocina salía un olor a café que se antojaba. ¿Una tacita? No supimos decir que no.

Nos sentamos a la mesa y apareció la muchacha con una cafetera, un plato de fruta que se veía enorme para Ramiro y unas tazas muy pequeñas. La verdad no habíamos comido muy bien en estos días, y con todo y el pan dulce se me hizo un hueco en la panza. Usted tenía el pelo rubio, le dijo a Mario mientras se devoraba el melón, ¿ya se le oscureció? Es el agua de esta ciudad que todo lo arruina. Le voy a buscar una loción especial, le aclarará el pelo; en un mes parecerá que nació en Suiza. Venimos a buscar a Márgara, lo interrumpí; nos urge decirle algo muy importante. Ramiro nos hizo seña de que bajáramos la voz. Carmelita, le dijo a la muchacha: ¿no iría aquí a la tienda a buscar un cuarto de manteca? Lo necesito para un preparado. Si todavía no han abierto, rezongó ella. No importa, vaya y espere a que abran, luego hay mucha gente y tardan en atenderla. Ándele, tenga veinte centavos.

Estuvimos bien callados hasta que la muchacha salió dando un portazo. De repente oímos unos pasitos en las escaleras. ¡Ramiro!, ¿qué es este escándalo?, ¿por qué interrumpes mi sueño de belleza? Ramiro nos explicó que doña Minerva dormía doce horas, ni una más, ni una menos, para mantenerse fresca y lozana. Se veía divina con su batita de olanes rojos y blancos, ni parecía que no hubiera dormido, como si fuera una muñequita muy enojada: voy a acabar hecha una pasa entre las desmañanadas y los desvelones, gritó. Le pedimos disculpas por llegar a esas horas e insistimos en que queríamos hablar con la Márgara. La policía nos está buscando a los tres, les dijo Mario, se tiene que esconder.

¡Eso ya lo sabemos!, se soltó llorando su mamá, anoche vinieron por él, tuvo que escapar como una ladrona, como una apestada, pobrecito. Ramiro nos aclaró que Márgara había escalado por la hiedra del jardín hacia la azotea de la casa de atrás, donde los vecinos tienen un perro muy grande. A veces escapamos por ahí, cuando vienen los acreedores de mi papá.

¿Cuáles acreedores?, tronó un vozarrón. No nos habíamos dado cuenta de que don Arcadio Everest apareció atrás de nosotros, con su gorro para dormir. Junto a él estaba el otro hermano, el tal Rubén; traía los bigotes amarrados a la cabeza, era un espectáculo. Margarito no alcanzó a llevarse el trozo de carne para darle a Kalimán, tuve que treparme atrás de él y aventárselo con tal de que no ladrara, gruñó.

Don Arcadio insistió en que nos quedáramos a desayunar con ellos y a grandes rasgos le contamos lo que sucedió en la casa de Palomino. Ramiro se fue a abrir su farmacia y pronto regresó Carmen muy enojada; la pusieron a cocinar huevos con machaca. Esta niña no es como Rose of Sharon, nos dijo don Arcadio mientras ella nos servía en unos platitos de postre, Rose tenía una mano de ángel para la cocina. ¡Un angelito negro!, exclamó doña Minerva. Pero tenía el alma más blanca que tú, respondió airado don Arcadio. Ya se había tardado en ponerse a contarnos de su Petit Théâtre (me enseñó cómo se escribe, con un sombrerito sobre la a).

Doña Minerva seguía dale y dale con su belleza arruinada por la falta de sueño y esa Rose que era una díscola y una ofrecida, y Mario y yo completamos nuestra ración con tortillas. Pero señora, le dije, usted es preciosa; ¿por qué no me enseña alguno de sus bailes? Imagínese que lo montamos en mi *show* de la pirámide, cuando resolvamos el crimen de Katmandú y pueda yo volver a bailar. Ella tan chiquita me miró llena de lástima y cariño, algo que nunca me había pasado. ¿*Show* de la pirámide? Pobre criatura, eso es lo que quieres, bailar, contestó muy conmovida. El hermano puso música en un gramófono muy viejo y la señora dio unos pasos levantándose los olanes. Luego luego me di cuenta de que era toda una artista: ocupaba la salita como un escenario, era hermosa. La música se parecía al «Ratón vaquero» de Cri-Cri, y los saltos que daba Minerva se veían graciosísimos; me encantaron y me puse a imitarlos para aprender.

Así, por un momento mágico se me olvidó el miedo de la persecución, hasta que Mario se empezó a impacientar. Tenemos que irnos, dijo, la policía va a regresar. ¿Dónde podemos encontrar a Márgara? Doña Minerva y don Arcadio se miraron entre sí; yo creo que no confiaban en nosotros, no del todo. Mejor déjennos sus señas, ella los buscará. Anoté en un papel nuestra dirección, Mario se paró de golpe y se caló el sombrero hasta las cejas; todos nos veíamos chaparros junto a él, hasta yo me sentí medio enana y lo seguí como un perrito. Doña Minerva me dio una pañoleta negra para cubrirme la cabeza, por suerte era grande: úsala como si fueras a la iglesia, me dijo. Ay, si supiera… No he regresado después de ese domingo cuando nos contrataron en el Guay, y no sé si volveré.

Caminamos mirando hacia todas partes; a esas horas el centro hierve de gente y uno no sabe si lo han reconocido. Poco a poco me acostumbraba al peso de la pistola en la bolsa, me sentí más protegida. Más aún porque mi hombre, como siempre, no quería darme el brazo, ni siquiera para disimular… ¿o era mejor fingir que no nos conocíamos? Yo debería dejar estas dudas porque me duele el pecho de tanto querer.

Además, tenemos muchos pendientes: resulta que el papel que Chuy le dio a Mario no tenía ninguna dirección, sino una lista de los cabarets preferidos de Calvario: El Molino Rojo y El Barba Azul los conozco, son de los que están cerca de El Burro, pero a otros jamás he entrado. Nos salió una ficha este señor, le gusta la buena vida, le digo a Mario. Y él me contesta: seguro mató a mi chinita. Canijo, ¿cómo que su chinita? Tenemos que vengarla, insiste, aclarar quién la mató, ella nos lo está pidiendo, y los ojos le brillan feo: no me lo quiero imaginar usando una de las pistolas, ya me asusté. Pero luego Mario regresa a ser el mismo: para que montes tu *show*, Esme, y seas feliz. Entonces me vuelve el alma al cuerpo. Yo quiero bailar más que nada en la vida, y también quiero que este hombre me dé su calor, aunque sea cada tercer día. Dios mío, ¿qué me está pasando? A veces no me reconozco, diatiro, yo no era así, tan zonza, ojalá y se me quite pronto porque tampoco tiene caso, luego los hombres se aprovechan de una. Me doy miedo.

Al rato voy a la Lagunilla a buscar unas cositas para disfrazarnos. Conozco un changarro donde venden ropa usada en muy buen estado y hasta prendas medio exóticas; capaz que hasta le consigo a Mario un tacuche, uno de rayas, con solapas grandes a la moda. Eso sí, me iré a la tienda vestida de negro y con la pañoleta de doña Minerva. Ya me gustó: seré una señora mocha que les busca ropa a unos huerfanitos muy grandotes y muy alegres.

¡Qué noche! Ya suenan las campanadas de las seis, y apenas llegamos sanos y salvos. De puro milagro estamos vivos por la gresca que se armó al final, en el Club Verde; traigo las uñas rotas, un moretón de miedo en el brazo, y a Mario una fichera lo mordió. El pobrecito nada más entrar cayó en la cama como un costal. Yo no me puedo dormir, el corazón me late a toda máquina. Con tal de calmarme tengo que ordenar mi cabeza, así que empezaré por el principio, en lo que se calienta el agua para el té de valeriana y me da algo de sueño. De paso así se me baja la mareada que traigo.

Pues mi excursión a la tienda de ropa de segunda mano fue todo un éxito, como dicen: la señora me vendió un traje de pachuco baratísimo, con todo y pluma verde en el sombrero. Le dije que era para una fiesta de disfraces de un orfanatorio. Hay un niño muy grandote, le aclaré, no lo han querido adoptar y me da pena que no hubo traje para él. También escogí un par de vestidos de noche; están medio amolados y uno me quedaba muy largo, pero pensé que en una de esas servía. Y me agencié una peluca pelirroja muy peinadita con su chiñón al estilo Grace Kelly, bien elegante.

Llegué a la casa y le puse el traje a Mario; bastaron unas pespunteadas y le quedó casi perfecto. Lo malo es que el pobrecito no levanta los pies ni aunque lo agarre a pisotones. Traté de que bailara «Piel canela» con todo y saltos, pero nada; buscándole a un mambo se tropezó y casi se me cae encima. Al final le pude enseñar a arrastrar los pies de cachetito bailando «La gloria eres tú»; la verdad esa clase que le di sí me gustó y que lo agarro a besos, hasta que me salió con lo de siempre: tenemos que parar, esto no está bien y no sé qué más.

A eso de las diez nos fuimos a Las Mil y Una Noche, el primer cabaret de la lista de Chuy. Yo traía mi peluca roja y un vestidito que engaña más de lo que enseña, como debe ser. Y Mario parecía un pachuco muy en regla. Pensé que si nos descubrían tendríamos que cambiarnos el traje, así que en la bolsa eché el otro vestido, el largo. A la salida nos cruzamos con el pachuco que se siente soñado; se quedó mirando a Mario buscando pleito, como si le fuera a hacer la competencia. Por suerte no cayó; es medio peleonero, ya vi.

Caminamos hasta la calle de Uruguay, que a esa hora ya estaba oscura; las mujeres de la mala vida en los callejones de alrededor llamaban a mi bombón, le decían que me dejara, que ellas lo tratarían mejor. Él andaba de lo más tranquilo y muy serio: lo de ser sacaborrachos le deja mucha seguridad, eso me gusta. El antro estaba en una casa muy vieja, yo hasta pensé si no iba a ser una pulquería de mala muerte; pero no, estaba decorado con cortinas y telas muy bonitas y adentro había muchos «harbanos» del centro, ¿serían amigos de Calvario? Nos sentamos en una de las mesas y pedimos unos tequilas. El mesero nos ofreció unos taquitos árabes que estaban bastante sabrosos. Empezó la variedad y Las Hermanas Julián cantaron «Flor de azalea»; yo me conmoví hasta las lágrimas, a veces me siento así:

Pero al salvarte
hallar pudiste protección y abrigo
donde curar tu corazón herido
por el dolor.

A Mario le había empezado a picar el traje de pachuco y no quería ser mi golondrina ni despertarme a la alborada de una nueva vida ni nada de eso, hasta le quitó la pluma al sombrero. El mesero se volvió a acercar con unas cervezas, y ahí le preguntamos si conocía a Calvario. Uy, hace tiempo que no viene, nos dijo; antes no faltaba para ver a Katmandú. A Mario se le aceleró el pulso: ¿aquí bailaba Katmandú? Aquí empezó, señor. La hubiera visto, nos tenía embrujados; luego subió de categoría y ya ve lo que le pasó. Yo creo que Calvario la fue siguiendo a otros cabarets, pero los dejo porque ya llegó el señor Romay con sus invitados, hay que tener contento al mero mero. Por cierto, si se quedan hasta tarde, hoy se presenta Sátira con su *show*, no se la pueden perder, ¡se quita todo! Mario estaba como atontado, de seguro estaba pensando en Katmandú y en la tal Sátira. Vámonos, le dije, no gastemos más aquí, no lo vamos a encontrar.

Salimos entre un montón de árabes que venían llegando al lugar, la verdad estaba bien lleno y eso que apenas era viernes. Con Mario tan grandote y tan guapo me sentía segura, no sé cómo decirlo: me hubiera agarrado a trancazos con cualquiera nada más por gusto, pero pensé en que traíamos los pistolones y me calmé. Era mucha responsabilidad.

En la lista seguían El Quinto Patio y El Molino Rojo, allá cerca de El Burro. Tomamos un libre, pues no llegaba caminando hasta allá con los tacones. El Quinto Patio estaba suave, decorado con pinturas como si fuera una vecindad; me dio ternura acordarme de mi cuchitril con Perla, Antonieta y Ricardo. ¿Qué estarían haciendo ahora? ¡Me sentía tan rara, escondiéndome en las sombras de la noche, cuando antes la vida brillaba tanto para mí con el baile!

Como no teníamos mucho dinero para andar sentándonos a tomar en todas partes, pedimos una cerveza en la barra y nos metimos a bailar al ritmo de la orquesta del Son Tropical Alvarado. Había un gentío, El Quinto Patio abrió hace un año y todavía está de moda. Estábamos en esas cuando uno de los pachucos se acercó a nosotros y me pidió que si me echaba con él un mambo. Yo no me pude aguantar y le pedí permiso a mi dizque galán, así nos separamos un momento. Ese pachuco daba unos pasos sabrosos, era igualito a Rodolfo Acosta, solo le faltaba hablar francés como en *Víctimas del pecado*. Me cayó muy simpático y, ya en confianza, le pregunté si venía seguido y si conocía a Calvario; no me supo decir, y lo peor es que creyó que yo era una fichera, pero cuando le dije que era tiple hicimos unas figuras muy sabrosas y hasta dimos unas maromas de *boogie*.

En esas estábamos cuando vi que unos tipos se empezaron a pelear; había un grupo que gritaba: ¡arriba mi general Henríquez, el candidato de la Revolución mexicana!, y otros les contestaban: ¡Cállense, borrachos! Los guardias del cabaret trataban de sacar a quienes armaban el rebumbio, pero no se querían ir, la gente estaba incómoda, la orquesta tocaba «Un meneíto pacá», y que distingo a Mario en medio del relajo soltando cates para todos lados. En un momento vi que metía la mano al bolsillo donde traía la fusca y le grité muy fuerte: ¡¡bombón, no!! Se quedó todo tieso; como pude le hice una seña de que nos fuéramos. Salimos repartiendo golpes y codazos, yo le enterré a Rodolfo el tacón en la espinilla y me dio pena porque era simpático, pero me tenía abrazada de la cintura y no me quería soltar. Quién sabe si se llamaba Rodolfo, yo le puse así.

Ya en la calle, Mario me dijo: todo fue tu culpa. ¿Por qué? Te pusiste a bailar y te desentendiste. Me dejaste en la barra tomando tequila tras tequila, tratando de sacarle algo al barman sobre Calvario. ¿Y averiguaste algo? Nada, aquí viene medio mundo, pero él es de Zongolica y no conoce a nadie. ¿Y por qué te metiste en el pleito? Mario no sabía; alguien lo confundió entre el grupo de Henríquez y le soltó un trancazo, él contestó y al rato ya andaba bien caliente con los puños aquí y allá. Y tú, mientras, con el payaso aquel, ¿siquiera averiguaste algo? Pues no, le dije, pero me gustan tus celos. Entre los tequilas y el pleito se le había olvidado Calvario y hasta Katmandú, y andaba gritando por la calle. Yo sentí que alguien nos seguía, cuando volteé vi como una sombra que se metía a un zaguán.

Nos fuimos a tomar un café y un pan dulce en el único cafetín abierto de por ahí porque si no, no íbamos a aguantar. Ya era casi la una de la mañana; si estuviéramos en el Guay, yo bailaría en la pista y él en la puerta, dejando pasar a los gringos. ¡Se me hizo que eso había pasado hacía mil años, qué impresión! ¿Y ahora a dónde iremos?, le pregunté a Mario. Él sacó su lista: al Molino Rojo, nos queda cerca. Cuando salimos del café, había un tipo junto al farol de la esquina, no alcanzaba a ver su cara debajo del ala del sombrero, pero se veía raro; la gabardina café se le ensanchaba en la parte de abajo, ¿qué traería allá? Le hice una seña a Mario y echamos a andar a las disimuladas, hasta que llegamos al cabaret.

Ese lugar ya lo conocía porque está muy cerca de El Burro y no me sorprendió nada. Era de tercera; pero eso sí, a todos les exigían traje, para aparentar. Cuando entramos, las ficheras se le echaron encima a Mario: que baila conmigo, papacito, que invítame una copa y te enseño lo bueno. Por más feo que bailara el pobre, decidí no soltarlo, aunque me sacara el mismísimo Resortes. Además, así me podría fijar mejor en la gente; si estás con alguien que baila bien, nada más das unos cuantos pasos y te distraes, me dijo mi bombón. Pues la verdad sí, qué le hacemos, tus pisotones me devuelven a la realidad. Llegamos a la mera hora en que estaba un trío tocando «Solamente una vez».

Pedimos unas Caballito en la barra y cuando le tocó el turno a Acerina y su Danzonera nos pusimos a mover el bote despacio, muy pegados, mirando a nuestro alrededor a ver si alguien se parecía a Calvario: alto, con el pelo peinado hacia atrás y unos lentes oscuros porque andaba medio mal de los ojos, eso le dijo Chuy a Mario. Estábamos así nada más, yo tratando de que me diera un besito por lo menos, cuando volteo y me encuentro a Perla colgada de un roperón de traje elegante. Las dos nos quedamos mirando como tontas; ella me hizo seña de que cerrara la boca y ladeó la cabeza en dirección al baño. Nada más acabó la música, le pedí a Mario que se regresara a la barra y seguí a Perla hasta los tocadores, que estaban llenos de mujeres. Me agarró la mano y me llevó a la parte de atrás, junto a un camerino muy rascuache.

¿Quihobo, manita, qué haces acá?, le pregunté, ¿a poco ya le entraste a la ficha, ya rodaste al fango, como dice la canción?; tanta pena me había dado que hasta se me olvidó cómo me corrió de su casa. Cállate, me dijo, estoy con un empresario de jabones y perfumes; de aquí nos vamos a otro lado, solo vinimos porque le gusta la música de este antro. Luego se puso muy seria: ¿y ustedes qué hacen aquí, no saben que los buscan? Pues sí, le contesté, pero yo no hice nada y Mario tampoco. Ella me siguió diciendo, angustiada y enojada: la policía nos cayó en la vecindad, nos pegaron un susto de locos, preguntaron dónde estabas y hasta soltaron el nombre de Palomino, ¿qué le hicieron a Palomino? Ricardo me chismeó que eso del suicidio fue pura mentira.

¡El comandante Urrutia!, pensé, ¡el comandante de la señora Alberta nos ha mandado seguir! ¿Mataste a Palomino, Esmeralda? ¡Nunca te creí capaz de tanto! Mira, Perla, le dije, no sé qué está pasando, pero está muy feo; yo te juro por lo más sagrado, por la mismísima Shirley Vázquez, que de verdad Mario y yo somos inocentes, en serio; nos disfrazamos para averiguar quién mató a Katmandú. Tú me conoces, Perla, soy berrinchuda y no me dejo; pero de ahí a matar a alguien hay mucho trecho, deveras, mana. Ya no sé cómo hacer que me creas, esto no es lo que parece.

No sé si fue que ya traía unas copitas encima o que el nombre de nuestra querida maestra de baile la ablandó, que hasta nos dimos un abrazo llorando. Para colmo se disfrazan muy mal, me dijo después, Ricardo me contó que en el funeral de Katmandú los reconoció luego luego, qué bárbaros. A ver, tráete a tu bodoque, los voy a ayudar. Pero ¿cómo?, ¿aquí? Este camerino lo usan unas cuatitas de El Burro, ¿te acuerdas de las gemelas desnudistas?, nos dejan estar aquí...

Perla se esmeró de verdad: cuando salimos del Molino Rojo, Mario traía puesto el vestido largo color fucsia que yo había comprado; menos mal que lo arrastraba, no había zapatos de mujer de su talla. Estaba enojado y protestó mucho, pero mi amiga lo convenció de que con su percha en cualquier momento lo iban a agarrar. Perla le puso mi peluca roja, lo maquilló y se la peinó de cabello largo; luego intercambiamos ella y yo nuestros vestidos. Me pintó muy distinta a como yo lo hago: con mucha sombra morada y rosa y me puso un tocado con un velito. Ahora sí, nos dijo muy satisfecha; parecen un par de mujeres descocadas, pueden volver a la pista. Pero Mario nos dijo que Félix ya no venía a este lugar, una fichera se lo sopló al oído mientras bailaban «Bésame mucho» y le trataba de meter la mano al bolsillo para robarlo y sobarlo al mismo tiempo.

Nos escurrimos por la parte de atrás; al dar la vuelta a la esquina, volvimos a ver al tipo que nos había seguido; fumaba apoyado en un farol como esperándonos, la cara no se le distinguía, solo ese bulto en la parte baja de la gabardina. Nos apuramos y ni cuenta se dio de que éramos nosotros, así que nos seguimos de largo hasta el Club Verde.

Ya es el último cabaret al que vamos, me dijo Mario, que peor de incómodo se sentía con vestido, si no está ahí veremos otra manera de encontrarlo. Le había dejado a Perla el traje de pachuco porque no me cabía en la bolsa, ella me prometió que me lo devolvería. Ojalá y no te traicione nada más se le pasen las copas, me dijo Mario. Le conté que la policía les había preguntado por Palomino en la vecindad. ¡Por eso nos están siguiendo otra vez, ya encontraron sus chivos expiatorios!, exclamó mi bombón; ese comandante ha puesto a sus perros a seguirnos, seguro está arriba del propio Zetina. Esa sombra que venía atrás, ¿será de la policía secreta? Empecé a sentir mucho miedo mientras nos perdíamos a propósito entre las callecitas.

Volvimos a tomar un libre, íbamos de regreso al Centro, allá por las Vizcaínas. Le dije a Mario que cerrara el pico, no fuera que el taxista se diera cuenta. ¿A dónde van tan solitas?, nos preguntó muy galán. Al Club Verde, ¿usted gusta? Uy, muñecas, apenas ando juntando para el día, brincos diera de ponerme a brincar con ustedes. Yo me reí, Mario se puso todo duro del coraje, pero le di un buen codazo, se rio quedito. ¿Saben que antes se llamaba La Linterna Verde?, siguió platicando el taxista. Le cambiaron el nombre, pero la gente lo sigue llamando así, ora sí que para qué tanto brinco estando el suelo tan parejo. A usted le gustan los brincos, le contesté. Se quedó mirando a Mario por el retrovisor: a mí lo que me gustan son las grandotas; ¿cuánto me cobras por un ratito, chula? Si quieren regreso y las veo aquí afuera en un rato, así junto una lana... Mario no pudo más, menos mal que ya habíamos llegado. Le aventó un billete y le dijo con su vozarrón: síguele y verás lo que te damos. ¡Bombón!, le grité. Me bajé corriendo y lo jalé, el taxista se arrancó mentando madres. Regañé a Mario para que se estuviera tranquilo. Si haces eso allá adentro, nos mandan al bote otra vez, le gruñí, acuérdate de dónde estamos.

El Club Verde nos impresionó. Es un lugar más sencillo, aunque las lamparitas verdes en las mesas le dan un ambiente especial, con un cuadro de muchos colores y una pintura de Leda acariciando a su cisne en las paredes. Había mucha gente, y eso que ya era tarde; una orquesta tocaba danzones y las ficheras se veían cansadas, las pobres se colgaban de los clientes como trapitos. Cuando nosotros entramos, las que estaban fumando en la puerta nos miraron muy feo, no fuéramos a quitarles la clientela, y hasta una se quedó estudiando a Mario con aires de sospecha. A lo mejor no estaba tan fácil que lo creyeran mujer, la verdad me espanté; ya he visto cómo son estas cosas y si nos agarraban por travestismo se podía poner muy feo, como esa vez que corrieron a uno que andaba vestido de Carmen Miranda en el Guay, le deshicieron el tocado de frutas al pobre y acabó sangrando en una jardinera.

En cuanto nos sentamos, me arrepentí de haberle hecho caso a Perla con los disfraces, y las dos pistolas en la bolsa me pesaron más. Entre el gentío distinguimos un par de mesas de gente bien vestida que parecía estarse burlando de todo lo que pasaba ahí, o esa fue mi impresión, aunque me los tapaba tanto humo. Por ahí vi también, medio perdidos, a unos bohemios de los que se estacionaban en El Burro con dos cervezas toda la noche. Dicen que aquí comenzó ni más ni menos que la Tongo, la genial Tongolele con su mechón blanco, ¿será verdad? Todo mundo se lo pregunta. Ay, que alguien viera mi número de la pirámide y me ayudara a hacer una carrera así... claro que no bailo como la Tongo, ahí sí que conozco mi lugar. Y la suerte de ser pocha.

En eso estaba pensando medio distraída mientras el descanso de los bailarines. Mario pidió chicharrón con guacamole y fumaba tomándose su cuartito de cerveza Corona cuando vimos que de una de las mesas de gente dizque elegante se levantaban unos señores; uno de ellos caminó hacia la orquesta y con mucha determinación le secreteó algo al director. Entonces este se paró y dijo: para el deleite de nuestra concurrencia en esta hora romántica, una dama de nuestro público nos arrullará con una bella melodía del maestro Manuel M. Ponce. Las ficheras aplaudieron sin ganas, pero la mesa de los elegantes chifló entusiasmadísima. Trae porra, me dije. Casi nos desmayamos de ver a doña Alberta Ferrer parándose para hacer sus gorgoritos en el cabaret. Le dije a Mario que nos saliéramos discretamente, pero él me contestó que nos íbamos a notar, porque todo mundo estaba sentado y muy calladito. Doña Alberta traía una papalina de aquellas, hasta se tropezó de camino al escenario. Luego se puso a cantar con mucho sentimiento; enfundada en su vestido verde y azul parecía una gran guacamaya convencida de que parecía un ángel. Conociendo a la gente de estos lugares, era muy raro que no le hubieran gritado y aventado hasta las cervezas, pero lo entendimos al ver que uno de los señores ¡era el comandante Urrutia! Venía de civil, pero se le notaba lo cuico, traía el pelo como cepillo, se sentaba muy derecho y la pistola le asomaba encima del cinturón, así que nadie quería problemas. Doña Alberta miraba al público y en un momento sentí sus ojitos de alfiler clavados en nosotros; yo me bajé el velo y le dije a Mario que volteara a ver el cuadro tan bonito. ¡La sorpresa que nos llevamos al ver a Calvario en una mesa del fondo! ¿Sería Calvario? Era muy parecido a la descripción que nos habían dado, estaba con otro hombre que tenía una fichera en las rodillas y fumaba un puro, así como si estuviera tristón. Mientras, la gente se avergonzaba de oír los berridos de la señora y algunos empezaron a salirse.

Mario y yo nos pusimos de acuerdo en levantarnos discretamente e ir a aquella mesa, aprovechando el momento, pero en esas doña Alberta acabó su canción con un falsete desgarrador, más desafinada que yo. La orquesta se apuró a tocar «Nereidas», quizá para que no se le ocurriera seguir con su repertorio, y un chaparrito se acercó a pedirle a mi bombón que bailara con él. Mario, por supuesto, no sabía qué hacer; yo le dije: tú baila y yo busco al viejo, pero mi bombón no se decidía.

Ya se estaba empezando a formar una bola de ficheras que se acercaban; Mario se puso de pie y se notó lo alto que era. Mira nomás, dijo el enano, todo esto para mí. Yo no quería que llamáramos la atención de la mesa de doña Alberta ni de nadie, pero eso era imposible: con la altura y el pelo pelirrojo , Mario era una especie de Rita Hayworth nacional. Ay, Perla, en qué lío nos metiste, ¿y ahora? El problema fue que mi bombón pisó sin querer al chaparro y el otro notó los zapatones; ¡pinche puto!, le gritó, y entonces comenzaron los trancazos otra vez. Volteé y Calvario había desaparecido. ¿Lo soñamos? Teníamos que salir de ahí antes de que Urrutia y doña Alberta nos reconocieran. Entonces yo no sé de dónde saqué pulmones para gritar: ¡Viva mi general Henríquez! Y que se arma la gresca, pues unos cuantos me gritaron ¡que viva! ¡Henríquez pa presidente! Soltando trancazos nos logramos zafar de la multitud y pies para qué los quiero. A mitad de la cuadra oímos un «agárrenlos» y un disparo a lo lejos; nosotros corrimos y corrimos como locos, hasta me saqué los zapatos. Dimos vueltas para despistar a los de atrás y nos escondimos en un zaguán muy oscuro, pegaditos, pegaditos. Cuando le di un picorete nos embarramos el bilet, el mío rojo, el suyo rosa. Pareces un payaso, me dijo riéndose. Esperamos un rato muy abrazados hasta que vimos que ya nadie se acercaba, y caminamos de regreso a nuestra azotea.

Cuando entramos, a mí se me habían subido las cervezas y me resbalé con un papel del Petit Théâtre que alguien metió por debajo de la puerta: «Rueda de la fortuna. Feria rodante Telamón Cisneros. Tacubaya. A las dos». Y luego una M. ¡La Márgara!, gritó Mario. ¿Será? No nos vayan a engañar. Yo veo peligro por todos lados.

Tenemos pocas horas para echar una pestaña; Mario ya está roncando, pero yo no puedo dormir por más té de valeriana que bebo, ya hasta cené el arroz con frijoles que quedaba. Cada cinco minutos me asomo por el borde de la azotea a ver si no se vuelve a aparecer el tipo de la gabardina, o la policía. ¿Serán lo mismo? Todo está muy raro. Mejor me acuesto junto al bombón, a ver si me tranquilizo un poco.

15

Es tardísimo, pues la luz de la mañana envejeció; ahora deben ser alrededor de las doce. No quiere moverse. En la pequeña cama con ese colchón viejo y rechinante al fin ha encontrado la posición más cómoda: abrazado a la cintura de Esmeralda. Los dos embonan como un par de cucharas que alguien dejó en un cajón y así, acurrucado, puede oler su pelo largo: violetas y tabaco, parte de la esencia de todos esos cabarets se quedó ahí incrustada. Es un olor muy propio. La piel de su vientre es tan suave que quisiera acariciarla por mucho tiempo, pero seguro le darán cosquillas a la pobre; mejor no despertarla. Qué ganas de quedarse así el día entero: aspirando ese olor, tocando esa piel; además, está casi seguro de que, de abrir los ojos o siquiera moverse, la cabeza empezará a dolerle gracias a los tequilas de anoche. Y eso que les faltó ir al Savoy y al Follies para cumplir con la lista de Chuy. En el Follies hubieran visto a Bongala, la bailarina negra protagonista de *Negro es mi color* que les daba tanta curiosidad con su espectáculo de maracas y timbales. Cuando se acostó, la cama era una alfombra voladora y tuvo que bajar la pierna con tal de tocar el suelo antes de acostumbrarse a las vueltas.

Han pasado tantas cosas en tan poco tiempo que quiere quedarse así, disfrutando unos minutos más de placidez, aunque sean cinco, un tiempo donde nadie pida ni dé explicaciones, solo disfrutando del calor mutuo, centrándose en acompasar la respiración y nada más. Pero sabe que deben encontrarse con la Márgara; era muy claro el mensaje: al lado de la foca equilibrista en el papelito del Petit Théâtre. Toda esa maraña de intrigas alrededor de Katmandú lo tiene atrapado, aunque es peor el miedo a ser el cordero de la policía.

No es ni de aquí ni de allá. A Yuxtle no podrá volver en mucho tiempo, sería muy peligroso; tampoco en esta ciudad de malandros hay alguna seguridad. Solo en aquel cuarto de azotea, con la luz apenas detenida por la cortina que improvisó Esmeralda, se siente resguardado. Allí está tan a gusto como una nuez en su cáscara. Aunque ella trató de acerársele toda la noche, él la rechazó. No porque traicione a Katmandú, a estas alturas ya no le importa tanto eso. Piensa que el amor es como el alcohol: cuanto más borracho estás, más fuerte y poderoso te crees, el mundo es tuyo. Y al día siguiente viene la cruda, el pago de la deuda: las obligaciones, estar a la altura, cumplir. Si nadie pidiera nada y solo amáramos por el puro gozo, quizás este mundo sería otro. Qué fácil resulta explayarse en fantasías cuando uno abraza a alguien dormido.

Abre los ojos de a poquito, pues el calor del sol ya se puso bueno. Se mete directo a la regadera y es tanta su resaca que bebe el agua del mero chorro. Está casi fría, así que le ayuda a despabilarse. Se enjabona dos veces para sacarse ese aroma a cigarro, sudor, alcohol, maquillaje y hasta sangre seca de los trompones que dio anoche.

Luego del pequeño contratiempo matutino que se suscitó sin planearlo, desayunaron huevos fritos preparados por Mario a las carreras. Se bebieron una taza de café y ahora los dos van con infinita pereza en un tranvía rumbo a Tacubaya, a la feria de don Telamón Cisneros. Esmeralda no había sabido interpretar qué quería decir esa frase escrita en el papelito: «Rueda de la fortuna. Feria rodante Telamón Cisneros. Tacubaya» y en el renglón de abajo: «A las dos» y, por último, solo una inicial: «M». Más claro ni el agua, pero la pobre ya iba bien piripi cuando llegaron anoche y se toparon con el mensaje bajo la puerta. Al salir de casa estuvieron a punto de tener una pelea. Esmeralda no estaba segura de que la frase «Rueda de la fortuna», puesta así nomás, como dijo, significara un lugar de reunión, podía ser una trampa. Mario le señaló mil veces el papel membretado del Petit Théâtre como prueba irrefutable de que aquello era una cita. Con tal de despejar la duda le llamaron a don Arcadio de una esquina luego de esperar veinte minutos a una señora muy cotorra. Pero no estaba en casa, habían salido tanto él como doña Minerva. Por supuesto, Márgara dejó un recado con su hermano Rubén por si hablaban: ser puntuales.

Y ahora van con retraso. Esmeralda, a punto de salir de casa, dijo: ya no voy a discutir, bombón, tú ganas. Él pensó que lo estaba tratando como a un necio. Sintió la cólera a punto de estallar; en un segundo ya tenía ganas de alzar la voz, cuando ella le dio un beso inesperado. Y le puso la mano en la bragueta. Con eso bastó: le acarició el pelo todavía húmedo y la atrajo en un solo movimiento brusco. Quedaron frente a frente, las puntas de sus narices se rozaban. Mario tomó la iniciativa y siguieron así, comiéndose, a veces sintiendo los dientes mutuos sobre el cuello, la lengua o los labios, la respiración jadeante, las manos arrancando la ropa, tentando. Ella se quedó en brasier. Mario la contempló muy cerca, con esos encajes preciosos que dejaban adivinar los pezones, y de pronto lo asaltaron unas ganas infinitas de llevar él también uno así, aunque su pecho fuera plano y rectangular, no abultado en forma de gotita de agua. Un extraño frenesí se apoderó de él y lo llevó casi al orgasmo, esa sola idea hizo que le hirviera la sangre y terminaron acoplados como animales sobre la mesa, tirando las dos sillas a patadas.

Lo bueno es que el chofer ha dejado la puerta abierta y el aire le despeja el agotamiento, también los calores que le vienen de solo acordarse. No se arrepiente, pero teme las consecuencias de tanta pasión. Traer a un niño a este mundo hostil donde para colmo todos quieren cobrar el alquiler le parece más aterrador que la situación actual con los cuicos acechándolos. Y debajo de todo aquello palpita el tema del beso que le dio Chuy; ha estado pensando en él como si lo hubiera marcado de alguna manera inexplicable. Reprimió sus ganas de enfundarse ese bonito brasier, estuvo a punto de arrebatárselo a Esmeralda y pedirle que lo hicieran así, con su piel transparentándose. Ahora en el tranvía se sonroja de solo acordarse, es escandaloso. ¿Será que se está volviendo maricón? No es la primera vez que esas ansias de encaje salen a relucir a borbotones, como una fuente oculta de aguas sulfurosas. ¿El beso de Chuy lo estará empujando a la putería? Anoche, en secreto, disfrutó llevar ese vestido largo, aunque sus hombros resaltaran. No podía dejar de mirarse al espejo con esos rellenos en los pechos: era él, pero a la vez era otra; pasaría por mujer si no fuera tan alto. Sus ojos eran los mismos, con las pestañas postizas se veían hermosos, como nunca. Hasta caminó contoneando la cadera en el Club Verde, no solo para disimular, había algo más en aquella actitud; por suerte logró fingir incomodidad.

Mario se sitúa cerca de la puerta, no puede con el calor. Tampoco soporta esos pensamientos entre morbosos y oscuros, ojalá el aire se los arrebatara de una vez. Sería un horror lidiar ahora con esa «desviación», como la llamaba el abuelo, el colmo de males. Anoche, el colmo fue aquel tipo que lo sacó a bailar. Le dio repelús sentir esa mano tomándolo de la cintura, atreviéndose a bajar más y más, casi hasta sus nalgas, mientras el bigotito ralo, disparejo, se abría como un telón en cada sonrisita libidinosa, peor que Cantinflas . Y tenía los dientes chuecos. Lo raro es que al recordar el beso de Chuy no le da asco, solo lo sorprende que a un tipo como él, tan machito, le guste remojar el churro en champurrado. Mejor pensar en otra cosa y no invocar a las desgracias. Aunque, de hecho, Chuy no se ve nada desgraciado, ¿se sentirá igual? O será mejor…

Al bajar del tranvía en una esquina del edificio Ermita preguntan por la feria y nadie les sabe dar indicaciones. Deciden internarse en las calles a ver qué encuentran. A Esmeralda la invaden unas ansias locas de fumar y la búsqueda se vuelve doble.

Después de mucho deambular por la zona al fin ven a lo lejos una rueda de la fortuna. Se acercan a paso veloz. La pequeña feria está casi desierta, excepto por el encargado de tiro al blanco que acomoda osos de peluche y alcancías en forma de pato Donald. El juego mecánico al que le dicen «el látigo» es el único funcionando a media calle, con dos parejitas de secundaria como únicos clientes.

—Estos se fueron de pinta —dice Esmeralda.

—Ojalá la Márgara no se nos haya ido también —responde Mario, y se adelanta hasta la rueda de la fortuna.

No hay nadie custodiándola. Tres niños pequeños pasan corriendo, perseguidos por su madre, y se instalan en el carrusel. Un jovencito de unos trece años comienza a empujarlo, se ve que al principio le cuesta. Al fin se queda en un punto desde donde puede seguir dándole marcha solo de vez en cuando para no apagar la inercia de los caballitos que suben y bajan. Esmeralda se ve impaciente.

—Les dejé dicho que fueran puntuales. —Los dos se sobresaltan con esa voz justo detrás.

Márgara lleva un overol de maquinista, una boina azul marino que la hace parecer aún más varonil de lo usual. Y lo más chocante: una nariz de payaso y la boca pintada de blanco.

—Tuvimos un percance —explica Mario—. ¿Por qué aquí?

—Llegaron más de una hora tarde. Los cité a las dos porque es mi hora de comida. Nadie los siguió, ¿verdad?

—No sé. —Esmeralda mira en todas las direcciones.

—La cosa se está poniendo fea, me estuvieron vigilando —confiesa Márgara—. Y como mi papá es amigo del dueño, me consiguió trabajo aquí.

—De Telamón Cisneros —interviene Mario.

—Es un explotador, pero al menos me deja dormir en una carpa en lo que me escondo.

—Hay que seguir escondiéndonos, tengo mucho miedo —confiesa Esmeralda, que ha encendido otro cigarrillo, temblorosa.

—¿Trajiste la Colt? —le pregunta Mario.

—¡Ay, se me olvidó!

—¡Cállense! Aquí no estén diciendo esas cosas. Vamos a la carpa de los fenómenos, la mujer lagarto salió a comer.

—¿La mujer lagarto? ¿A poco es de verdad? Yo solo conozco a unas lagartonas de a peso —dice Esmeralda, que no puede aguantarse de hacer la broma, aunque esté horrorizada.

—No preguntes. Síganme.

La carpa huele a sudor a pesar de que está vacía. Mario se acuerda de los fenómenos que llegaban a las ferias de Yuxtle; los aparadores donde se exhibían eran de vidrio, algunos tenían espejos para que se lograra alguna ilusión. Cierta vez lo impresionó la ratonera donde vivía una mujer supuestamente castigada por desobedecer a sus padres, reprobar la escuela y pecar de «deshonor», como ella misma explicaba en voz nasal, quejumbrosa. Dios la había castigado convirtiendo sus manos y pies en patas de araña; solo conservaba la cabeza, pero sus ojos eran de mosca, llevaba el pelo enmarañado y, según confesó, se alimentaba de ratones que corrían por su pequeña jaula de vidrio. Cuando fue con su hermano Pablo, este tendría unos nueve años, se acercó mucho; de pronto la mujer lanzó un grito y las patas delanteras, peludas y gordas, se estremecieron. Aquello espantó tanto a Pablo que tuvo pesadillas varias noches y Mario se burlaba de él por crédulo, hasta le hizo la broma de pasarle el plumero en la cara mientras dormía para hacerle cosquillas y el otro lo insultó hasta quedarse ronco. «¡No lo hagas rabiar así, que le va a reventar el hígado!», casi oye a su madre. Ahora tiene la rara sensación, ante el hogar de la mujer lagarto, de que será castigado y se pregunta en qué jaula lo pondrían de convertirse en un lagarto mariposón.

—¿Y si nos encerramos un tiempo en algún lugar lejos, donde nadie nos encuentre? —propone Esmeralda.

—¿Y a dónde iríamos? —pregunta Mario, desesperado.

—Hay que mantener la calma —dice Márgara, muy seria—, seguir averiguando, pero con muchísima discreción. Váyanse a otro lugar, sálganse del Centro.

—Ya pagamos la renta y está amueblado, es carísimo andar viviendo en hoteles —aclara Mario.

—Ustedes saben lo que hacen, yo nomás les digo que esto tiene que solucionarse. —Márgara señala su nariz de payaso—. Calvario es un hombre poderoso y la gente así hace sus negocios donde la Bandida, no sé cómo no pensé en esto antes. De veras que el dolor te apendeja.

—Vaya que sí. —Esmeralda voltea a ver a Mario.

—Resulta que mi papá va una vez al mes, no falla, llueva, truene o llovizne. Según porque ahí se ve con empresarios y gente muy importante, pero a mi mamá no la hace tonta, ya sabe. Si no encuentran a Calvario ahí, la señora está mejor informada que los periódicos, le conoce hasta las vergüenzas a los senadores, hay que hallar el modo de hablar con ella.

—Pues vamos —propone Mario.

—Como si fuera tan fácil, estamos hablando de entrar al putero más caro de todo México, ¿con qué ojos? Anoche gastamos mucho en los cabarets.

—Si nos colamos a la casa de Alberta Ferrer y a la de Katmandú, podemos con esto. Acuérdate, Esme, que si encontramos al culpable, al menos tendremos la verdad.

—¿Y de qué nos sirve tres metros bajo tierra?

—Pues será la versión que podremos defender. Conociéndose la verdad todo será más fácil.

—Sí, tres contra un ejército de cuicos…

Mario se queda callado. Es verdad, ella está corriendo mucho riesgo solo por acompañarlo; al final, quien siente esa deuda con Katmandú es él. Tanta amenaza lo hace reaccionar:

—Esme, no hagas nada que no quieras. Si tienes tanto miedo, mejor vete lejos, con algún pariente. Yo no quiero que salgas lastimada, si te pasara algo...

—Yo no tengo parientes, más bien parece que te quieres deshacer de mí.

—A jurarse amor a la iglesia, aquí no, tortolitos —manotea Márgara—. Si pasa algo, corran a casa de mis papás, ellos saben qué hacer, han salido de muchas. Cuando hable con ellos les diré que estén a las vivas. Si cae alguno de ustedes, caigo yo también.

—En caso de que la policía agarre a alguno de los tres, pico de cera —propone Mario—. Nadie diga nada, hay que guardar lealtad. Nos mantenemos callados hasta volver a vernos. Tus papás o Chuy son los únicos aliados.

—¿Chuy? ¿El encargado del Guay?

—Tiene un amigo policía, eso nos puede ayudar muchísimo. Él me pasó la lista de cabarets donde podíamos encontrar a Calvario. Ayer casi lo encontramos, se nos escapó por un pelo. También me ayudó a conseguir esto. —Mario le muestra a Márgara la pistola que carga, ella sonríe y de un movimiento se la quita. Esmeralda lanza un pequeño grito.

—Tranquila, sé manejar estas cosas, de muy chiquita me enseñó el que tiraba al blanco allá en el norte, cuando las giras del Petit Théâtre —dice Márgara mientras la inspecciona—. Ese Chuy sabe de buenos fierros. Mejor tener otro aliado.

Una voz fuerte y vigorosa que viene de afuera los interrumpe:

—¡Pequeñines! ¡Acérquense! Vengan a presenciar el mejor, el más extraordinario, increíble y asombroso acto de magia de Tacubaya. —Márgara hace un gesto de extrañeza y le devuelve la pistola a Mario.

—Ese no es de aquí. Ahora no hay ningún espectáculo en la feria —aclara, y les hace una seña para que la esperen. Mario toma de la mano a Esmeralda; ella se asoma, curiosa. Afuera, un mago de sombrero de copa, elegante capa negra y antifaz de papel blanco rociado de diamantina verde, ha puesto un viejo sarcófago de cartón muy grueso en plena banqueta. La enorme caja trae pintado un ojo egipcio y muchas grecas misteriosas. Basta con verle los zapatos desgastados y los pantalones brillosos para saber que se trata de un ambulante.

—Usted no puede estar aquí. —Márgara enfrenta al intruso, mientras Esmeralda y Mario salen de la carpa de los fenómenos.

—Señor: déjeme ganarme unos tlacos, casi no hay gente, nomás estos tres niños. No he comido —le ruega el hombre. Márgara acepta y el mago, muy sonriente, continúa invitando a que los pocos caminantes se detengan a ver su acto. La madre de los tres niños se acerca junto con otra señora ya mayor. El mago pide un fuerte aplauso:

—Para este increíble milagro será necesario contar con una mujer hermosa y distinguida, como la señorita, allá a lo lejos —dice, dirigiéndose a Esmeralda—. Acérquese, preciosa, acérquese.

Esmeralda sonríe, halagada, pero duda de hacerle caso. Mientras, los niños sentados en el suelo la observan junto con las señoras. El pobre mago y su raquítico público la enternecen, será de mala suerte no seguirle el juego, una también se gana la vida gracias a la gente, se dice, mientras le tiende su bolsa a Mario con una sonrisa infantil. El del antifaz pide otro gran aplauso para ella. Mario, un tanto molesto por esa peligrosa necesidad de atención desplegándose ante él, se dirige a la Márgara:

—Si no encontramos a Calvario en casa de la Bandida, ¿qué hacemos?

Ella le hace una seña de que guarde silencio y ambos se alejan de la escena.

—Pues buscarlo en otro lado. En el Sindicato Mexicano de Electricistas, está en la calle de Artes. Es cosa de seguirlo, aunque es más difícil que ahí puedan hablar con él. Y quién sabe cuándo vaya. Entre alcoholes es más fácil que se distraigan los guardaespaldas.

—Si descubro que la mató, no me voy a detener —le asegura Mario.

—Hazlo por Katmandú. Y no solo por ella. A lo mejor mi Katy no es la primera.

El mago del antifaz, con movimientos torpes y teatrales, ha metido a Esmeralda en el sarcófago sostenido por dos pequeños bancos de madera. Los niños y las señoras aplauden. En un instante cierra los seguros de aquella caja; ante los ojos azorados de los tres niños, blande un gran serrucho, asegurándoles que es de verdad y que con él partirá en dos a la modelo. Una camioneta gris de carga se detiene justo frente a la banqueta, tan rápido que las ruedas rechinan. El chofer, que lleva una ancha gabardina café y oculta la cara bajo el sombrero bien ajustado, se baja en un santiamén para ayudar al mago a trepar el sarcófago en la parte de atrás. El vehículo arranca a toda velocidad.

Todos se quedan embobados. Mario reacciona por fin y echa a correr tras la camioneta gris, pero esta acelera. El mago, sentado encima del sarcófago, le arroja con gesto burlón una piedra envuelta en papel. El vehículo rápidamente se pierde en la lejanía. Mario no deja de gritar su nombre ni de correr a media calle. Las mujeres que presenciaron el acto llaman a la policía con todas sus fuerzas y Mario, exhausto de tanto correr, se une al coro. Los niños comienzan a llorar.

—¡Auxilio! ¡Policía!

Márgara lo alcanza.

—¡Cállate, estúpido!

—¡Se llevaron a Esmeralda! —No lo puede creer, el corazón amenaza con romperle el pecho—. ¿Qué vamos a hacer?

—¡Vámonos! —dice Márgara, y se arranca la nariz de payaso.

Todos han leído una y otra vez el mensaje compuesto por letras recortadas de periódicos: «Quieto o despídete de la cabaretera». Fue el papel que le lanzó el mago burlón mientras la camioneta se alejaba. Aquella imagen no puede salírsele de la cabeza: la Chevrolet «sapo» haciéndose chiquita a gran velocidad, mientras sus piernas se estiran hasta lo imposible para alcanzarla. La Márgara le juró y perjuró que no tenía nada que ver con los secuestradores, ni sabe cómo se aparecieron de repente.

—¡Ya deja de reclamarme! Alguien los siguió a ustedes. Y por su culpa ya no me podré esconder con Telamón.

—A lo mejor no era tan buen escondite, nomás estaban esperando que te comunicaras con nosotros. Si no, no habrían preparado el numerito del mago.

Al pensar en Esmeralda atrapada en un sarcófago se le apelotonan las lágrimas. Ya lloró en casa de Chuy, quien le aseguró que se veía peor de descompuesto que cuando mataron a Katmandú. Chuy le prometió hablar con su amigo el policía y en cuanto tuviera noticias, comunicarse con él a casa de la familia Everest. La Márgara iba muy nerviosa todo el camino de regreso, observando que nadie los siguiera, dando vueltas y rodeos para llegar a la gatuna casa de Bolívar donde ambos se refugian ahora, ante dos vasitos de brandy servidos por doña Minerva. ¿Cómo pude dejarla que se metiera con ese mago?, ¿por qué no reaccioné antes?, se pregunta cada tanto.

Le ha dado por abrir el bolso, ese único tesoro que ahora conserva de su tiple, para oler el interior, como si aspirando ese aroma de violetas y maquillaje pudiera traerla de nuevo. Trata de no pensar en las torturas policiacas por las que seguro está pasando, si cree en la hipótesis de Márgara: esto es un escarmiento, solo es eso. Verás que se queda en amenaza, no la van a lastimar, le repitió hasta el cansancio. Tiembla de angustia con cada escenario posible que su cabeza no para de crear. Se lo hubieran llevado mejor a él, ¿por qué a Esmeralda? Es tanta su confusión que hace un recuento de los hechos acaecidos, desde el asesinato hasta el secuestro de su amiga, en frenética sucesión, y se queda con la voz un poco ronca de la señorita Esther Lumière: «Tanto peca el que mata la vaca como el que le agarra la pata».

Siente un irrefrenable deseo de salir a las calles a buscarla, ya don Arcadio lo ha detenido un par de veces con ayuda de Ramiro. Piensa con claridad, Mario, ella podría estar en cualquier sitio, se dice, perdida entre los cientos de miles de habitantes de esta monstruosa ciudad. Ni siquiera recuerda bien al maldito mago, o al sujeto de la gabardina. ¿Sería el que parecía seguirlos en uno de los cabarets? No está seguro. ¿Cómo pudo ser tan confiado?

En un instante se le escapó la vida a su Katmandú y en otro se esfumó Esmeralda, ¿por qué será que el tiempo no da tregua? Un suspiro basta para convertirnos en fantasmas.

—A ver, Mario, ya concéntrate. No ganamos nada con azotarnos. Te lo repito: esto es una advertencia, la van a soltar. Todo esto significa que…

—Ya lo sé, no quieren que sigamos averiguando. Pero, ¿quiénes? ¿La policía? ¿Alberta Ferrer? ¿El asesino de Katmandú?

—Este lío tiene tintes políticos —se adelanta don Arcadio—. Así se las gastan los muy desgraciados.

—Esa Katmandú se metió con un caca grande —secunda doña Minerva.

—Y estamos cerca de dar con él, por eso secuestraron a Esmeralda —razona Mario, dándole un sorbo a su brandy—. Me huele a que ese mago no tiene nada que ver con la chota. Además, ya nos hubiera avisado Chuy.

—¿Regresará aquí la policía? —Doña Minerva se asoma por la ventana que da a la calle, moviendo ligeramente la cortina y sintiendo que esa simple tela es insuficiente para ocultarse.

—Este par de brutos puede salir por la enredadera como en otras ocasiones, si se diera el caso —responde don Arcadio.

—La van a soltar en cualquier momento —interviene Márgara—. Esta gente no quiere a Esmeralda, al que buscan fregar es a ti, Mario.

—Porque estoy cerca de encontrar al asesino. ¡Es Calvario! Lo están protegiendo, algo muy gordo debe saber.

—El próximo año vienen las elecciones —dice doña Minerva—; o está con el general Henríquez, o persigue que gane Casas Alemán, no hay de otra.

—Nadie sabe quién será el tapado, muy revuelto se pone todo —afirma don Arcadio.

—Si ese mago anduviera con la policía, ya hubieran venido aquí por nosotros —reflexiona Mario en voz alta. Márgara se sienta junto a él con las piernas abiertas y se rasca el mentón:

—A lo mejor Esmeralda está cumpliendo su parte y no ha dicho ni pío de dónde encontrarnos.

—¿De veras crees que no sepan dónde estamos? Si, como dice tu papá, esto tiene tintes políticos, los de mero arriba deben saberlo todo.

—Cálmate, tampoco son dioses.

—Ya bajé a la corte celestial desde la mañana para que nos protejan. Nosotros también estamos en peligro. ¡Mira en lo que nos ha puesto tu meretriz, Margarito! Siempre te lo dije, esa mujer no; pero ahí vas a revolver en la basura. —Desde la ventana, doña Minerva, con su trajecito verde oscuro, parece una pequeña generala vigía.

Mario se ha bebido bastante brandy, sin lograr la calma. No deja de pensar en ella, cómo la estará pasando, ¿sufrirá? Cuando encontró a Katmandú al menos supo que su alma había dejado aquel cuerpo pálido de formas exquisitas; ahora la duda es como un veneno haciendo lentamente su efecto. Maldice la curiosidad de Esmeralda, pero por otro lado se convence de que ella es una artista: su verdadera ocupación consiste en ser ella misma. Aunque a veces esa veta de ingenuidad sigue los preceptos de las revistas femeninas y del cine, está seguro de que, debajo de todo ese maquillaje y carácter rabioso, de la vitalidad de sus maneras, sus chistes y esa expresión pícara en los ojos, hay algo que no puede disfrazar, algo que la hace distinta: su soledad, que lo enternece. ¿La habrán matado? Han pasado ya siete horas desde que Esmeralda fue raptada. El reloj de la pared marca las diez y cuarto de la noche. A Mario se le figura que el segundero, con cada vuelta que da, ahorca la posibilidad de encontrarla con vida. No aguanta más.

16

Ya van dos noches que no pego el ojo; entre el recuerdo de aquella pistola en medio de la oscuridad y el escándalo que arma Minerva nada más pasa la mosca, me voy a volver loca. Apenas he podido comer algo sin correr al *watercloset*, así tengo los nervios. Además, ninguna cama es de nuestro tamaño; si yo, que duermo con Márgara en su habitación apenas quepo en la mía, no me imagino cómo le hace Mario en la colchoneta del «cuarto de los niños», como le llaman al cuarto de Ramiro y Rubén, con sus literitas y sus mantas de cuadros.

Para colmo, nuestra idea de mandar a don Arcadio y a Rubén con la Bandida, a ver si averiguaban algo sobre Calvario, fue un fracaso completo. Los dos regresaron esta madrugada muy bien servidos, qué bárbaros; en toda la casa se oían sus gritos cantando «ya la enramada se secó, el cielo el agua le negó, así tu altivo corazón, no me escuchooó». Y que la Márgara se despierta y se pone a llorar, ¡esa canción no, esa no, por favor, es demasiada la tristeza!, decía. Yo la quería matar; en vez de ir a ver qué pasaba, se hizo bolita en la cama, lamentándose por Katmandú. De repente, pácatelas, se oyó un trancazo. No me esperé a que bajara Minerva, que ya estaba pegando de gritos; me paré y así como estaba, con este piyama de Ramiro que me aprieta horrible, fui a ayudar a don Arcadio, por si se había roto la crisma y teníamos que correr al hospital.

Desde que los vi supe que no habían averiguado nada. El muy pícaro estaba tirado panza arriba en el suelo, al pie de la escalera, y murmuraba con una sonrisita: «Las flores y la lluvia me acompañan en mis horas de nostalgia y de tristeza», mientras Rubén se moría de la risa sentado en la escalera, con el bigote todo despeinado, y eso que se lo pegó muy bien con brillantina antes de salir. Parecía que los metieron en una bañera llena de ron, cómo apestaban.

¡Les dije que no mandaran a Arcadio a ese lugar del demonio, y menos con este pelafustán!, aulló Minerva atrás de mí, metida en su batita de flores violeta. ¿Pelafustán yo, mamá? Sí, y además inútil; si trabajaras como Ramiro y la Márgara, cuando trabaja, no andarías de aventuras pegado a tu papá. Es el problema de meterse con gente alta, quién sabe hasta dónde nos van a llevar, remató echándome una mirada de rencor. No sé cómo hace para verse siempre primorosa hasta con todo ese odio que apenas le cabe en el cuerpecito tan armonioso; a mí esto me tiene hecha un bodrio.

Unos buenos amigos nos acompañaron, chatita mía, todos caballeros intachables, logró interrumpirla don Arcadio luego de unos minutos. Cumplimos con nuestro trabajo de agentes secretos, remató, y se echó hacia atrás su mechón canoso.

Mario ya había salido de su cuarto con Ramiro, y les preguntó qué habían averiguado sobre el líder sindical. Rubén trató de arreglar un poco las cosas: no se preocupen, tú tampoco te sulfures, mamacita, nos portamos muy bien; fíjense que fuimos primero al Tívoli a platicar con unas personas, pero desgraciadamente no se encontraban y nos tuvimos que quedar al *show*. ¡No hombre, qué muchachonas, eso sí es alegría, cabaret de primera!, farfullaba don Arcadio desde el suelo. Y luego allá nos fuimos a preguntarle a la Bandida. ¡Pum, pum, pum!, disparaba su papá como si trajera unas pistolas en las manos. ¡Qué refinamiento, qué salones, una decoración de primera clase! ¡Y unas féminas impresionantes, puro monumento!

¡Cuáles monumentos!, se enfureció Minerva, ni es la primera vez que vas a ese antro de perdición, Arcadio, cada mes te escapas con este inútil y quién sabe qué cosas hacen ahí. La mujercita se dejó caer en el sofá, muy sentida. No te cases, Esmeralda, mira nada más en qué termina esto, mi vida es un erial…

Pobrecita, cree que yo me voy a casar...

Ramiro se puso a consolar a su mamá y a darle unas gotas de un frasquito café para que no se le fuera a subir la presión. Mario le preguntaba a Rubén si habían averiguado algo sobre Calvario y el muy baboso le contestó: ¿Calvario?, ¿se llamaba Calvario? ¡Yo estuve preguntando por Martirio, a cada una de las muchachas les pregunté! Y me decían: mi martirio no ha terminado de llegar. ¡Con todas pudo, mi hijo, es todo un hombre!, gritó don Arcadio. ¡Tú ni con una!, rabió Minerva. Cómo creen, no puedo pagar eso, se justificaba Rubén. Mi papá cantó con doña Graciela toda la noche; es un santo, jefecita, por esta. Cállate, idiota, le escupió Ramiro, me das vergüenza. Después le pidió a Mario que lo ayudara a cargar a su papá escaleras arriba. No le costó trabajo, lo alzó como a un saco de papas: ¡al hombro!

¡Enciérrenlo en tu cuarto, no lo quiero volver a ver! ¡Y que no vomite el tapete nuevo!, gritó la señora. No sé cómo se les ocurrió semejante idea; yo insistí, pataleé y grité para que no lo mandaran a ese lugar, pero a ti solo te importa tu meretriz china, Margarito, eres capaz de matar a tu padre para vengarla. Y tú, me dijo, no sé qué buscas en estos líos; deberías escarmentar después de lo que te pasó.

Me sentí muy sola, hubiera querido llorar, pero me aguanté y no contesté nada. Igual tiene razón. La verdad es que yo me enredé en este asunto desde el principio, por mi tontería de echarle algo al vaso de Katmandú; tengo que salir limpia, porque si no, nunca podré volver a bailar y eso me rompe el corazón. Y además está Mario, no lo puedo dejar, me mueve muchas cosas. ¿A dónde podríamos escapar? Al final siempre aparece alguien que sabe tu pasado, como si no lo hubiera visto mil veces en las películas.

La Márgara y yo acompañamos a Minerva a su habitación. Le dimos un té de boldo y la tratamos de tranquilizar; luego la Márgara volvió a romper en llanto; la canción de su papá le recordó quién sabe qué cosas de Katmandú y no podía parar. Una furiosa y la otra hecha un mar de lágrimas; yo ya no sabía qué hacer, aparte de correr al baño. Al final se me pasó un poco el chorrillo y ellas se calmaron. Me puse a cantar «Muñequita linda» y ya se quedaron dormidas.

Mario sigue en la habitación de Ramiro y Rubén con la puerta cerrada, quién sabe qué discuten los cuatro hombres, creo que están contando sus aventuras. Yo no quiero saber; me encontré una libretita en el tocador y me puse a escribir aquí mis cosas con tal de desahogarme, ya no aguantaba tanto barullo. Mi cuaderno está en el cuarto de azotea; le pegaré estas hojas si es que regresamos allá alguna vez, ahora lo importante es tranquilizarme un poco y nada como escribir para ordenarme la cabeza.

Antier fue que me dejaron tirada en la Villa los tipos que me raptaron. Una estupidez, yo de vanidosa que me voy a meter al sarcófago del mago pensando que era un juego bien inocente y pácatelas, de repente siento que me levantan y me avientan a un coche o lo que fuera. Mario me aclaró que era una camioneta de redilas, yo solo sentí el trancazo en la espalda cuando me echaron y luego cuando arrancó, me dolió mucho. Lo que hace una por un poquito de público... A lo lejos oí un disparo y pensé que habría sido Mario. Grité y traté de levantar la tapa, pero estaba cerrada con candado; era de ese cartón piedra muy grueso que usan para las escenografías, a golpes no lo hubiera podido abrir. La camioneta dio vueltas y vueltas quién sabe hasta dónde, me mareé muy feo. Luego se detuvo y me llevaron cargando a un lugar, no sé cuál. Eran bien bruscos, los hijos de su madre.

Desde adentro de la caja oí a un tipo que dijo: ya llegamos con el bulto, jefe. Y otro que contestó: shhh, cállate. Luego sentí que bajábamos por una escalera dando tumbos. Empecé a tener mucho miedo, ¿me irían a matar igual que a Katmandú, quiénes serían? No sonaba como una comisaría... Me dejaron en el suelo y la caja pegó de un lado contra una pared; escuché que cerraban una puerta y de golpe abrieron la tapa. Me echaron una luz muy fuerte encima de los ojos y no pude ver nada, solo pegué un grito. Traté de sacar el cuerpo para respirar, pero me pusieron una venda en los ojos, me amarraron las manos a la espalda y los pies. Luego una de las voces me escupió: ni grites, ni trates de hacer nada si no quieres acabar como… Y la otra voz lo interrumpió: ¡shhht! Al final cerraron la puerta y me dejaron sola.

No reconocí las voces. Así estuve un buen rato, temblando; de tanto miedo no tenía ni hambre, ni sed, aunque sí muchas ganas de hacer del baño. Así debe de ser estar muerta, metida en una caja sin poder moverse y en medio de la oscuridad. No veía nada por la venda en los ojos; estuve tratando de zafarme las manos sobándome contra el fondo, a ver si encontraba algo para romper los mecates que me ardían en las muñecas. Entonces doblé las rodillas y le pegué a la tapa bien fuerte; se levantó, la habían dejado sin seguro. Luego me di vueltas como contorsionista para ponerme de pie, aunque tuviera los pies amarrados; de algo sirve bailar, cómo no. Me habían encerrado en un clóset, no había ninguna ventana; apestaba a humedad y cañería. A lo lejos oí la radio y unas voces, me pareció que andaba una mujer por ahí. Con el movimiento la venda se había aflojado un poco; me froté un cachete contra la pared y logré que se bajara tantito. No distinguí nada al principio, pero cuando me acostumbré a la oscuridad alcancé a ver cajas, unos estantes, y en uno de los estantes, una muñequita china me clavó sus ojos maliciosos de largas pestañas pintadas.

Pegué un grito, qué sustote.

Entonces vinieron los que me habían agarrado; apenas abrieron la puerta, me volvieron a encandilar con la luz, tuve que cerrar los ojos; un gordo se me echó encima y me apretó la venda, casi me la hunde el hijo de su madre. Igual pude distinguir su panza debajo de una corbata verde toda grasosa y sentí sus manotas en el cuerpo; el aliento a cigarro y cerveza encima de la cara. No sé lo que pensaba hacerme el tipo, pero yo juro que eso no me vuelve a pasar, así que le mordí el hombro lo más fuerte que pude. ¡Hija de la chingada!, gritó. Me encerraron otro rato, pero con las vendas y las cuerdas bien apretadas, no supe cuánto tiempo pasó. El tipo regresó otra vez, yo le solté dentelladas y agité todo el cuerpo, hasta que me agarró de las greñas. Quién sabe qué me hubiera hecho si la otra voz no le grita: ¡ya tráela!

Me aventaron sobre una silla dura, sentí que había más gente en la habitación, no sé si tres personas o más; podía oler el humo de sus cigarros y hasta escuché unos tacones caminando alrededor. Otra voz distinta a las anteriores empezó a interrogarme: ¿por qué te fuiste a meter a la casa de Katmandú? Yo no me metí a ninguna parte, le contesté. No te hagas, ahí se quedó tu foto. No sé de qué foto habla, le contesté; ahí me acordé de mi credencial perdida. Y luego me preguntó qué sabía de Katmandú y le dije que nada, solo la conozco del Waikikí.

Total, me la hicieron cansada, pero yo bien necia, y cuando se le ocurría ponerme una mano encima al gordo, me le aventaba a mordidas en la mano o en donde fuera, hasta que alguien me clavó una pistola en la cabeza. Mira, flacucha, hoy ando de buenas, pero solo te digo una cosa: nomás el idiota de tu novio y tú siguen metiendo la nariz donde no les importa, y en una de esas me cambia el humor. Aviéntenla por ahí, les ordenó.

Me sacaron a jalones, volvieron a encerrarme en el sarcófago y de vuelta a la camioneta. Ya era de noche, del susto con la pistola hasta se me habían quitado las ganas de orinar; me dolían los retumbos y los baches en la espalda y no podía olvidar el aliento del gordo ni la voz gangosa del que me interrogó. En una de esas me cambia el humor, dijo. Era como una culebra dándome vueltas alrededor. De repente la camioneta dio un enfrenón y me bajaron con todo y caja, creí que me iban a enterrar viva en alguna zanja. Luego escuché que arrancaban. No sabía qué estaba sucediendo, puro silencio y como pasos de gente que andaba por ahí, empecé a gritar con todas mis fuerzas y me impulsé con las rodillas dobladas para patear la tapa, estaba abierta. Escuché afuera los sonidos de la calle y el chipi chipi de la lluvia que comenzaba; entonces me puse a llorar. Unas muchachas que pasaban me quitaron la venda de los ojos y me ayudaron a desamarrarme. Ya era de noche. ¿Dónde estoy?, pregunté. En la Villa, me contestaron. Me ayudaron a caminar hasta una fonda, estaba toda desorientada. Ahí una señora me regaló un agua de piña y pude pasar al baño. Telefoneé a casa de don Arcadio y me quedé esperando a que vinieran por mí; todito me temblaba.

Me acordé de cuando fui a la Villa a ver si alguien me contrataba y cómo pasó la señora Alfonsina con su Chevrolet y me llevó a su casa, el alivio y la emoción que sentí. Así cuando llegaron Mario y don Arcadio en un taxi, se me volvieron a salir las lágrimas y me puse a temblar; me le abracé fuerte, fuerte. Poco a poco el miedo se me fue saliendo por todo el cuerpo. Ahí sí estuve a punto de soltar la vejiga otra vez, pero aguanté hasta la casita de los Everest. Y aquí estoy en la noche. Ya doña Minerva y la Márgara roncan en la cama matrimonial, iré a acostarme al cuarto de la Márgara, a ver si poniéndome transversal no se me salen los pies.

¿Qué tan rápido nos puede latir el corazón sin morirnos? No me para la taquicardia, qué días y qué horas, no sé ni por dónde empezar. Antier Mario y yo tuvimos que subir a hablar a la azotea, porque en la casa de la familia Everest es imposible tener un momento a solas. Solo nos interrumpió la muchacha cuando subió a tender la ropa, muy enojada porque no se pudo quedar a fumar su cigarrito mirando la ciudad. Es que sí está lindo el panorama desde arriba, más a esa hora que la lluvia había escampado: alcanzamos a ver la Catedral de un lado y los volcanes del otro, y la torre Latino con su antena muy cerquita. El cielo azul bien transparente porque ya fue el cordonazo de San Francisco.

Estar solita con Mario ayudó a que se me pasara la angustia del secuestro, verlo tan preocupado por mí me dio mucha ternura.

Me daba besos apasionados y me contaba todo el miedo que sintió de que me hicieran algo horrible. Casi nos vuelven a dar las ansias del otro día que salíamos del cuartucho y hasta en la mesa nos desfogamos. La verdad ni ese día ni cuando fuimos a la casa de Katmandú tuve tiempo de lavarme después, como me enseñó Perla, y ando con el susto de salir premiada, pero eso es otra cosa.

Mario me dijo: Esme, no podemos seguirte arriesgando, es muy peligroso; yo como quiera, pero si te pasara algo jamás me lo perdonaría. ¿Y entonces, bombón?, le contesté, ¿a dónde nos vamos a ir, qué haremos? Podemos ir a refugiarnos a Yuxtle, ahí está tu familia. Mi galán se puso pálido: ¿cómo crees? Prefiero irme de bracero, a lo mejor allá en el norte puedes poner tu número. Si aquí está difícil, ya nos imagino pizcando fresa en los Yunaites y yo bailando en los congales de allá, le contesté. No, nuestro futuro se veía negro y la verdad me daba mucho coraje, luego de tanto que luchamos por vivir en esta ciudad malagradecida. Entonces se me prendió el foco: oye, si nos quisieron espantar es porque ya estamos cerquita de averiguar quién mató a la Katmandú, ¿o no? Le estamos atinando, no lo hemos hecho mal. Fíjate, hasta se encontraron mi credencial en su casa, eso quiere decir que fue alguien muy cercano a ella; si no fue Palomino, no puede ser más que Calvario. Tenemos que encontrarlo.

Mario se quedó callado cuando se lo dije. Sí, pero es peligroso, tienen armas y guaruras, y a ti te pueden lastimar mucho. Nosotros también, le contesté, tenemos armas, tus puños y mis dientes, porque de que le dolieron las mordidas al tipo, le dolieron. Tú olvidaste la pistola en el cuarto de azotea, Esme, solo tenemos una fusca. Mira, le insistí, don Arcadio no averiguó nada, pero si nosotros vamos a casa de la Bandida, algo sacaremos; te prometo que ahí sí encontraremos a Calvario, o por lo menos sabremos algo más.

Pero si él fue el que te mandó secuestrar, ¿no tienes miedo de que ahora sí te mate?, porque yo sí, eso de las muñecas es medio perverso, quien sabe qué se trae, a lo mejor es un enfermo. Quizá tenía razón: ¿era él el de las muñecas chinas y no Palomino? ¿O sería doña Alberta la mujer cuyos pasos oí cuando me secuestraron? Sentí un escalofrío, pero me dio mucha ternura ver a Mario tan preocupado por mí y lo miré directo a sus ojitos de color sin color: mira, bombón, Perla dijo que nos disfrazamos muy mal; hagámoslo ahora muy bien, nunca sabrán que somos nosotros. Además, no hay mucho que perder: si no nos matan estos, nos matará la policía, y a mí no me ponen una mano encima sin que saque las uñas. Así como gatos nos vamos a defender, pero más importante, la gente verá que somos inocentes y recuperaremos nuestra vida. Y yo no me muero antes de montar mi coreografía, eso te lo juro. Todavía quiso ir él solo, pero me negué: se lo van a devorar antes de que averigüe cualquier cosa.

Bueno, quién sabe si se lo dije así, porque me agarraba la ansiedad de sobarlo y acariciarle esa mandíbula cuadradota que sonríe tan bonito. Nos dimos de besos y encendimos un cigarrito; con el humo, el viento se llevaba mi miedo y yo volvía a ser yo, Esmeralda, la rencorosa que le echó bicarbonato en la bebida a la china por la que nos perseguían ahora, aunque en el fondo no soy mala y les tengo ley a los que quiero.

Decidimos regresar a nuestro cuarto de azotea para prepararnos; a fin de cuentas, solo don Arcadio y la Márgara sabían la dirección y hasta allá no nos habían seguido, al menos no que supiéramos. Cuando bajamos, encontré a Minerva pintándose los labios pues iba a tener una cita importante con un publicista que le iba a tomar unas fotos para un anuncio. Le dijimos que no queríamos ser una molestia de ninguna manera, yo le pedí disculpas por haber causado tanto lío y le agradecí personalmente habernos dado cobijo. La Márgara, que ya había superado su crisis nerviosa, nos preguntó: ¿y qué, ya no vamos a hacer nada por Katmandú? Sí, le contestó Mario en voz baja, y le confió que iríamos a la casa del pecado. ¿Como clientes, así nomás, a tomar la copita? Se echó a reír. Olvídenlo, ahí no entra cualquiera. Nos pidió que esperáramos y se retiró a conferenciar con Rubén y don

Arcadio en el estudio donde se exhibían en las paredes carteles y fotos de todos tamaños de las giras, presentaciones y números del Petit Théâtre en ferias de Arizona y Nuevo México. Al rato salió con una carta. Esta es para ti, Esmeralda. Mario, puedes llegar solo, pero tiene que ser muy bien vestido. Y que no los reconozcan. La recomendación de don Arcadio, en el gracioso papel del Petit Théâtre, decía: Gracielita, te presento a Ópalo de Fuego; es mi pariente y es un huracán. Haz lo que puedas por ella. Con la veneración de siempre, Arcadio. ¿Y eso?, preguntó Mario mientras regresábamos embozados a nuestro nido, ¿te vas a contratar de puta o qué? Ay, bombón, tenemos que entrar allá como sea, tú vas de cliente, ¿o no? Solo por esta noche, le contesté, luego me tendrás que sacar de ahí a ver cómo. Creo que no le hizo mucha gracia.

La conseguida de los disfraces no fue tan complicada: Mario le llamó a Ricardo a la portería de la vecindad y le dijo lo que pasaba. Dos horas después nos vimos en el Monumento a la Madre. Bueno, Ricardo fingió que se dejaba un bulto olvidado en una banca, lo seguí como si se lo fuera a entregar, pero me fui corriendo para otro lado. Mario y yo decidimos que ya no andaríamos en pareja por la calle para que no nos identificaran, así que todo lo hacíamos solos. Estuve preguntándole cómo llegar a Bellas Artes a un señor muy gentil que salía del banco y así me agencié una cartera con dinerito. Mario fue a pedirle prestado a Chuy. Cada quien sus métodos; espero volver a ver al señor para poderle devolver el préstamo, pero es que no teníamos para el consumo de Mario en casa de la Bandida, dicen que es un lugar a donde solo va la gente poderosa: los políticos, los empresarios, los artistas. Hasta me emocioné, ¿a quiénes veríamos esa noche?

En el bulto de Ricardo venía un traje muy bien cortado para Mario, un vestido de Perla y una peluca rubia de pelo natural, de esas que no se consiguen aquí, para mí, además de zapatos buenos. «Es con v de vuelta», decía el papelito que lo acompañaba, porque lo había tomado del vestuario de una obra de Salvador

Novo que le prestó una amiga. Además, nos enviaba Perla en una cajita una barra de cosmético para pintar canas falsas y una pasta especial con la que se podían hacer arrugas y postizos. Eso sí que era profesional. Ay, Dios, cuántos compromisos.

Nos disfrazamos lo mejor que pudimos: Mario envejeció como diez años con sus patillas y mechones blancos y yo me puse la peluca y me cambié un poco la nariz. Seguí su consejo de ponerme menos sombras para parecer más fina; ¿será que estar sin maquillaje es mi mejor disfraz? A lo mejor... Perla me mandó en el paquete un frasquito con Chanel número 5, ¿de dónde habrá sacado para algo así?

En la noche tomamos un taxi hasta la colonia Condesa. Yo he estado pocas veces en el rumbo; es bonita, con muchos parques y casas chulas, aunque de noche está medio vacía. La casa en el número 247 de la calle Durango es enorme y parece antigua: estaba muy iluminada; había muchos autos finos afuera y señores que se saludaban como si entraran a su club privado, me imagino que algo así es. Ya era tarde, como las once de la noche; decidimos ir a esa hora porque nos imaginamos que ahí apenas empezaba la diversión. Se oían guitarras adentro y voces muy entonadas: ¿serían Los Tres Diamantes? Me empezó a latir fuerte el corazón.

Le pedimos al chofer que dejara a Mario una cuadra después, yo me bajé en la mera puerta, íbamos a hacer como que cada uno llegaba por su lado. Toqué el timbre y se abrió una mirilla en la puerta arriba de las escaleras; una cara se asomó. Las ventanas con rejas me asustaron un poco. ¿Me estaría metiendo a la boca del lobo? Busco a la señora Graciela, dije, y extendí la recomendación de don Arcadio. Traté de sonreír, aunque me costó trabajo. Enseguida un hombre salió y me recibió el papelito. ¿Ópalo de Fuego?, preguntó con cara de burla, un minuto. Y entró a la casa. Mientras, Mario llegó y dijo buenas noches. Regresó el tipo y a él lo dejó pasar luego de estudiarlo de arriba abajo y preguntarle si traía pistola. Mario no traía armas porque ya nos había avisado Rubén que las tenías que dejar en la entrada; la de la fusca ahora era yo. A mí el hombre me señaló otra entrada. Por ahí la esperan, dijo.

Entré por la puerta de la cocina y una muchacha me señaló un cuarto junto a un patiecito; se alcanzaba a ver a la vuelta un jardín donde tres señores se fumaban unos tremendos carrujos junto a un árbol, el puro vicio.

Me recibió un hombre de cejas muy bien depiladas y unos pantalones morados muy ceñidos en el trasero. Parecía tener prisa, se sentó en una sillita y me miró con impaciencia. ¿Y tú de dónde vienes, mi amor, ya sabes a dónde te metiste? Sí, le dije, yo quiero trabajar, apenas llegué de Tijuana. ¿Quieres o no te queda de otra?, preguntó. No le respondí; me dijo que me diera una vuelta, me levantó el vestido y me caló como hacían en la feria de ganado de mi pueblo. No estás mal, se ve que estás fuerte, pero eres muy flaca. Encendió un cigarro y se paró. Mira, a las niñas Graciela las entrena muy bien; toman clases de baile, de natación, de cultura general, y algunas hablan idiomas, pero el material tiene que ser de primera, ¿me entiendes? Si no, nada más andan tristeando por la casa y nomás nos cuestan. Graciela me dio orden de que te ayudemos en algo, solo como favor a don Arcadio. Te propongo algo para probarte: quédate esta a noche a servir copas; hoy nos faltaron cuatro meseros y andamos a las carreras. Si algún caballero te invita a sentarte con él, le aceptas los tragos, le pides más, pero no te vayas a pasar de copas. No creo que te quieran ocupar para otra cosa, pero si se da el caso me dices y ya vemos qué podemos hacer por ti. Bueno, Ónix de Fuego, yo me llamo Ámbar, ahora nos vemos. Ay, Ámbar, ¿también ofrecería sus servicios? Seguro, con ese nombre, total hay clientela para todo.

Me tuve que aguantar el coraje de que hasta para mujer de la mala vida resulto flaca, pero bueno. Todo a cambio de encontrar a Calvario y poder sacarle la sopa de lo que había pasado con Katmandú. Una sirvienta me dio una charola con una botella de ron Bacardí. Llévala por favor a la mesa junto a la ventana, me dijo. Pero nada más salí al pasillo, el lugar me impresionó. Era enorme y muy lujoso, yo creo que nunca había visto algo así. Alfombras rojas, cortinas, había un bar muy grande y otros salones con mesas o con sillones nada más, donde se apretujaban las parejas. Las muchachas llevaban vestidos de noche muy finos; se paseaban por los salones y se les sentaban en las rodillas a los señores, entre humo, carcajadas y canciones.

El lugar imponía, la verdad; pude reconocer a muchos políticos de los que salen en el periódico. En una mesa estaba Diego Rivera con otros artistas, todos muertos de la risa. ¡Y ahí estaban Los Panchos en una tarima en el bar, cantando «Amor de la calle»! Junto a ellos me pareció ver una mesa que era como la principal; los meseros pasaban por ahí para recibir instrucciones, todos los que llegaban iban a saludar a la mujer en la cabecera, que seguramente era la famosa Bandida. Al contrario del ambiente, ella se veía más bien sencilla. Me imagino que, como ya es la jefa, ni siquiera se esfuerza por agradar. Estaba cantando con mucho sentimiento y todos la aplaudían.

Yo me había quedado alelada, no sabía cuál era la mesa que me habían dicho, porque había varias junto a las ventanas, así que me dirigí a una donde estaban dos señores muy tranquilos. ¿Es para ustedes el ron?, les pregunté. Atrás de mí tronaron unas vocesotas: ¡esa botella es nuestra, chata, venga para acá! Los que me hablaron no se veían muy elegantes, parecían periodistas o algo así, porque traían la pluma en el bolsillo del pañuelo y andaban medio desgarbados, todos de lentes. Entonces qué, Paco, le preguntaron a uno de ellos, ¿tú ya sabes cómo estuvo la movida? Quise saber qué movida era; les serví despacio el ron en los vasos y les enseñé el escote. No lo tengo claro, dijo el tal Paco, seguro aquí Carlitos está más informado. Carlitos informó: el señor presidente sabe lo que hace, todos se van a llevar una sorpresa, menos quienes ya sabemos: viene de Veracruz, pero su nombre empieza con A.

Como no me invitaron a sentarme, regresé caminando a la cocina con mi charola, mirando nada más. Seguro hablaban del tapado, pensé. Traté de distinguir a Mario en alguna mesa, pero había mucha gente y mucho humo. Al fin lo vi, solito en un rincón con una de las muchachas. Sentí horrible. Cuando pasé junto a una mesa donde apostaban a la ruleta, un señor me agarró una nalga. Uno de los meseros me detuvo a medio camino: andas como esos conejos deslumbrados de la carretera, así no nos ayudas. Mira, mejor ponte a vender cigarros. ¡Pamela! Pamela era una chica muy bustona que llevaba una caja colgada del cuello con cigarros y chicles de todas clases. Los precios están en este papel pegado, la morralla la vas poniendo en esta cajita y los billetes en el escote, para que se antojen, pero aguas con andártelos quedando, ¿eh?, aquí te descubren siempre y el Potranco es de armas tomar.

Me faltaba busto para que se les antojara nada; pero me puse contenta, pues así podría andar chismeando por todos los salones. No me fue nada mal. Por aquí y por allá me hacían seña y los vendía. Tuve que acostumbrarme a la sobada de nalga y respirar profundo con tal de que no me ganara la tentación de clavarles el tacón en el zapato, pero bueno. Como premio a mi paciencia, entre que vendía cajetillas de Record, Alas, Camel, Raleigh, Viceroy y LM, pastillitas Usher y Chiclets, oía frases como «entonces no se raje, compadre, yo le entro al negocio, pero usted me presenta con el licenciado Alemán», «a esa le dicen la Campana porque ya todos la tocamos, ¿tú no?», «voy a mandar a la señora a Acapulco para llevarme de viaje a la casa chica, ya sabe, hay que cumplir», «mi general, desde los combates en Michoacán que no lo veía», «me gustas cuando callas porque estás como ausente; así quédate, belleza, se me acaba de ocurrir un verso», «ahí está Domingo Soler, vamos a saludarlo y de paso le pido un autógrafo para mi amasia», «mira nomás, la Gata y la China juntitas y del brazo, vénganse a sentar con nosotros, muchachas, estamos hablando de los hermanos Revueltas», «estoy con el puente de mi carabela y llevo mi alma prendida al timón», «Lombardo Toledano y González Luna nos la pelan», «Urania, me traes de un ala,

¿cuánto me cobras si te saco de este tugurio y te llevo al hotel del Prado?», «manita, salí con premio y ya tengo un chilpayate que me cuida mi mamá, ¿tú le dices a la señora que me dé algo?, estoy bien preocupada», «vente al despacho el lunes y firmamos, faltaba más», «mi marido no está en casa y vengo aquí a buscar muchachitos bien dotados, la Bandida me conoce», «la mejor coca es la de aquí, hasta la policía la consume», «ya no es la época de que al que se ponía se lo quebraban, pero hay quien no lo entiende, mano, y es que Palomino andaba metiendo su lana en la campaña equivocada».

Me quedé de a seis cuando escuché lo último. Chata, mi cambio, me ladró el tipo que lo había dicho. Eran dos señores que fumaban puro, vestían trajes muy finos, parecían empresarios. Yo por eso no voy a poner un quinto hasta no saber cuál es el bueno, le contestó el otro. Le di su cambio a las rápidas y hasta se me olvidó meter el billete en el escote como me habían dicho. No se veían muy interesados en invitarme a sentar y hasta lo agradecí, porque luego las muchachas no se veían tan contentas. En apariencia cantaban, se abrazaban a los hombres, les daban besos y les sobaban la pierna para que se animaran a subir con ellas a los cuartos —costaba cien pesos la media hora, me enteré, y había un par que se cotizaban al doble; esas no estaban ahí, andaban en Acapulco, paseándose en la famosa costera Miguel Alemán, del brazo de dos diputados—, pero ya que los convencían, en lo que subían la escalera se les salía una mueca de fastidio, especialmente si el tipo estaba feo, gordo o muy borracho. Si estaba guapetón, ponían cara de triunfo, otras de miedo porque quién sabe qué las obligarían a hacer: había cada loco.... Ellas también andaban muy bien servidas de alcohol y hasta de otras cosas.

En una mesa me pidieron un Medellín, yo no sabía qué era y se lo pregunté al mesero que me había dado la caja de cigarros; me dijo que les indicara un cuartito al fondo. Me dio curiosidad y cuando pasé por ahí y se abrió un poco la puerta alcancé a ver a varios sorbiendo coca muy felices en una mesa iluminada por un foco; jugaban a las cartas, seguro aquí se apuesta fuerte. No, pues con razón es buen negocio, todo esto. ¿Pero en qué andaban metidos Palomino, Katmandú y Calvario? Cómo saber. Para variar, Calvario no se apareció. En una mesa donde había unos enchamarrados que no supe si eran sindicalistas o policías, alguien dijo: «Félix anda arrastrando la cobija», quizá hablaban de él o de otro Félix.

De repente que todos voltean y aplauden: ¡¡acababa de llegar Benny Moré!! Hasta yo me emocioné. ¿Iría a tocar? Me volví a quedar toda pasmada, como si estuviera en un sueño. Poder estar aquí, bebiendo y divirtiéndome junto a estas celebridades era un privilegio que solo podía yo tener acostándome con ellos, encerrada en la casa de la Bandida que de repente dijo: «donde hay putas, no hay hambre», a ella también la escuché. No me llamó nunca, pero sentí a ratos su mirada encima de mi cuerpo, como si estuviera calculando cuánto podría ganar conmigo, ojitos de caja registradora. Junto a esto, la libertad era el baile, sin duda, con todo y sus riesgos. Cuando estaba así, pasmada por lo que estaba viendo, que se me acerca Mario y me pide unos Alas verdes. ¿Y cuánto vamos a estar aquí?, me preguntó. Ya invité a Teresa, a la Malinche, a Carmen, Linda, la Nancy, Mireya, a la Obsidiana, la Milagros, la Torera y hasta a la Bigotes, y se me acabó el dinero, vámonos, luego te cuento lo que me dijeron. Yo hubiera podido sacarle la billetera a alguno de los clientes, pero se me hizo arriesgado. El asunto es que él podía salirse, pero ¿y yo? Le dije que me esperara en la esquina, a la vuelta del Banco de Comercio, ya vería cómo escapar. Si en cuarenta minutos no estoy ahí, le llamas a don Arcadio.

Iba camino del jardín, cuando la voz de Ámbar resonó atrás de mí; traía unos pantalones más pegados aún que le marcaban mucho el trasero y una blusita de flores. ¿A dónde vas? Ando buscando el baño, le contesté. Le dejé la caja y el dinero que llevo cobrado al Potranco. Y era cierto, el tal Potranco daba miedo, no me quería imaginar lo que les haría a los que no pagaban la cuenta o no entregaban lo cobrado. Pues yo te ando buscando a ti, Ónix de Fuego, te tengo una buena noticia: a don Herminio le gustaste y te quiere calar. ¿Y quién era don Herminio? Ámbar me señaló hacia el fondo: un viejito me miraba con ojos libidinosos desde una mesa. Es el subsecretario de Obras Públicas, no lo vayas a decepcionar. Benny Moré se había puesto a cantarle al oído a la Bandida «Mujer divina», acompañado de tres guitarristas, y ella entrecerraba los ojos, mientras todas sus «niñas» se atareaban con los clientes.

Me tuve que sentar a beber tequila con el tal don Herminio, que me toqueteaba con unas manos tembleques llenas de anillos. ¿Vienes de Tijuana, chulada, y qué haces por acá? Mejor me cuentas allá arriba, vente. Se paró con ayuda de un bastón que tenía en el mango una cabeza de caballo y lo agarré de la mano para llevarlo al cuarto del fondo que me señaló Ámbar. Allá arriba era como un hotel elegante, lleno de puertas detrás de las que se escuchaban gritos y gemidos. Tú me vas a hacer unas cositas que a mí me gustan, me avisó el vejete rebuscándose en los bolsillos del saco, traigo unos juguetitos, nos vamos a divertir mucho. Y sacó unas cadenas doradas y una pequeña fusta que parecía cilicio. Mangos, pensé, que se vaya a volar. Yo traía la Colt bien sujeta en el liguero, disimulada por el fondo; recé porque no la tuviera que usar. Entramos a la habitación y me fijé si había una ventana para escaparme por ahí, pero estaba tapiada. Le pedí al Herminio que se sacara los pantalones para verle su cosita y nada más los tuvo abajo le dije que ahora venía, que iba al baño a prepararme para él. Corrí por el pasillo hasta encontrar la puerta que daba a la azotea y me salí por la escalera de metal.

Subí y subí hasta el techo de la casa; arriba unos gatos armaban una escandalera tremenda. Las muchachas no estaban en sus cuartos, ocupadas en la cocina y en servir tragos. Me robé una chaqueta del tendedero y unos pantalones, también me arranqué la peluca y la metí al bolsillo; quería sacarme esa ropa lo antes posible, dejar de ser Ópalo de Fuego y hasta parecer hombre. Y sin zapatos me pasé a la azotea de al lado y a la de más allá. Sonaron por ahí unos disparos, pero no supe si vendrían del 247, yo a esa casa no regresaba ni loca; si antes me habían secuestrado, esto era bastante parecido a un secuestro, aunque durara de media hora en media hora a cien pesos. Ya con la chamarra y los pantalones tuve que meterme a una de las casas, porque no hallaba cómo descolgarme a la calle sin que se notara. Se oían ronquidos cuando bajé por la escalerilla de servicio, pero ya de camino al zaguán oí: ¡Juan, están robando la casa, saca el rifle! Y que el otro tarugo contesta: ¿cuál rifle? Hasta cerré de portazo al salir, de la risa que me dio. Traía la pistola en el bolsillo y pensaba echar un par de balazos para asustarlos, pero me dieron pena.

Traía los pies y las rodillas todos raspados cuando llegué con Mario a donde habíamos dicho. Estaba espantadísimo y me abrazó muy fuerte. Tendremos que buscar otro modo de averiguar lo que pasa, le dije, lo de los cabarets se me hizo divertido, pero esto de plano no me gustó. Le conté del tal Herminio y sus cadenitas. Imagínate, mi rey, ahí puras esclavas; de lujo, pero esclavas, eso no es vida para nadie. Dirá la Bandida que ahí no hay hambre, especialmente para los que comen de ellas y se las comen. Ser libre cuesta, espero que no haya tanto que sacrificar. Luego Mario me dijo lo que le habían contado las que invitó a la mesa. Ay, canijas, nomás ven uno guapo y se alborotan por partida doble, hasta soltaron la lengua de más.

Pero bueno, aquí le paro, ahora sí ya me cansé; con todas estas cosas voy a enflacar más aún y eso ya está difícil, ningún *show* me va a contratar. Además, ahora traigo la angustia de que no me ha llegado Juana la colorada. Yo pensé que no podría tener chamacos por lo que me pasó, nunca había tenido un susto como este. ¿Se lo diré a Mario?

17

El reloj sin números que cuelga a un lado de la puerta ya marca las siete y media. Y este viejo no se digna a irse. Más vale meter presión porque luego coger el tranvía con mil gentes es de locos, ¡tanto sobaco sudado! No se ponen a pensar en una. Claro, como a ellos no les agarran el tiliche, les da igual que a nosotras nos tienten las nalgas en plena hora pico. Carmelita se acomoda los lentes, la blusa, apaga el mimeógrafo eléctrico y se encamina a llevar su trabajo hecho. El primer y segundo paso le cuestan más con esos zapatos que se clavan en la alfombra marrón. Aunque lo interrumpa, mejor abrir la boca y ver por una. Así llama a la puerta, decidida.

—Oiga, licenciado, ahí lo buscan afuera; una joven alta le trae un regalo.

—¿A estas horas?

—Dice que lo espera porque es algo muy importante y no puede dármelo a mí. Le dejo los documentos mecanografiados sobre su escritorio, ya para su firma; acuérdese que mañana vienen de la Secretaría por ellos. ¿Se le ofrece algo más?

—No, Carmelita, váyase usted con cuidado. Solo dígales a los muchachos que se adelanten al Hotel del Prado, tengo cosas que hacer aquí.

Félix Calvario acomoda los papeles de su escritorio en orden de prioridad; saca un fajo de billetes de su bolsillo, los cuenta, anota la cantidad y los guarda con llave en uno de los cajones; es el último en abandonar las oficinas, para poner el ejemplo. Toma el portafolios, el sombrero, se acomoda el saco y sale al encuentro de esa mujer.

—Don Félix, qué placer me da conocerlo, por fin.

—¿Cuál es su nombre, señorita?

—Me dicen Lena, Lena Kovach.

—Mi secretaria habló de un regalo, ¿a qué debo el honor?

Calvario besa la mano de Esmeralda, quien lleva una peluca negra, un tocado de florecitas y una boquilla muy larga al estilo de María Félix en *Que Dios me perdone*.

—Yo soy el regalo —expresa ella con mucha coquetería.

La cara un tanto robusta del licenciado se pone colorada; se quita los lentes oscuros y ella repara en sus cejas tupidas y pestañas muy curvas. Tiene un mentón que es como si le saliera recto del cuello y a Esmeralda se le figura una de esas palomas que inflan el pecho durante el cortejo.

—¿A qué debo el honor? —Se afloja la corbata, muy donjuán.

—Vine a recogerlo, hay reunión en casa; doña Graciela manda por usted, es una sorpresa de cumpleaños. Todas las chicas lo extrañan, hace mucho que no nos hace el honor. La Malinche, la Obsidiana y la Torera dicen que ninguno las llena como usted.

—Ay, qué Bandida, se ha de haber confundido, faltan tres semanas para mi cumpleaños, pero tan jóvenes y bonitos regalos no se desperdician. —Y la toma del brazo.

Ella, muy altiva, alzando la ceja bien delineada y dándole caladas a su cigarrillo, le dice, misteriosa:

—Entonces, ¿me lo puedo robar?

Muy coqueta, Esmeralda baja las escaleras del brazo de Félix Calvario y no puede evitar fijarse en ese muro pintado de piso a techo, con un loro de ojos colorados vestido de general que habla ante un micrófono. Al bajar siente que se va a meter en esa escena repleta de máquinas sofisticadas y soldados mecánicos con máscaras de gas. Se marea y aprieta del brazo a su presa.

—Perdón, don Calvario.

—Llámame Félix, preciosa, y agárrate bien del pasamanos, no eres la primera a la que le pasa —y suelta una risita—; así lo quiso Siqueiros cuando lo pintó, hace once años.

La máquina del centro, que con sus tentáculos de pulpo produce monedas de oro llenas de sangre, la asusta al pensar en lo que hará en caso de que Calvario no coopere. O en caso de que sea el asesino de Katmandú. ¿Seré capaz?, se pregunta.

—Sí, es sangriento —interrumpe y la devuelve a la realidad—, pero así lo quisieron Siqueiros y Renau.

El líder le explica que la sangre de los trabajadores alimenta al pulpo monstruoso, como ocurre con la explotación del capitalismo. Y ella se pone más nerviosa al considerar lo amable y culto que puede ser un asesino.

En cuanto ponen un pie afuera del edificio de la calle Artes, Esmeralda le clava discretamente la pistola en el costado.

—Sígale caminando como si nada o le vuelo el hígado —dice con voz temblorosa. Félix Calvario cree haber caído en una trampa de los rompehuelgas del año pasado; ¡qué bruto!, se dice, caí redondito.

—Ya sé quiénes están detrás de todo esto —expresa, desesperado—, vamos a apoyar a quien nos indique el presidente, ya lo aseguramos.

—Ni se le ocurra pegar de gritos o lo dejo como coladera. Sígame.

—¡Licenciado! —escuchan ambos, Esmeralda no puede creer su mala suerte: justo se les acerca un tipo de chamarra—. ¿Cuándo puede recibirnos? Necesitamos hablar con usted. Le queremos hacer una propuesta.

—Dígale que lleva mucha prisa y camine rápido —alcanza ella a ordenarle.

—¡Fernández, qué gusto! Perdón, voy tarde, salúdame a los muchachos. —Y lo deja con la mano tendida—. Yo los busco.

—¡Pero nuestro asunto!

—Después hablamos.

Siguen de frente hacia un viejo y pesado Hudson que lleva un letrero ya borroso del Petit Théâtre con el dibujo de una foca equilibrista sosteniendo una pelota en la nariz y la caricatura de Arcadio Everest ataviado con sombrero de copa y guiñando un ojo. ¿Quiénes son estas gentes?, ¿serán lombardistas?, se pregunta él al entrar en aquel vehículo de circo.

El auto huele a grasa de taller mecánico, está sucio y los resortes de los asientos le hieren las asentaderas. Ella cierra la portezuela con mucha dificultad. El auto arranca.

—¿A dónde me llevan? —Tiene la boca seca.

—Vamos a dar un paseíto —responde el chofer, un sombrerudo que no se digna a mirarlo.

—¿Qué me van a hacer? Miren, traigo este reloj, es de oro, quédenselo; pero si me van a matar, que sea rápido, se lo suplico.

Esmeralda le pica las costillas con la fusca.

—Ponga el reloj aquí. —Le extiende uno de los muchos gorritos de niño con cintas de colores regados por el coche. La obedece y alcanza a ver unos ojos verdosos en el espejo retrovisor; una bufanda cubre la nariz y la boca del chofer.

—Mire, viejo feo, sabemos que usted mató a Katmandú —dice ella.

La mirada de Félix Calvario se ensombrece y el silencio se apodera del coche.

—¡Hable! ¡Confiese! —se exaspera el chofer.

—¿Cómo iba a matar a mi prometida?

Mario pisa el freno de súbito y la sacudida hace que la peluca y el sombrerito de Esmeralda se desacomoden. El motor se apaga. Félix alcanza a percibir que ni él es un buen chofer ni ella una buena secuestradora, pues con tal de acomodarse la peluca deja la Colt tirada en el suelo del vehículo. Después de regañar al misterioso chofer, la mujer recoge el arma para volver a apuntarle.

—¿Prometida? —pregunta Esmeralda.

—Sí, mi prometida, aunque no me creas.

—¿Cuándo se prometió con ella?

—¿Y por qué me preguntan estas cosas? Uno que trata de olvidar y resolver los asuntos del país.

Félix Calvario teme que cometan alguna torpeza. Está convencido de que el asesinato de Katmandú fue una jugada sucia de sus enemigos políticos. Más vale responder por el lado sentimental, a ver si estos jovencitos incautos se conmueven y lo sueltan:

—La vi bailar en el cine y le pedí a mi amigo Armando Silvestre que me la presentara, antes de que se fuera al gabacho para hacerla de apache en Hollywood. Enviudé hace seis años y, la verdad, Lirio ha sido la única después de mi mujer. Nos íbamos a casar en noviembre. Les juro que es verdad, no tengo nada que ocultar.

El auto da una vuelta muy cerrada en Reforma.

—¡Dijiste que sí sabías manejar, nos vas a matar! —reclama Esmeralda—. Tú sigue hablando. —Y le clava la pistola en las costillas.

—No soy un jovencito, voy a cumplir cuarenta y cinco, pero Lirio me hizo pensar que todavía no es tarde para formar otra familia. Como seguramente saben, tengo una hija de catorce años, las dos se llevaban muy bien, eran amigas. —La voz se le quiebra y los ojos se le inundan—. Lirio quería ser madre.

El hombre saca un pañuelo muy elegante y se suena la nariz de forma teatral. Se ve que no investigaron nada, estos son unos diletantes, ahora los lombardistas agarran a puro chamaco baboso, ¡y los arman, que es lo peor! Pero el licenciado Alemán los pondrá en su lugar, a ellos y a los idiotas del Partido Comunista, faltaba más.

—Apenas antier regresé a trabajar, me tomé todo este tiempo porque no me hallo, no soy yo mismo sin ella.

Su tristeza parece real, piensa Esmeralda, quien deja de apuntarle, un poco enternecida.

—¿Conoció a Palomino Ferrer? —pregunta Mario.

—¡No hombre! Ese estaba loco por ella, la mandaba vigilar. Lo suyo era enfermo. Cortaron hace meses, pero él no la dejaba en paz; iba a recogerla al Tívoli y cuando acabó temporada ahí, la siguió al Waikikí. No dejó de rondarla. Yo me moría de rabia, le mandé algunos mensajes para que la dejara en paz; ustedes me entienden, pero no hacía caso.

—Qué tal que usted mató a Palomino.

—Alguien se me adelantó. Ferrer era un hombre rico, pero impulsivo, muy soberbio. Aunque estuviera conmigo ella seguía haciéndole caso, cayendo en sus chantajes. Varias veces la amenazó de acabar con su carrera. Yo le ofrecí a Lirio un camino distinto, estable, lejos de esa vida. Y al principio no se decidía, estaba envuelta en ese mundo cochino de la farándula y el vicio. Aunque al final me eligió a mí.

—¿Cómo sabemos que está diciendo la verdad?

—No tengo por qué mentir.

—Pero usted también se quería apropiar de ella, igual que Palomino —casi grita Esmeralda, quien comienza a comprender a Katmandú, acorralada en esos dos frentes: si aceptaba al empresario habría vivido atormentada por sus celos; en cambio, con Félix Calvario, sería un lindo trofeo de cacería encerrado en una jaula de oro. Todo tiene un precio, se dice. Y la deuda que pagaría Katmandú por ser esposa y madre era no volver a bailar, no pisar los escenarios. Recuerda cuando Ovidio la ayudó a salir de la cárcel y le sugirió afiliarse a un partido en vez de aceptar su deuda, qué bueno que ahora no la reconoció disfrazada. Los hombres siempre quieren algo a cambio, ¿qué querrá Mario? Es algo que no acaba de entender y es lo que más la intriga.

Mario siente un calor que le burbujea, es una sensación febril, parecida a las veces que le gana la rabia, y sin realmente querer, lanza puñetazos, a ver a dónde lo llevan, a dónde más lo arrastran, pero siempre se asusta. Le da miedo que su amor por Katmandú sea algo como lo de esos dos hombres: poseerla. Ahí está mi verdadero delito, se dice. Esa es mi culpa, entre otras tantas. Poseerla. ¿Y en la muerte? Al menos con la verdad o un pedacito de ella, se contesta.

—Ustedes se ven buenas gentes, chamacos; yo era igual a su edad, así de arrebatado; no los voy a acusar, porque se ve que querían tanto a Lirio como yo.

Esmeralda piensa que Calvario habla idéntico a Arturo de Córdova.

—Pues te duró muy poco el luto, ¿no? —le espeta Mario.

—Usted de aquí no se baja hasta que nos responda todas nuestras dudas.

—La Márgara —lanza Mario.

—¿Qué con ella?

—La policía quiere acusarla de cómplice, ¡hable!

—Lirio ya no la quería cerca, cada vez se metía más en su vida; no como una amiga, sino como otro amante, y la espiaba. Lirio y yo suponíamos que Palomino le pagaba muy bien por eso y ella creía que yo era uno más de los admiradores de Lirio, nunca nos vio realmente juntos.

—No le creo nada, nunca lo vi a usted por el Waikikí —gruñe Esmeralda.

—Nos reuníamos en secreto solo dos o tres veces a la semana en el Hotel Imperial. Incluso menos, siempre había cenas y fiestas a las que ella tenía que ir o ser anfitriona. El año pasado estuvimos más de un mes sin vernos cuando ofreció unos *shows* en Tijuana.

Mario se la imagina bailando desnuda, destilando sabrosura en un cabaret muy *high* con paredes de plata, lleno de gringos recontentos con fajos de billetes verdes en la cartera y manos sedientas. La visión lo entristece.

—¿Cuándo empezó su romance con Katmandú? —pregunta Esmeralda.

—Hace ocho meses apenas, cuando regresó de Tijuana y le propuse casarnos. Antes éramos amigos, hace más de un año que la conozco.

—¿Y por qué los vieron pelear? —suelta Mario, todavía incrédulo.

—Por Palomino, yo… —Y guarda silencio llevándose una mano a la frente.

—¡Hable!

—Fui injusto con ella, la presioné mucho a decidirse, yo no sabía cómo es este mundito del teatro, con tantos admiradores. Le exigí pruebas de su cariño. Me impacientaba, fui muy injusto. Pero la quería y ahora estoy solo otra vez.

Todos querían algo distinto de ella, piensa Mario. Unos la querían santa; otros devorarla, como Palomino y la Márgara. Y este la quería de esposa.

—¿Usted le regalaba las muñequitas chinas?

—¿Cuáles muñequitas?

—Las últimas semanas antes de que la mataran, Katmandú recibió unas monas de porcelana.

—De eso no sé nada, seguro se las mandó Palomino.

—No —responde Mario—, nunca traían dedicatoria, y ella decía que se las mandaba él.

—Y la última tenía un kimono negro —agrega Esmeralda.

—Otro admirador secreto —propone Félix, sintiendo que lo de Lirio fue como un hoyo negro del que se tiene que alejar, como le recomendó su médico: tiene que buscarse una gringa en San Diego, alguien de caché para que sea la madre de su hija. ¿En qué estaba pensando al enamorarse de una cabaretera?

Un admirador como yo, se dice Mario. Y yo, ¿qué quería yo de Katmandú? Verla, solo deseaba verla bailando, quizás en esos momentos era cuando resplandecía más; iluminada por los reflectores, entregándose a los exóticos djembés; ahí no era de nadie.

—Oigan, ya que me pasearon y les dije lo que necesitaban, seamos civilizados, por lo menos llévenme al Hotel del Prado, no estamos tan lejos.

La imagen de Katmandú en el escenario, los aplausos, el mambo, las bailarinas, los vestuarios, todo se difumina como si hubiera sucedido en otro tiempo, uno mejor. Mario se desespera:

—Algo más debe saber, desembuche.

—Pues fuera de quién será nuestro candidato presidencial, no sé nada más; tengo una reunión muy importante con los líderes de la CTM, está en juego el futuro del país, muchachos; yo sé que ustedes son muy gentes.

—¿Qué no era Casas Alemán? —pregunta Esmeralda.

Calvario se queda callado, habló de más.

—Mario, date la vuelta por aquí, vamos a dejar al señor.

—Pero…

—No nos cuesta nada, él no la mató.

La certeza de ella lo irrita y en un instante le entran unas ganas sabrosísimas de contradecirla, y nada más por eso, le suelta:

—¿Te consta? —Esmeralda se queda callada. —¡Pues usted se tragó mi cuento de la Bandida! —le grita a Calvario—. Según la quería mucho, pero se pasaba la noche con putas finas, ¿a poco pasarse las noches a toda madre en un burdel es tenerle respeto a su prometida? La Obsidiana me dijo que a veces iba a la calle de Artes a darle algún servicio. ¡Y que usted es insaciable!

Calvario lo mira con lástima.

—Muchacho, seguro no sabes lo que es ser hombre.

Mario se turba y enfurece. Calvario se da cuenta de que lo ha provocado y rápido trata de salir del atolladero.

—No quise decir eso. Graciela y su lugar son muy importantes: todos los políticos chingones, los meros pilares del país, van con ella. Ahí arreglamos los negocios más gordos; cerramos acuerdos, mandamos mensajes. En esta lucha política hay que andar bien buzo, es cuestión de ponerse águila. No tienes idea de quién es Graciela, además es mi amiga. ¿Te doy un buen consejo? Nada se puede hacer en México si no tienes buenos padrinos. Ustedes se ven muy inocentes, no sé en qué anden metidos, pero cuenten conmigo.

—A usted Katmandú no le importa nada —le escupe Mario.

—Mira, lo único que tengo para demostrarte mi amor por Lirio es mi palabra, no tengo nada más; y yo soy hombre de palabra.

Lo dice con tanta convicción que, si había un remanente de duda, se disipa. Esmeralda por fin guarda la pistola en la bolsa. Las luces de los faroles y las de los autos son heridas por unas gotas pequeñas que entran como flechas por la ventana abierta. Al fin están en Juárez frente a ese hotel con amplísimas ventanas de luces encendidas. Cuánta gente sofisticada debe estar ahí justo ahora, piensa Esmeralda.

—Bájese con cuidado —le indica Mario.

—Espero que encuentren al culpable, la policía o ustedes.

Antes de salir le pellizca la barbilla a Esmeralda:

—Gracias, muñeca, ya sabes dónde encontrarme.

Ella solo ve las letras del Trans-Lux Prado encendidas. Mario vuelve a arrancar, celoso de esa ardorosa mirada de Esmeralda, según él, dirigida al hombre sin cuello y lentes oscuros que la llamó muñeca. Le habrá gustado el viejo, igualito que a Katmandú. Qué mal gusto tienen a veces las mujeres, se dice, y en eso está cuando ve a un niño solitario cruzando en el semáforo. Su rostro le es muy familiar, el pantalón le queda grande y no se ve muy limpio. Sí, es él, el niño que de repente aparecía en la puerta del Waikikí con las cajas de las muñecas.

—¡Ey! ¡Niño! —le grita, desesperado, luego de frenar bruscamente. El coche de atrás por poco le pega y se arma la carambola. Los pitidos no se hacen esperar—. ¡Niño, ven acá!

El pequeño sale corriendo. El semáforo está en rojo y el susodicho aprovecha para seguirse de frente. Mario presiona el acelerador mientras lo ve meterse por Dolores. Lo sigue, evitando atropellar a la gente.

—¡Frena! —grita Esmeralda al ver a un gato cruzando la calle. El Hudson vuelve a quedar apagado.

—Ya se nos escapó este escuincle —dice Mario, mientras trata de volver a echar a andar ese armatoste tan difícil de mover como su conciencia—. ¡Ve por él, síguelo!

Esmeralda lo observa.

—¡Hazlo! ¡Es el niño de las muñequitas! Yo ahora te alcanzo.

Ella lo mira confundida, incrédula de que le esté gritando de esa manera.

—¡Bombón, por favor ve y síguelo! Ándale, es la única pista que queda.

—Así sí —le dice ella alzándole el índice, y se baja rápido del auto para echarse a correr tras el niño.

A ver, Mario Lucio Hernández, concéntrate. ¡Tan rápido que lo encendió la Márgara! Pero por más que lo intenta, al sacar el *clutch*, no da con la sincronía caprichosa del motor y vuelve a apagarse. Al fin logra meter la velocidad y continúa por Dolores hasta Luis Moya. Ahí detiene el coche, pues Esmeralda se pierde en el callejón de Dolores. La espera vuelve a ser infinita. Hay poca gente en la calle, pero se cuelan ruidos más allá del motor en marcha. Se baja a limpiar a conciencia las diminutas gotas en el parabrisas con un gorrito de franela abandonado en el auto. Esmeralda aparece.

—Vámonos, ese callejón está oscuro y hay gente rara.

—¿Y el niño?

—Mañana volvemos temprano a buscarlo, ya sé dónde se metió, ahorita nada más lo vamos a poner nervioso. Está lloviendo, tengo hambre y hay que devolverle los trajes y las pelucas a Ricardo. Don Arcadio nos prestó el coche hasta mañana.

Esmeralda piensa que no tienen nada, todo es prestado en esta vida.

—La Márgara va a querer que le contemos, ¿se lo decimos?

—Esto último del niño, no, hasta no saber si es un camino y si ella es de fiar, fue raro lo que nos dijo Calvario, y súmale lo de la feria. Mañana volvemos —propone Esmeralda mientras se quita la peluca en una clara protesta a toda esa búsqueda desquiciada que, como si fuera un vicio, no pueden parar.

18

Caímos como piedras en la cama. Yo solo pensaba: que amanezca para ir a pescar del cogote al mocoso y sacarle la sopa, que confiese quién le mandaba los regalos a Katmandú. Mario lo recordaba clarito trayendo esas muñecas chinas con su cara de yo no mato una mosca, soy nomás un mandadero. Pero bien que asomaba el pescuezo en la puerta a ver qué alcanzaba a mirar; todos los hombres desde chiquitos son unos calientes. Esas monas me empezaron a parecer muy siniestras, hasta había soñado con la que me miró en el clóset donde me encerraron. Canijo chamaco, ese debía saber algo, cómo no lo habíamos pensado. Si no eran Palomino ni Calvario los que mandaban las muñequitas, ¿quién?

La luz amarilla de un farol se colaba por la cortina que medio tapa la ventana de nuestro cuarto. Veía yo el perfil de Mario en la penumbra y le acariciaba su pecho lampiño. Él me decía, desesperado: solo tenemos una pista y nada más, a lo mejor es perder el tiempo, pero de verdad no te quiero arriesgar. Es nuestra única salida, le contesté, no tenemos de otra. Yo puedo hacer esto solo, me insistió; también es lo único que le puedo dar ahora a Katmandú. Y se le escurrió una lágrima lenta, lenta, de la comisura del ojo hasta la de la boca. La recogí con mi lengua y lo besé, pero se quedó dormido.

Yo no sé si la china merece algo a estas alturas. Y si algo merezco yo, es que mi bombón se apacigüe, que la olvide y me quiera solo a mí, yo lo acepto con todo y sus detallitos raros. La verdad es que las palabras de Calvario me conmovieron: a pesar de todo, él se quería casar con ella; para las mujeres como nosotras, eso sería mucho, aunque nos peguen, casarte siempre te da un lugar. Si andas sola no eres nadie o eres de todos, y no cualquiera se atreve a seguir el camino por su cuenta, no es tan fácil. Por eso le dije a Mario que lo dejara en el Hotel del Prado; un hombre así, que no nos vea como frutas magulladas, no ha de ser fácil de encontrar, y merece vivir. Bueno, de cualquier forma, el plan no era escabechárnoslo, a menos de que resultara el asesino, y qué bueno que no resultó. Quién sabe si me hubiera atrevido a dispararle, se ve que es poderoso; no le acabábamos de dar miedo.

Nos levantamos muy temprano; teníamos hecho el plan de buscar a ese niño en el edificio de la calle de Dolores. Nada más clareó tantito y ya estábamos listos, medio bañados a cubetazos porque se fue el agua del baño de la azotea. Mario quería que devolviéramos primero el coche de los enanos, pero yo le dije que mejor después; total, no creo que don Arcadio fuera a dar función en esa carcacha. Lo estacionamos en San Juan de Letrán, lejos de Dolores, para no asustar al niño por si reconocía las letras del Petit Théâtre, y caminamos. ¿Pero por qué te tienes que pintar tanto?, me preguntó Mario. Esta vez me dolió: según yo me había dado una manita de gato muy rápida, solo para él. Porque esa calle está llena de pirujas y así me confunden, le contesté muy despechada, no todas son finas como las de la Bandida. Le pregunté si no se le había olvidado la pistola, ahí la traía. La mía estaba bien acomodadita en mi bolsa de chaquiras.

Las casas y los edificios se veían muy maltratados, con la pintura gris y descascarada. Afuera olía a orines: a saber qué habría al fondo del zaguán oscuro. Alguna vez me contó Ricardo que en esas calles la gente apuesta y hay fumaderos de opio, ¿será? Gladiola nos chismeó una vez en el camerino que por esos rumbos una bola de borrachos había abusado de una de las ficheras y la dejaron como santocristo, me impresioné mucho.

En la esquina del callejón vimos un café muy pobrecito; lo atendía una señora de ojos rasgados que a duras penas hablaba español, más al fondo, una lavandería. Pedimos nuestro lechero y nos quedamos callados, cogidos de la mano como si fuéramos unos tórtolos pecadores recién salidos del hotel. Del edificio empezaban a brotar hombres adormilados y mariposas de cuarta; una señora de mandil le echó un cubetazo a la acera y empezó a frotar y barrer. Yo bostecé; ay, Mario, se me hace que a ese chamaco nomás nos lo inventamos, no aparece. Capaz que es otra pista falsa, ¿estás seguro de que era él? Seguro, me dijo, él me entregaba a mí las muñecas, me acuerdo muy bien de su cara. A alguna hora tendrá que salir a un mandado, paciencia. Tuvimos que pedir unas enchiladas para que la señora del café nos dejara de mirar raro; la lavandería abrió y empezó a oler a humedad.

Me dieron ganas de ir al baño. La señora no me entendía cuando le pregunté dónde estaba; era una covacha muy sucia al fondo, pero no me pude aguantar de la chis. Estaba haciendo cuando golpearon muy fuerte a la puerta: ¡ahí voy!, grité, pinches chinos. Pero no era ningún chino: era Mario apurándome porque el mocoso acababa de pasar enfrente del café. Todavía lo vimos en la esquina. ¡Niño!, le gritó Mario, ¡oye, niño! La sabandija volteó y al vernos se echó a correr. ¡Canijo chamaco! Con todo y los tacones pude correrearlo sabroso, casi le pesco la chamarrita mugrienta, pero que se mete al edificio otra vez. Mario y yo entramos tras él: hedían los pasillos, quién sabe qué hierbas o pócimas se cocinan en esos lares. Pasillos vacíos que daban a otros y a más escaleras polvorientas alrededor de un patio al que apenas entraba el sol, cuartuchos donde la gente dormía, fumaba quién sabe qué y hasta se chingaban como animalitos. Me acordé de los túneles en casa de doña Alberta, pero este laberinto era enorme, infernal, como si antes hubiera habido cuevas y el edificio solo las tapara. No dejábamos de oír los pasitos del engendro, para arriba y para abajo; no es por nada, yo tengo un oído muy fino. Y de repente, ¡tras! Una puerta se cerró sobre nuestras cabezas. Nos quedamos callados, mirándonos. Mario señaló con su dedo hacia arriba, le sonreí y subimos por la escalera, ahogando el ruido de nuestros pasos.

Ahí estaba la pulga, espiando el corredor a ver si veníamos. Mario y yo casi le brincamos encima y empujamos la puerta flanqueada por dos macetas con plantas secas. No, no, susurró el niño a punto de llorar; parecía como si tuviera miedo de llamar la atención de los vecinos. Entramos y yo cerré la puerta de inmediato. A ver, chamaco, no te espantes, siéntate, le dije. Era un cuarto muy pobrecito, casi tan chico como el nuestro de la azotea, que para variar olía a rayos, a comida e incienso. Estaba muy en la penumbra, con las cortinas corridas; junto a un sillón desvencijado, un montón de ropa. Del otro lado, una mesa, un banco largo, un burro de planchar y una parrilla de gas. El fregadero estaba lleno de trastes. Qué asco. Al fondo había dos puertas. El chamaco se sentó, temblaba de terror y me dio pena. ¿Deveras es este?, le pregunté a Mario. Mario asintió.

No te vamos a hacer nada, le insistí, solo queremos saber unas cosas. Nos rogó con los ojos que bajáramos la voz, como si tras una de las puertas hubiera alguien. Mario se acercó sacando el pecho muy valiente, qué guapo lo vi en ese momento. Sacó la pistola y abrió de una patada la puerta que tanto miraba el chamaco. Lo vi ponerse tan pálido que me fui a asomar: atrás había un cuarto con un altar, o eso parecía, lleno de farolitos chinos, Budas de todos tipos y una foto de Katmandú muy jovencita, vestida de fiesta. Mario me había contado que le encontraron en su ropero de la pensión unas fotos de ella, me imagino que eran como las imágenes de vedettes en los talleres mecánicos, pero esta no era de ese estilo; se veía muy decente. En el piso había un bulto sobre una colchoneta, tapado con una cobija gris. De repente surgió entre los pliegues una cara oriental, entre furiosa y sorprendida, no sabría decir. Yo lo veía todo en cámara lenta de la impresión. El tipo se levantó de un salto. Era un hombre muy flaquito, pero muy ágil; sacó una navaja y se nos echó encima, nosotros nos apartamos y él siguió de largo hasta salir por la puerta hacia el pasillo. Corría como una cucaracha, era impresionante. Yo lo seguí y Mario lo apuntó con la pistola, ¡alto! Entonces el tipo se dio la vuelta, me pescó por el cogote y me puso el cuchillo en el cuello. A mí no me hacen esas cosas. Mucho cuchillo, pero yo le encajé el tacón bien fuerte en el zapato, le di un codazo y me zafé. Entonces Mario disparó, pero el tipo saltó por el barandal.

No sé a dónde quería saltar, porque no le atinó: se dio un santo trancazo con el piso de abajo y quedó sin poderse mover. Yo creo que se rompió un hueso, o varios. Aullaba y pegaba de gritos: «¡Banchú, banchú!». Quién sabe qué era eso. Toda la gente salió de mirona: niños, señoras en bata, viejos que hablaban en chino y nos señalaban, nosotros no entendíamos nada. El niño se echó a llorar desconsolado; me llenó de mocos la blusa, pero no me pude aguantar de abrazarlo. ¡Se veía tan perdido, tan solo! Un poco como yo, cuando llegué del pueblo a la capital.

Nos atrevimos a bajar con mucho cuidado, la gente se apartó. Yo temblaba también, no podía ni sacar la pistola que se me enredaba en la bolsa y rompí unas cuantas chaquiras, lástima. El chino seguía berreando y retorciéndose, no se podía levantar. Mario se agachó y lo empezó a sacudir por la solapa. ¿Quién eres?, ¿por qué la mataste?, le gritoneaba, y el otro no hacía más que soltar aullidos de dolor. ¡Contesta!, insistió Mario, ¡contesta o aquí te quedas!, ¿por qué lo hiciste? Y el otro daba puros gemidos. Mi bombón le dio un trancazo en la quijada con la pistola, hasta a mí me dolió cuando salió volando la sangre y luego escupió un diente. ¡Dilo! «Pantu», susurró el chino, temblando y sudando. ¿Qué habrá querido decir con eso? El niño y yo mirábamos todo lo que ocurría abrazados, yo me moría del susto, pero con mi pistola mantenía a raya a los mirones que se nos iban acercando calladitos, calladitos. De repente Mario se puso de pie y le apuntó. Aquí te quedaste, maldito. ¡Espérate, no lo mates!, le grité, ¡no seas salvaje!

Le traté de detener el brazo y mi propia pistola se me resbaló de la mano por el sudor; un hombre se acercó a arrebatármela, pero en esas se oyó una sirena. La gente se esfumó. Mario me volteó a ver con una ira que no le conocía. Gracias, me dijo, todavía temblando de rabia. Con los policías apareció un fotógrafo; yo me tapé bien la cara con mi bolsa, no quería salir en los periódicos así, pero Mario sacó el pecho; estaba hirviendo de rabia, nunca lo había visto así. A empujones nos subieron a la patrulla; al tipo se lo llevaron en una ambulancia. Vimos que entraban al edificio a sacar a los chinos, porque eso les gusta, agarrar a la gente y maltratarla, sin que la deban ni la teman, pero todos los habitantes del lugar habían desaparecido. No hay nadie, mi comandante, está desierto; quién sabe por dónde se escurren estos, dijo uno de los cuicos.

Ni crean que se van a librar como la vez pasada, ora sí nos van a contar qué tienen que ver ustedes con todo esto, ya me tienen harto, nos dijo Zetina allá en la estación. La secretaria armaba un escándalo con su máquina de escribir y el piso del despacho crujía de tantos reporteros que entraban con cualquier pretexto, dizque a buscar a otras personas. Le aseguramos que el chino había tenido que ver con el asesinato de Katmandú, pero no nos creía o no nos quería creer. El chamaco nomás lloraba y lloraba en un rincón. Un policía gordo iba a darle un zape y de repente sonó clarito su voz: no la mataron ellos, señor, fue el señor Li. Muy atropellado contó que ese tal Li lo tenía secuestrado, lo obligaba a llevar y traer cosas, lo seguía y vigilaba por toda la ciudad, y le había dicho que si no obedecía iba a matar a su hermana.

Por favor déjenme llamar a mi hermana, nomás le aviso que estoy bien, que aquí estoy, pa que me pueda visitar en el tambo. Tú no vas a ir al tambo, le dije, y estos señores te van a llevar con ella, ¿verdad? Los policías seguían mudos, Zetina se rascaba la calva. Mejor llévenme ustedes, me contestó el niño. ¡Eso si los soltamos!, gritó uno de los policías, no sabemos qué andaban haciendo en ese edificio y en otros lugares donde los han visto merodeando. El comandante Urrutia...

Todos se quedaron callados al escuchar el nombre de la autoridad, pero la voz del niño los interrumpió, brillaba como un rayito de sol. Ellos no fueron, señor, verdad de Dios, gritó, yo estaba con el señor Li la tarde que nos colamos al cabaret y agarró a la chinita sola, se habían quedado de ver porque ella le iba a dar mucho dinero. Él le dijo no sé qué en chino y ella le contestaba que no, que ya no. Se pelearon delante de mí; ella le aventaba cosas y él la agarró con fuerza. La chinita se veía muy arreglada y él le rasgó su ropa como si se la quisiera quitar. Yo le grité que la dejara en paz, pero me empujó, caí de espaldas y le disparó frente a mí. Zetina se quedó muy pensativo. ¿Y qué hizo tu chino con la pistola con que mató a Katmandú? Me obligó a echarla en una coladera de Tlatelolco, frente a la iglesia. Godínez, jálate a buscarla, ordenó Zetina.

Nosotros no tuvimos nada que ver, insistió Mario, solo queríamos lavar nuestros nombres. Y mire a este pobre chamaco, lo libramos de ese engendro. Menos mal que no dijo nada de que le debía a Katmandú la verdad y esas cosas, porque sonaría como un maniaco. Yo me mantuve bien callada esta vez, y no dije nada del secuestro ni del tipo que nos seguía, el de la gran gabardina. Eso me hacía mucha mosca, estaba segura de que el chino Li no estaba en ese lugar: ¿serían policías los que me encerraron?, ¿pero y qué hacía ahí esa muñeca? Imposible saber; lo importante era que estaban a punto de dejarnos tranquilos, así que cerré la boca. Solo le di una patada en la espinilla a un policía que me quiso meter mano, aprovechando el rebumbio. A otro le dije bien bajito, pero claro: si te me acercas, te entierro las uñas en los huevos.

Zetina nos dejó ir cuando Godínez encontró la pistola, cuatro horas después. No le bastó con la fotografía de Lirio en el callejón de Dolores y el siniestro altar. Además, con tanto reportero metiendo la nariz en la comandancia, la noticia ya corría por la ciudad. El testimonio del chamaquito, que se llama Mirlo, había sido como una bomba y ya se aprestaban a interrogar al chino en el hospital, donde lo habían ingresado para enyesarlo o lo que le tuvieran que hacer. Afuera del juzgado había más periodistas, preguntando y tomando fotos. Zetina nos había prohibido que diéramos entrevistas hasta que la policía presentara su versión «oficial». Les dijimos que luego iríamos a visitarlos al periódico, ahora me urgía ir a descansar un poco. Nos habíamos quitado un gran peso de encima y me sentía como cuando acababa de hacer el *show*, solo me faltaban los aplausos. Además, no quería volver a salir en primera plana con semejantes fachas.

Les ofrecimos a los policías llevar a Mirlo a su casa en un taxi; como había tanto rebumbio, nos lo permitieron. Pasamos a la azotea para darle de comer al niño y que nos contara qué tanto significaban esas muñequitas. No era Palomino el que se las mandaba, creemos que ella decía eso para despistar. Ese Mirlo revoloteó por todo nuestro cuarto durante dos horas, no había manera de calmarlo. El pobrecito se moría de hambre y todo lo que le di se lo devoró: tres tamales, dos enfrijoladas, un plátano y atole de guayaba. Apenas once años cumplidos y no tiene llenadera el chamaco. De las muñequitas fue muy poco lo que supo decirnos, excepto que el día en que llevó la muñeca del kimono negro lo hizo temblando, pues temió que su captor hiciera algo terrible. El chino Li le daba órdenes prácticamente a señas y cinturonazos; con eso se hacía entender, además de las amenazas para las que se valía de la foto de su hermana y su dirección. De dónde venía ese odio a Katmandú, es un misterio, pero seguro que Zetina con sus métodos cariñosos pondrá a cantar a ese chino hasta en francés.

Para distraer al pobre Mirlo de sus horrendos recuerdos, prendí la radio y lo saqué a bailar conmigo «La cocaleca»: pues así, chaparro como es, sabía menearse con patitas de alambre, el bracito levantado y toda la cosa. Le hice un gorro de periódico y se bajó los pantalones, idéntico a Cantinflas, deteniéndolos con un mecate, casi me mata de la risa verlo contonearse. Mario nomás se nos quedaba mirando, quién sabe qué pensaba, yo la verdad me hice ilusiones de que el chamaco se quedara con nosotros. En esas se fue la luz y Mario se espabiló: ya vámonos, flacucha, nos van a volar la carcacha y qué le explicamos a la Márgara.

El coche de don Arcadio seguía estacionado en San Juan de Letrán. Por suerte no le habían robado nada, a menos que fueran los resortes salidos de los asientos que se te clavan en las nachas al sentarte. Atorada en el parabrisas con el único limpiador que servía, nos encontramos una multa y ocho anuncios de reparación de refrigeradores, pero fuera de eso estaba igual que como lo dejamos. Mirlo se subió todo ilusionado con el letrero del Petit Théâtre y los gorritos, así de jodido está el pobre que esa lámina descarapelada le despertó las ganas de ir al circo. A mí me llenaba de ternura; si yo pudiera, lo llevaría a pasear los domingos a Chapultepec. Casi se me parte el corazón cuando le llamó desde una esquina a su hermana para decirle que estaba bien y que ya lo llevábamos a su casa; de camino hasta Peralvillo, sacaba la cabeza por el vidrio y se le salían los ojos de las ganas de correr hacia allá.

Apenas llegamos a la esquina y Mirlo ya se había bajado a tocar en la puerta de una vecindad muy vieja: ¡chamaco del demonio, dónde te metiste!, oímos que alguien gritaba. Y luego llanto y berridos. Llamé a Mirlo para preguntarle si estaba bien. Yo me iba a bajar a entregarlo, pero Mario me quiso callar: ya no te encariñes más. No me aguanté ni le hice caso y me fui a buscarlo. La hermana le gritaba: ¿para qué regresaste?, ¡como si no tuviera chamacos que cuidar y ahora tú! ¡Mirlo!, le grité. Al verme, la hermana lo tomó del hombro y lo jaló hacia ella. Me vas a tener que ayudar, le dijo más suavecito, ahora sí no te andas escapando. Mirlo me volteó a ver, pero no se vino conmigo. Bajó su cabecita y se metió a la vecindad, diciéndome adiós con su manita. Un día lo voy a ir a buscar, por qué no, solo para llevarlo a una feria o al circo. Cuando tenga dinero, me canso que me atrevo. Además, en la noche me vino el periodo, tendré que seguir aguantando a santa Juana la Colorada, pero es un alivio.

Don Arcadio se puso muy nervioso cuando llegamos: revisó su carcachita como si fuera un Mercedes Benz, con todo y que lo habíamos encerado con Opaline, pero al final quedó satisfecho. Habían visto la noticia en el periódico de la tarde y tenían la ilusión de que irían los periodistas a entrevistar a Margarito, eso nos dijo Ramiro mientras nos invitaba a pasar. Yo la verdad no me hago a la idea de que la Márgara es hombre, y eso que ya le creció una piocha medio rara en la barbilla. Estaban sentados en la sala y tomaban coca cola con popotes de rayas en unos vasitos. Pensé que nos recibirían como a héroes, pero la Márgara nos empezó a gritonear, furiosa: ¿por qué no le dispararon al cabrón? ¡Sigue vivo!, y agitaba las manitas hacia la lámpara de flores, ¡lo vi en el periódico, sigue vivo! Pero Márgara, le preguntó Mario, ¿quién es ese tipo, por qué la mató? ¡Debe ser un enfermo, un enfermo, exclamó don Arcadio, como el que amenazaba a Rose of Sharon! ¿Te acuerdas? ¡Otra vez esa mujer!, contestó su esposa y se puso a dar pasitos por el cuarto, ¡nunca la vas a olvidar! Yo, una vez sentada, no me podía ni mover, sentía que, si me levantaba, rompería algo de tanto trastecito esparcido por ahí. Nos habían ofrecido té o refresco, lo que yo quería era un tequila.

Márgara se dejó caer en el sofá, derrotada, con las manos en la cara; de repente lanzó un sollozo: una vez Katmandú me dijo que un chino la había comprado, pero pensé que era un invento. ¿Comprado?, preguntó Mario todo inquieto. Sí, decía ella, tengo que cumplir, porque ya estoy comprada. Mario y yo nos miramos: yo creo que a los dos nos vino a la mente el chino del que habló la mamá de Katmandú en el velorio, el chino de Tampico. ¡Era Li! La Márgara se sonó la nariz y siguió: yo pensaba que lo decía de broma o con tal de presionar a Palomino y que ya dejara a su esposa por ella o algo así. Pero Katmandú era muy bromista, muy fantasiosa, inventaba cada cosa que… Se le cortó la voz y se levantó muy macha o muy macho. Denme una pistola, lo voy a ir a matar. ¡Margarito! Compórtate. ¡No vas a ir a matar a nadie!, gritó doña Minerva. ¡Pero si está en la cárcel!, exclamó don Arcadio, ¿te imaginas? No nos harían la entrevista. Don Arcadio se atusó los bigotes y nos miró como si fuera un actor famoso:

deben saber que yo, Arcadio Everest, le voy a contar la verdad a la prensa, todo lo que Margarito ha sufrido por ser como es y lo que significa vivir en el loco ambiente artístico. Se sufre y se disfruta, claro, como nos pasó de gira con el Petit Théâtre aquella vez en El Paso. Ay, Dios, ya iba a empezar otra vez. Yo me levanté por fin y dije: nos vamos.

Creo que a Mario no le gustó que cortara tan rápido la visita, pero el tequila se me antojaba en serio y estaba harta de hablar de Katmandú. Le insistí en que nos fuéramos a tomar algo. Él me contestó que a las cantinas no dejan entrar mujeres. Ya lo sé, baboso, ni perros, ni músicos, ni uniformados. Para ir a un cabaret como El Burbuja no nos alcanza. Total que pasamos a comprar una botella y unos limones a la tienda, y nos encerramos en nuestro cuchitril. Pusimos la mesita junto a la ventana que daba a la calle y nos sentamos ahí a brindar, comer cacahuates, mirar la luna. Era el chance de ponernos románticos, luego de todo lo que habíamos vivido. Desde que nos fuimos a los cabarets, Mario criticaba mi forma de vestir y ya no me agarraba la mano tan seguido. ¿Serían puras fantasías lo que yo tengo con él?, ¿la muerte de Katmandú lo había decepcionado de las mujeres exóticas?

¿En qué estás pensando?, le pregunté por fin. Me acuerdo de Yuxtle, me contestó como si despertara de un sueño, de mi pueblo. Por la ventana entraba la voz de un borracho que cantaba «Angustia» allá en la calle. ¿Extrañas tu pueblo? Cómo no lo voy a extrañar, me dijo, Yuxtle es pequeño, pero muy bonito, muy ordenado, con su plaza y su kiosco; en las panaderías hacen unos buñuelos que nunca he visto aquí. La verdad, extraño mi infancia. Y me contó de su casa, humilde pero limpia, la secundaria donde estudió y su trabajo en el telégrafo. Yo suspiré, me imaginé que regresaba conmigo a su pueblo, y él diciendo: mira, mamá, te presento a Esmeralda, mi prometida. ¡Cuánta tontería! Eso no iba a pasar jamás, solo en las películas. Le di un buen trago a mi caballito y, por no dejar, le solté: me gustaría conocer Yuxtle, nunca he salido de la ciudad. Pura mentira… Él siguió contando del calor que hacía en agosto, los árboles de durazno y tejocote que regaban la fruta en las aceras.

Oye, Mario, y si es tan bonito tu pueblo y tienes ahí a tu familia, ¿qué haces aquí en el Defectuoso? Quiero decir, aquí pura perdición, puro pecado; sabroso, pero pecado. Yo ya sé que me voy a ir a rostizar al infierno, ¿pero tú? Mario se me quedó mirando de golpe: híjole, Esmeralda, no sabes de lo que soy capaz. Me dio miedo, conociendo cómo se pone con los puños cuando se le sube la sangre a la cabeza. ¿Pues qué hiciste?, ¿mataste a alguien allá? Bajó la mirada: robé la caja del telégrafo. Cinco mil pesos. No era poco dinero, en un pueblo rabón debía ser una fortuna. ¿Ya ves que sí eres bueno para el pellizco? Aquí te las das de santo, pero tienes tus mañas. ¿Y por qué llegaste tan pobre a la capital? Seguro que te los gastaste en exóticas. Mario me miró furioso: no todos somos basura, Esmeralda. Faltó que añadiera «como tú». No lo dijo, pero lo sentí. Nunca se lo perdonaré, yo no soy basura.

Y luego: robé para ayudar a mi hermano Pablo, le di el dinero con tal de que pagara una deuda. Lo habían amenazado y yo me tuve que escapar sin dinero; llegué con una bolsa de tamales y aquí nadie me ayudó. Me quedé pensando y no me cabía en la cabeza lo que había hecho, no entendía: ¿pero y por qué robaste, Mario? ¿Qué deuda era esa? Una deuda de juego, mi hermano prometió que no volvería a caer, se lo prometió a mi mamá. Pablo es el que tiene más futuro en la familia, es el que pudo estudiar. A mi mamá se le rompería el corazón si lo llegaran a matar. Ay, Mario, o estás chiflado o eres un santo.

Me dio un poco de miedo ponerme a pensar en la clase de loco con el que me había metido, y de repente sentí coraje de que me trajera tan de nalgas. Pues yo no broté de una alcantarilla, le dije, no soy flor de asfalto; vengo de un pueblo, igual que tú, solo que más chico, en el campo. Y le solté toda mi sopa, toda, todita: entre buche y buche de tequila le conté del viejo asqueroso que se acercaba a mí en la noche y empezaban mis pesadillas, cómo un día me llené de sangre y por esa sangre me escapé. Y cómo fui sirvienta hasta que me arrimé al baile. Mario tenía los ojos muy abiertos, rojos, rojos y llorosos. Ni en las películas más bonitas se salvan las mujeres como yo, pero esa es la vida de muchas que no podemos andar en aventuras románticas. Y le echamos ganas y bailamos, porque yo no bailo para atrapar a algún hombre, yo bailo porque a eso vine al mundo, es lo único que me quita la furia y el dolor.

Mario me veía como si fuera un monstruo, o eso me imaginé: ¿pero y tu mamá, tus hermanitos, los dejaste a todos con ese hombre? Me quedé helada. Nunca había pensado lo que les podía pasar a mis hermanos, menos a mi mamá. Hasta ese momento, para mí ella era una agachona que nunca me defendió. La pregunta de Mario me hizo ver que seguramente también ella le tenía mucho miedo al viejo, quizá por eso se dejaba de él. Un ogro es un ogro dondequiera. Si un día regresaba a verlos, ¿me recibirían como al pobre de Mirlo?, ¿se alegrarían? No creo.

Tú también dejaste a tu mamá con el problema, y robaste, le contesté. Pero luego Mario no se pudo aguantar: ya sé que te gusta el baile, Esme, pero lo otro no parece que te disguste... Eso sí me calentó. ¡Pues a tu Katmandú le gustaba más, fíjate, y se iba con uno y otro y otro y se meneaba bien sabroso en los colchones! ¡Y tú solo la veías a ella! Agarré mi vasito de tequila y lo aventé a la pared, pero le di al foco del techo y lo fundí. Me sentía furiosa, loca. Quién sabe cómo me vería con la pura luz roja del anuncio de la calle, seguro que diabólica. Mario se quedó callado, nomás se asomaba a la ventana. ¡Me hubiera gustado abrazarlo por la cintura en ese momento, decirle bombón, sigamos como antes, haz de cuenta que no nos confesamos nada! Pero él se puso muy serio, echó sus tres cosas en la petaca que siempre carga y así como así, se fue. Ni siquiera pudo dar un portazo fuerte porque la puerta es de lámina y se atora. Yo me tiré a llorar a la cama y estaba tan confundida que no sabía si gritarle que volviera o que mejor se largara para siempre.

Me asomé a la ventana, los borrachos de abajo estaban cantando «La mentira»: «Hoy resulta que no soy de la estatura de tu vida», decían. Mario se alejaba con la maleta y en su lugar venía llegando el pachuco de siempre vestido de morado y con la pluma en el sombrero verde, parecía que la ciudad me traía ese payaso de regalo diciéndome: es lo único que te mereces. Y en la esquina del cuarto estaba acurrucado un gato gris, quién sabe cómo se metió.

¿Esto pasó anoche?, ¿anteanoche? Ya no sé cuándo, llevo todo este tiempo en la cama, bebe y bebe, llora y llora, y con cólicos. Es como si el viejo se me hubiera vuelto a echar encima, aplastando lo poco bonito que he llegado a tener. Todo ha ido tan rápido que cuando llego a escribir en mi adorado cuaderno se me hace que pasó muchísimo tiempo. Pero este sí lo tengo bien guardado, nunca nadie lo va a leer, ni la policía ni nadie. Además, ya le pegué las hojas que escribí en casa de los Everest. Ni siquiera Mario, si regresa. Luego me decía: ¿qué tanto escribes, Esme? Y yo: nada, las cuentas del mes. Pero si no tienes un clavo. ¿Y qué? O le decía también: estoy anotando cosas para una coreografía. Como no tiene idea de nada de eso y a duras penas da dos pasos, se quedaba muy callado. Eso es lo que no me gusta de Mario, que no baila; muy pocos hombres lo hacen, en realidad. Yo creo que ya no regresa, esa historia se acabó. Siempre sospeché que se iría al darse cuenta de la verdad, qué tonta fui de creer que se quedaría por mí. No me consuela de nada saber quién mató a Katmandú porque a cambio lo perdí a él, que para la china no significaba nada.

Pero no voy a tirar mi vida a la basura, ahora que está limpio mi nombre; de peores cosas me he levantado. El gato sigue ahí, será mi único compañero.

19

Una vez más, recorre la ciudad de noche sin tener a dónde ir, con ese silencio hecho de ruidos lejanos y presentes, un telón de fondo en aquel teatro de los últimos días. Sabe que cuenta con la dirección de Chuy y su venia para llegar a buscarlo, pero no de medianoche. Bueno, es una emergencia, se dice al cruzar la calle. Le pesa el eterno aroma a verduras podridas en el aire de esta ciudad, tan lejos del mercado de Yuxtle y su frescura. Va encaminado a la colonia Santa María la Ribera, confiando en el refugio de Sabino 34, donde Chuy le ha abierto las puertas ya un par de veces. La maleta le pesa, va cambiándola de brazo.

El Mario que llegó meses atrás huyendo y el Mario de hoy son distintos y a la vez iguales. El viejo Mario tenía ilusiones, lo encandilaba la novedad de las avenidas, los tranvías, el barullo. El Mario de hoy arrastra los pies, carga consigo y piensa qué será de él con mucha angustia. Ambos caminan por calles oscuras con sus triques, los dos están solos. Se dice varias cosas a la vez, frases aisladas: ya vendrán tiempos mejores... qué lata le vas a dar a Chuy... es una urgencia... qué horrible ser pobre... el muerto y el arrimado... ¿y si Chuy se te arrima en la noche?... una chamba mejorcita... sabes pelar arbustos... ¿y si la haces de jardinero?... muy poca paga... ¿velador?... ¿chofer?... ¿cuidador de coches?... ¡papelero!... ni le entiendes a eso de los sindicatos... ¿Qué hacer? ¿Quién ser?

Una barahúnda de ideas, caminos, suposiciones, palabras en riña. Las luces mortecinas de unos cuantos faroles alcanzan a los pocos noctámbulos, clareando a los borrachos y los perros que husmean las calles. Ahí está el edificio de la lotería, donde acompañó una vez a la señorita Luisa a un asunto en el canal 4 de la XHTV, pues no le gustaba ir sola por esos rumbos de la Tabacalera, llena de bohemios y exiliados. Se detiene justo frente a sus puertas cerradas y mira hacia arriba, como siempre que pasaba por ahí de regreso del Guay. Respira hondo, imaginándose en la parte más alta, rascando el cielo con sus manos. No hay manera de subir, de separarse de todo por un instante, descansar los ojos. Y abajo es como vivir entre fieras. Las mismas gentes con distintos disfraces, dándole de trompadas a la pobreza día a día, pero al menos logran un techo. Me hubiera quedado por lo menos esta noche con Esmeralda, se dice. Y el orgullo rápido lo hace cambiar de idea: le regalo el cuarto de azotea; total, mejor andar en la calle que comparando desgracias con ella; no entiende nada y me dijo ladrón, como si yo tuviera sus mañas. Yo más bien hice eso por mi mamá, ni siquiera por Pablo; igualito que ahora descubrimos al asesino solo por Katmandú. ¿Seré un pervertido?, se pregunta y se lleva las manos a la cabeza. Esmeralda sí parecía entender esa parte suya que no se puede resistir, esa ansia por los encajes y sus formas, los olores impregnados en las telas, en los zapatos, tan distintos entre sí.

El miedo lo asalta ahí, perdido en la aparente calma de esa ciudad monstruosa, entre los vericuetos de la madrugada. Pero ¿qué quieres, Mario? Así son las cosas de los hombres, casi escucha a su mamá: sea fuerte, sea hombrecito, usted no necesita verijas para salir adelante. ¿Y a qué va uno a encariñarse con alguien? Nomás a pasar malos modos, tinglados y acusaciones, pues cuando la gente agarra confianza y le saben a uno algo, se aprovechan para echárselo en cara. Los secretos son armas para el enemigo. Seguro Esmeralda es como todas: al principio son una sedita color de rosa, miel sobre hojuelas, cariños, arrumacos, y cuando está puesto el escenario, se quitan la máscara. ¿A mí qué me importa que haya sido una chacha de a deveras? Tan bien que la estábamos pasando.

Traes puros enredos, Mario. Nadie debe verme así, se dice. No puedo llegar con Chuy hecho pelotas, me pondría las cruces. Además, seguro querrá beberse unos tequilas. Así qué ganas de buscar trabajo mañana ni qué nada; con la cruda, puras ganas de olvidar. Hasta podría ir con aquella gordita de la colonia Roma y su criada a que le midieran el miembro y vengarse de todas las mujeres. Total, esa señora casada no era tan hipócrita, solo quería satisfacerse a cambio de dinero. ¿El anuncio del periódico seguirá?

Sin darse cuenta, sus pasos lo guían, instintivos, hacia ese letrero de gas neón rojo que tantas noches lo recibió a las seis en punto, dos horas antes de que llegaran las muchachas, maquilladas y en tacones, a recibir el vale por la cena de la noche, para aguantar bien la jornada y conseguir la mayor cantidad de fichas con su «w» grabada. En ese lugar Mario nunca fue un ratero, un pervertido ni un santo, como dice Esmeralda. Ahí el mundo entero podía estar alegre y cachondo bailando el tíbiri-tábara, los pecados se vivían sin culpas, y ahí se enamoró de Katmandú.

A unos cuantos pasos del Guay, ve a lo lejos a don José con su eterno puro en la boca, despidiendo a los garroteros y al de los refrescos, aunque el lugar sigue cerrado. Mario se oculta atrás de un poste de luz, de espaldas a ellos, y alcanza a escuchar que está en pláticas con «el Torbellino del Caribe», Amalia Aguilar, para que sea otra vez la estrella principal, pero ya está muy cotizada.

—Y eso que de aquí despegó, yo fui su trampolín, a ver si se acuerda de que aquí conoció a Pedro Calderón.

Don José trae un periódico hecho rollo en la mano y lo arroja a la calle antes de volver a entrar al cabaret. Es su oportunidad de ver las noticias. Busca con avidez en todos los encabezados, y no hay una sola línea sobre Katmandú; es como si se la hubiera tragado la tierra o a nadie le interesara. Ni siquiera el asesino aparece, luego de todo el borlote que se armó en la delegación. Es muy extraño.

Una palmada en la espalda lo saca de su ensimismamiento.

—Te dije que no regresaras, ahora en qué andas metido.

—¡Chuy! Iba para tu casa y pasé por aquí, es que no tengo dónde quedarme.

Chuy lo jala aparte, lejos de la entrada del cabaret.

—¿Te peleaste con la flaca? Justo hoy no te puedo recibir; tú sabes, tengo movida, ya había quedado con el poli.

—¿Y qué puedo hacer?

—Mira, si te esperas un rato por aquí cerca te meto a la bodega de las cervezas para que te quedes hoy, y ya mañana te vas conmigo; pero no hagas tonterías, ¿eh?

—¿Cuáles tonterías? Por ahí dicen que soy un santo, ¿dónde me podría esconder?

—Te quedas guardadito junto a las Carta Blancas, te consigo una cobija y un juil, así duermes a gusto. Nomás no te vayas a meter a los camerinos, el de Katmandú ahora está lleno de sillas, mañana por fin abriremos.

—Pero, ¿y todas sus cosas?

—Se las repartieron las ficheras.

Mario se siente desolado, le urge fumarse ese carrujo para olvidar y dormirse.

—Espérate en el café de chinos una media hora, ya acabamos de preparar todo para mañana —remata Chuy.

De nuevo en el lugar donde se encontró a Esmeralda aquel día, la misma mesa y la misma incertidumbre. Pide un lechero y escudriña de nuevo el periódico. Una noticia en la sección de sociales llama su atención:

> México, DF. Un leopardo devoró la mano de don Braulio Espinosa de los Monteros cuando salió a trabajar el lunes por la mañana de su residencia de Polanco. El animalito deambulaba por la colonia muerto de hambre desde hacía semanas y ya había asustado a un niño y a una monja sin que lo pudieran atrapar. Será llevado al jardín zoológico de Chapultepec después de averiguar quién fue el irresponsable que soltó a un leopardo en las calles de la urbe.

¡Ese era Mimí!, se dice. Nadie se ocupó del leopardo, como habían pensado Esmeralda y él. ¿Serían ellos los que lo habían soltado? El periódico no se ocupa de Katmandú, hasta su mascota es más importante.

Media hora más tarde está instalado en un jergón junto a dos torres de cajas de cerveza. Todo está oscuro, no puede encender las luces, a riesgo de que lo encuentren. Sigue sin entender por qué tanto silencio alrededor del asesinato, igual al silencio del Guay, que solo rompe su propio aliento expirando el humo que lo envuelve y lo atonta, pero no lo suficiente para dormir. No puede quedarse quieto y decide salir en busca de Venustiano para que le haga compañía. Está seguro de que el fantasma de fray Gerásimo se le aparecerá en algún momento, ¡cómo quisiera toparse al espíritu de Katmandú, que ella le contara su historia y acabar con las dudas de una buena vez! Incluso, que se lo llevara al otro mundo, pues en este no hay nada para él. Pero los espectros parecen estar de huelga, lo rehúyen como si le dijeran: esta noche tú eres el fantasma del Waikikí.

En la penumbra, la pintura de la hawaiana al fondo del tablado parece opinar: nunca sabrás nuestro secreto. Todo el cabaret está arreglado y listo para la apertura del día siguiente: las botellas relucen detrás la barra, repletas e incitantes. Mario da vueltas alucinado junto al paisaje de las palmeras, quisiera escapar a esa playa lejana. Lo asaltan las ganas de entrar al camerino de Katmandú, ¿será verdad lo que me dijo Chuy? Quizá me oculta algo. Y se empecina en abrir la puerta. Una torre de pesadas sillas le cae encima y lo golpea en la cabeza. Desde el suelo se lamenta: ¿dónde quedaron la mesa de las patas de león, la alfombra mullida, el espejo de foquitos, ese mundo seductor? Los ojos se le cierran y siente un ligero aroma a jazmín. Una mano muy suave y cálida le acaricia el rostro y se lo lleva a un profundo sueño.

La lengua rasposa de Venustiano y sus maullidos lo despiertan. Es muy temprano. Tiene el cuello torcido y la espalda fría. Se levanta poco a poco y se dispone a acomodar las sillas y dejar todo como estaba. Venustiano sigue pidiendo comida. Se acuerda de Esmeralda cuando abrió una lata de sardinas hace una eternidad. Casi la escucha conmovida por el gato y mientras va a la cocina un nudo en la garganta crece, a sabiendas de que no la volverá a ver. A ella, la única que no lo juzgaba. «Más vale estar con alguien con quien puedas ser tú mismo», le había dicho el abuelo alguna vez, pero él ya perdió la oportunidad. Ella era su único asidero y ahora no tiene a nadie, excepto a Chuy. No ha cambiado nada saber al chino Li tras las rejas, ¿sería de verdad el mismo que se iba a casar con ella? El nombre que escuchó en el funeral era distinto y vivía en Tampico: Ming Zhao. El misterio no parece tener fin, y su repulsión sigue intacta. A lo mejor el único remedio es volver a Yuxtle y enfrentar la raíz de sus problemas.

Aprovecha el teléfono del Guay para llamar de larga distancia a la tienda de Carmelo Buenrostro.

—Qué bueno que llamas —le dice don Carmelo, siempre ávido de noticias—, tu mamá me ha estado preguntando si hay recados tuyos, debe andar desesperada.

—Pues corra a buscarla —le pide Mario.

Distorsionada por la larguísima distancia, escucha por fin la voz de su madre:

—¿Sigues en la mueblería? Llamé a la pensión y ya no estás ahí, ¿qué es de ti?

Mario no sabe qué contestar, comienza a inventar una historia y ella lo interrumpe:

—Necesito que busques a tu tío otra vez.

El recuerdo de la verruga morada le provoca un escalofrío.

—Yo no vuelvo a buscar a ese viejo ni aunque me paguen —le contesta.

—Marito, te suplico un último sacrificio por tu hermano Pablo, has de saber que acá las cosas no están nada bien; él es un buen muchacho, pero es muy débil y necesita de nuestro apoyo.

—¿Otra vez? ¿Y ahora qué hizo?

—Pablo debe tres mil pesos, los perdió en una pelea de gallos.

Mario no lo puede creer y se enfurece.

—Lo amenazaron con incendiarnos la casa si no les pagamos. —Y la mamá se suelta a llorar.

—¿Quién te dijo eso?

—¡Pues Pablo!

—¿Y le crees? Ya amárralo, mamá, cómo voy a creer que caiga en lo mismo.

—¡En todo lo demás va muy bien! Quiere irse a Estados Unidos a pizcar fresas, pero antes hay que arreglar ese detallito; ándale, mijo, habla con Lucio, pídele ayuda esta vez para mí, explícale.

—Va a pensar que somos unos arrimados, y ya le dije lo de las lilas.

—¡Ahora dile que se acuerde de las amapolas! Con eso mero te va a dar todo lo que le pidas, no te preocupes, mijo.

—Tú no te apures por la casa, iré con el tío Lucio, conste que solo es por ti.

—Sea valiente, hombrecito, hágalo por su familia.

Ella le da la bendición y Mario siente que allá estaría peor. Ni a qué regresar. ¿A cuidar al pinche huevón de Pablo? Ni loco.

Cuelga, furioso, y siente una mano en el hombro que lo sobresalta.

—Tranquilo, joven, soy yo, ¿a poco durmió aquí?

El rostro familiar de don Luis lo tranquiliza.

—Ni que fuera el fantasma, joven, no se me asuste, ese ya ni se aparece, creo que nos dejó.

Mario percibe tristeza en las palabras de don Luis.

—Me hubiera dicho que usted se quedaba aquí, por lo menos nos acompañábamos, ahora ni el fraile me visita en las noches, y el Venustiano se va de parranda y regresa hasta la mañana.

—Cómo cree, solo me quedé hoy, por favor no vaya a rajar.

Y por cambiar de tema le pregunta:

—¿Qué pasó con el fantasma?

Don Luis baja la cabeza, muy apesadumbrado.

—Es esa aspiradora que me compraron, yo no sé si ya no le gustó el ruido o si yo lo aspiré sin querer, luego tiré el polvo y el camión de la basura se lo llevó ese mismo día, a lo mejor anda espantando por los basureros de Santa Fe.

—Pobre fray Gerásimo —dice Mario—, ya ve que esas ánimas son muy delicadas, pobrecito; igual aquí se echaba un taco de ojo y ponía las cruces después.

La entrada de Chuy por la estrecha puerta roja del Guay lo regresa a la dura realidad. Le da una palmada cariñosa a don Luis y se despide pensado en que estar tan solo le afectó. Recuerda la petición de su madre y se vuelve a enfurecer. Casi se siente tentado a pedirle a su amigo que lo acompañe a ver al tío, con tal de no pasar solo el mal trago.

—Pélale, porque ya mero viene el camión de la Modelo y todavía hay que preparar el ensayo de los músicos, nadie te puede ver aquí —le dice Chuy—. A la vuelta encuentras un puesto de tamales y atole para que desayunes, y esta es la llave de mi casa, puedes llegar e instalarte. Corrí a mi poli por venir a abrirte y se sintió.

Mario le agradece y antes de echarse a andar le pregunta:

—Oye, Chuy, esa noche que mandaste a mi tío a su casa, cuando le quitamos la pistola, ¿por qué tantas consideraciones?

Chuy se lo queda mirando:

—Pues si no sabes quién es tu propia familia, yo menos; no me digas que estás en problemas con él, ya ni la amuelas, te metes con los puros peces gordos.

—Pero, ¿por qué es un pez gordo?

—Luego te explico, ya vete, córrele, me vas a meter en un lío.

El departamento de Chuy en la calle de Sabino es enorme, tiene tres recámaras que ocupan el segundo piso de una tienda de abarrotes. La construcción es muy vieja, la duela del piso rechina, pero las cortinas y la alfombra son de diseños modernos. Mario instala su petaca en la habitación más pequeña, con vista a un colorín. La luz de las amplias ventanas le levanta el ánimo y va a la cocina a prepararse un café de olla. Mientras se lo toma mira distraídamente el *Magazine de policía* que Chuy parece coleccionar, pues hay varios ejemplares repartidos por la casa. Un anuncio llama su atención:

> ¿Es usted curioso? ¿Le interesa poner orden en la vida de los demás? ¿Tiene una alta capacidad deductiva? Aproveche sus talentos y estudie para detective por correspondencia. Academia Shadow, certificada en los Estados Unidos por la mismísima Agencia Pinkerton.

Mario estudia la figura que ilustra el anuncio y le da la impresión de que ese ojo penetrante lo mira y lo traspasa. Recorta el papel y lo guarda en su maleta mientras se decide a despachar el asunto del tío Lucio lo más pronto posible. En el camión hacia Peralvillo fantasea con ser un detective privado y salvar a las mujeres de esposos infieles y abusivos. También lo contratarán los hombres, es verdad, pero seguro será para encontrar deudores morosos, como su propio tío, al que su madre le sabe tantas cosas. Ese asunto de las amapolas. Puras flores, ¿serán otras mujeres, como las lilas?

De nuevo se encuentra frente a esa puerta y toca la tecla amarillenta. Esta vez Adela no le abre, sino el pequeño, que supone que es Marquiño, ¿será su primo, si es hijo de su tío?

—Qué bonito el camión que tienes en la mano.

—Me lo trajeron los reyes.

—¿Están tus papás?

—¿Y tú quién eres?

—Soy tu tío, vengo de Yuxtle.

—Mi mamá se está pintando el pelo en el baño de arriba y Lupe, la muchacha, fue a la tienda.

—No te preocupes, yo espero aquí en la sala.

Mario empuja un poco la puerta para meterse y se sienta en un sillón, decidido a que esta vez no lo corran. Al niño parece no importarle, se instala junto a él con su camión. Ahí siguen esas cajas apiladas de piso a techo.

—¿Y esas cajas de qué son, te las trajeron los reyes también?

—Son cosas para adultos —le contesta el niño con orgullo—. Yo no las debo tocar.

Mario echa una ojeada alrededor, la casa se ve desierta.

—Pero yo soy un adulto, yo sí podría, ¿qué tal que son juguetes?

A Marquiño se le iluminan los ojos.

—Siempre los he querido ver; mira, hay una caja que abrieron ayer.

—¿Ah, sí? ¿Cuál es?

Marquiño se pone un dedo sobre los labios y le señala con la otra mano una gigantesca, del tamaño de un mueble.

—¿Sabes qué hay aquí, tío?

—¿Qué cosa?

—¡Una televisión! Ayer la trajeron, me prometió mi papá que hoy en la noche la instalan.

—¿Y esa es la que abrieron?

—No, es esta. —Señala una más pequeña que está en un rincón, sus deditos levantan con cuidado una pestaña, el contenido está guardado en aserrín—. Mete tú la mano, antes de que baje mi mamá, yo no me atrevo.

Mario obedece y se queda petrificado con lo que saca: una muñeca china de porcelana, idéntica a las que recibía Katmandú, del mismo tamaño y estilo. No entiende nada, le da la muñeca al niño y se vuelve a sentar en el sillón.

—Estas ya las vi una vez; mira, tienen un secreto, mi papá se lo enseñó a otros señores.

Marquiño empuja uno de los adornos del pelo y la figurita se abre a la mitad, como una nuez. Mario está impresionado.

—Guárdala —le dice—, no nos vayan a regañar.

El niño obedece contento.

—Voy a ver si mi mamá se pintó el pelo.

—¿Sabes qué? No puedo esperar, no les digas que vine y yo no les diré nada de que abrimos la caja y la muñeca, ¿me lo prometes?

El niño besa la cruz:

—Por esta.

—Adiós, Marquiño.

Mario se levanta y sale con aparente calma, las manos le sudan. En cuanto está en la calle echa a andar rápido, con tal de alejarse lo más posible. De repente ve acercarse la misma camioneta de redilas que secuestró a Esmeralda y se baja el ala del sombrero para que no lo reconozcan. Oculto atrás de una cabina telefónica ve bajarse al chofer del vehículo; el hombre se quita la gabardina café y en ese instante reconoce al ayudante de las nalgas prominentes de su tío, aquel que vio la primera vez. Fue aquí a donde trajeron a Esmeralda, se dice.

En su imaginación las muñequitas chinas parecen burlarse de él. ¿Qué tiene que ver Lucio con todo eso? Su tío, ese cliente tan importante en el Waikikí, ¿sería también amante de Katmandú? ¿Sería el que le enviaba las muñequitas? ¿Pero, y el chino Li, que fue quien finalmente la mató? Las largas zancadas le traen una cadena de conjeturas cada vez más delirantes. ¿Qué fue lo que encontró junto con Esmeralda, para que los persiguieran y amenazaran? ¿Qué será la organización de su tío?

Se trepa a un tranvía y lo único que se le ocurre es buscar a Esmeralda, solo a ella puede contarle el descubrimiento que lo carcome. Pero, ¿querrá verlo? Al final fue una tontería comparar desgracias y acabaron ofendiéndose; después de todo, ninguno de los dos es culpable de lo que les pasó. «No, Mario, te insultó», casi escucha a su madre. Mejor descansar las ideas en casa de Chuy y hablar con él, al fin ya es de confianza.

Son las siete de la mañana del viernes y Chuy entra con los pies destrozados, fue el reestreno del Waikikí con una compañía de bailarinas hawaianas y el *show* de una exótica: Cookie Cook con su gorila que baila mambo.

—Estoy agotado —le dice a Mario, quien se quedó dormido esperándolo con unas tortas que compró en la tienda de abarrotes de abajo—. Abrimos toda la noche para bailar porque don José necesita recuperar lo perdido de estas semanas. Ven, tómate una cerveza y descansa.

—Mejor un café, ve la hora que es.

Chuy se deja caer en la silla del comedor.

—Ya estás instalado, hasta me tenías la cena, se me hace que me voy a casar contigo, Marito.

Sueltan una carcajada nerviosa. Mario va a preparar el café mientras le cuenta su extraña visita a casa del tío Lucio.

—Está muy raro, Chuy, ya dime quién es ese señor; yo creo que sabes más y no me lo quieres decir.

Chuy bosteza:

—Yo no puedo perjudicar a don José hablando de los clientes, es delicado, hay cosas que mantener en reserva; además, ya te deberías haber dado cuenta solito de lo que se cocina ahí. Tu tío se dedica a las importaciones, o esa es la pantalla; claro que eso incluye la fayuca y otras cosas que no son muy legales; ahí tú te puedes imaginar lo demás.

Para Mario el rompecabezas empieza a armarse, aunque faltan piezas.

—¿Qué hacía Katmandú en medio de eso?

—No sé, hay asuntos que prefiero no averiguar ni meterme.

—¿Y el chino? —Mario insiste—, ayúdame a preguntarle a tu amigo policía qué pasó con el chino en la delegación.

—Ah, pues eso sí se lo puedo preguntar, pero va a ser lo último que te averigüe.

Chuy se levanta con su taza de café:

—Me voy a acostar un rato.

En la puerta de su habitación se da vuelta repentinamente:

—¿Y a poco vas a regresar a pedirle dinero a tu tío con eso de las amapolas? Yo que tú ya no me metía más. A menos que te interese el negocio.

—¿Cómo crees? Por eso me fui corriendo de su casa, no quiero que me enreden; por algo desde el principio no me quiso en su organización.

—Y por algo mataron a Katmandú, ¿todavía tienes las fuscas, hermano? Las podemos devolver; total, Alberta Ferrer ya los dejó en paz, ¿no?

—¡Chin! Las tiene Esmeralda, se quedaron en el cuarto, mañana iré a buscarlas.

—¡Cómo serás burro, Mario! ¡Son tu seguridad…! A ver esa loca qué hace con ellas.

—No está loca, ha sufrido mucho.

—Como todas las bailarinas y las mariposas, mujeres perdidas. En fin, me voy a dormir un rato porque quiero ir al Greco antes del Guay, luego hablamos.

Mario se queda solo. Se asoma a la ventana y ve la calle, que se va animando. Abrió la tienda y el puesto de periódicos de la esquina levanta su cortina metálica. Decide bajar a comprar el *Excélsior*, a ver si trae alguna noticia. ¡Y qué noticia! El café se le atraganta cuando descubre a Esmeralda sentada en las oficinas del periódico muy coqueta, cruzando las piernas y ataviada con un sombrerito de dos plumas en una foto, cuyo encabezado reza: «Bailarina audaz atrapa al asesino de Katmandú»:

> México, DF. En una entrevista sensacional, la tiple Esmeralda, exintegrante del número de la fallecida Katmandú, nos relata cómo ayudó en una hazaña heroica a atrapar al asesino de la calle de Dolores, Li Dai, quien según informó la policía, acabó con la vida de la sensual bailarina por una desilusión amorosa. «Vengo a recuperar mi honor», dice Esmeralda, «pues me acusaron injustamente».

A Mario casi no lo menciona, como si todo hubiera sido su plan. En la nota cuenta la persecución del chino por el edificio: «estas piernas corrieron como nunca... y con tacones», el secuestro de Mirlo, y jamás aclara cómo llegaron a juntar las pistas. Por suerte no menciona a doña Alberta Ferrer ni a Félix Calvario; inventa que un día vieron al chino, les pareció sospechoso y lo siguieron. Y al final de la nota anuncia que prepara un *show* de cabaret situado encima de una pirámide: «Será una sorpresa inolvidable para el público más exigente». Mario arruga la hoja de periódico y sale violentamente de la casa. Necesita caminar para desahogar la rabia que se le apelotona en el pecho. ¿Quién se cree para estar dando entrevistas? La gente del Waikikí se va a poner furiosa. Lo que más le duele es la presunción, y que lo haya mencionado solo de paso. Seguro no significaron nada para ella esas semanas juntos. Es como todas las vedettes: vanidosas y egoístas. Y yo que quería buscarla para compartirle lo que sé. De cualquier forma iré, cachetada con guante blanco, se dará cuenta del ridículo que acaba de hacer; no sabe nada, capaz que la matan por bocona.

Esta última idea le despierta un nuevo tipo de angustia. Si le pasa algo a Esmeralda, por tonta y engreída, él no se perdonaría no haberle avisado; peor aún: él la involucró en todo este asunto por su obsesión con Katmandú. Y ella lo siguió fiel, quizá porque estaba enamorada. Se sienta en la banqueta, mira pasar un perro que arrastra un pedazo de longaniza en el hocico; si estaba enamorada de él, entonces fue despecho. Decide dejarle un recado a Chuy junto al periódico abierto en la página donde Esmeralda se luce frente a la cámara, él comprenderá.

Cuando llega al edificio de Donceles donde tenían su cuarto de azotea alcanza a ver a Ricardo cargando la pesada maleta de la bailarina, quién sabe cómo ha acumulado tantas cosas en ese tiempo. Están discutiendo:

—No seas rencorosa, ándale, ya me habías dicho que sí venías, ahora no te arrepientas.

—No estoy segura, lo que me hizo Antonieta no tiene nombre.

—Pero cuando los encontró en el Molino Rojo Perla te ayudó, ¿o no? Las dos parecen muy afligidas, de veras; y si no es por ellas, hazlo por mí, ya no las aguanto juntas; se agarran de las greñas a cada rato y me usan de paño de lágrimas. El equilibrio se rompió. Además, no te puedes quedar aquí, ya hasta te cargué la maleta, ándale.

Esmeralda se echa a andar con cara de disgusto.

—¡Detente! —le grita Mario—. ¿A dónde se van?

Ella sale del portón; al verlo se cimbra por un momento, pero sigue caminando muy digna, cargando una cajita. Mario insiste:

—Esmeralda, tenemos que hablar, Ricardo, dile que se detenga, es muy importante.

—No puedo parar, esta maleta pesa como un demonio.

Recorren todo Donceles persiguiéndose, pero Esmeralda y Ricardo se escabullen entre la multitud de alumnos de la prepa de San Ildefonso. Mario los alcanza esquivando automóviles y autobuses que echan su humareda por toda la calle.

—¡Deja de seguirme o le hablo a un policía! —le grita Esmeralda, pero él ya les pisa los talones.

—Esme, por favor, cinco minutos nada más; es por tu seguridad, fue una estupidez irte a lucir al periódico.

Ella acelera el paso:

—Claro, seguro te pareció que estaba muy maquillada.

Ricardo, ya cansado, carga la maleta sobre la cabeza:

—A ver, mi rey, si no la vas a dejar en paz, por lo menos te paso sus tiliches.

Esmcralda lo mira furiosa y sigue caminando a paso de rayo. A Mario no le queda de otra que seguirla hasta la vecindad, jalando el bulto pesado.

Antonieta les abre la puerta:

—Ricardo, dijiste que venía sola, ¿a poco viene con todo y novio?

—¡No es mi novio! —aclara Esmeralda.

Afuera un pequeño grupo de señoras con sus escobas se ha congregado a ver el espectáculo. Entran a toda prisa.

—Si quieren *show*, vayan al teatro —dice Ricardo, y les da un portazo.

—No quiero molestarlos, solo hablar un momento con ella —insiste Mario.

Antonieta abraza a Esmeralda:

—Perdóname, mana, me dejé llevar.

A Esmeralda se le sale una lágrima.

—Regreso porque me fue a rogar este, pero no creas que no sigo dolida. No me creyeron hasta que fui al periódico, y eso no es de amigos verdaderos.

—Compréndenos un poco —le dice Perla—, te portaste bien sospechosa.

—Bueno, no discutamos enfrente de este —propone Ricardo.

—Solo cinco minutos —pide Mario—, es cosa de vida o muerte.

Los dejan entrar al cuarto de Esmeralda que de nuevo está vacío:

—Espero que Evaristo y tú hayan dejado bien mi colchón.

Perla se ríe:

—Al pobre nunca se le hizo con Evaristo, era una ficha.

—Traía a sus pajaritas y tuvimos que sacarlo —aclara Ricardo—, ya ves cómo son los vecinos.

Mario se desespera, toma a Esmeralda del brazo y cierra la puerta.

—Necesito que me escuches porque he averiguado mil cosas y estamos en peligro.

Le cuenta la visita a casa de su tío, el hallazgo de las muñequitas y lo que le dijo Chuy.

—Yo no sé qué papel jugaba en todo esto el chino Li y por qué la policía no ha querido dar a conocer más datos, pero el asunto va más allá de lo que tú y yo nos imaginamos.

—Pues querías llegar hasta el fondo por Katmandú, ¿no?

Mario se lleva las manos a la cabeza:

—¿Tienes todavía las pistolas? ¿Y las muñecas?

—Tiré todo lo tuyo a la basura.

—¡Todavía las debo! Y no solo eso, entiéndelo, nos pueden buscar por tu genial idea de ir a lucirte al periódico, ah, y gracias por mencionar mi parte en el asunto, te echaste toda la gloria tú solita, eres como mi hermano.

—¿En serio nos van a perseguir?

Esmeralda se asusta y abre su maleta. En medio de los encajes y el vestuario guardado a toda prisa saca las pistolas. El aroma revuelto de maquillaje, perfumes y telas brillantes enloquece a Mario. Sin pensarlo, la besa arrebatadamente y ella no opone resistencia. Afuera, Perla, Antonieta y Ricardo están con la oreja pegada a la puerta.

—No se oye nada —susurra Antonieta—, había dicho que cinco minutos.

—Ay, mana, en cinco minutos nadie queda contento, déjalos.

Los tres se ríen y van a preparar la comida.

Mario y Esmeralda fuman en la cama.

—Se me corrió todo el rímel.

—No importa, te ves muy bonita así.

—¿Me extrañaste?

—No solo eso, anoche dormí en el Guay y no dejé de pensar en todo lo que habíamos vivido; si acaso te ofendí, discúlpame.

—Perdóname tú a mí, fue el tequila.

De repente Esmeralda se levanta y saca de la maleta las dos muñequitas de porcelana.

—¿Cómo crees que las hubiera tirado, si me recordaban a ti? A lo mejor se rompieron con tanto ajetreo.

—Te dije que se pueden abrir, mira.

Mario presiona un broche del pelo de una de ellas. Un papel doblado cae sobre la duela amarillo congo, lo abre y lee:

Las muñecas no se salen de su aparador.

Los dos se quedan mirando.

—Esta es una amenaza para Katmandú —dice ella, y se apresura a abrir la otra muñeca. Dentro hay un sobre de papel encerado con restos de unos diminutos cristales color ámbar oscuro.

—¿Qué será eso, será un dulce?

—¡No lo toques, Mario! Eso se fuma y te pone a soñar, si es lo que creo que es.

—Entonces Katmandú era una viciosa.

—O algo peor, ya ves cuántas muñequitas de estas había en su casa, quizá ella repartía los sobres.

—A lo mejor se quiso salir del negocio para casarse con Félix Calvario —dice él.

Esmeralda suspira.

—Qué romántico, pero te dije que las mujeres como nosotras…

—Deja de decir eso de las mujeres como ustedes, has visto demasiadas películas. Ya no te maltrates; tú viniste al mundo a bailar, prométeme que eso harás siempre.

Y la vuelve a besar.

Mario y Chuy están cenando manitas de puerco en salsa verde en el Salón París. Chuy levanta su tequila:

—Por ti, Marito, que te amigaste con tu flaca.

—Pero sigo espantado, estuvo muy mal que fuera a hablar a los periódicos, por lo que te conté de las muñecas.

—¡No, hombre, a los polis les encantó, les ahorró la chamba de dar explicaciones! Mira, Marito; quedé de averiguarte qué estaba pasando con aquel tema. Por lo que me contó la Chabelita...

—¿Qué Chabelita?

Chuy baja la voz; un hombre rasga una guitarra en la mesa de la entrada, su canto le ayuda a disfrazar las palabras:

—Mi movida, hombre, el agente que me llevé a la casa.

—Ah, sí, es verdad.

—Te decía, por lo que me contó, esos chinos vienen como sus cajitas…

—¿Cómo?

—Detrás del chino hay otro chino más grande y otro más grande y así.

A Mario se le prende el foco:

—Detrás de Li está Ming Zhao, el que había «comprado» a Lirio.

Chuy asiente, le pide que hable más bajo.

—¿Y mi tío?

—Es un negocio muy gordo, mucha gente está implicada. Mira, tu tío tiene su fama, dicen que metió a su primera esposa a la Castañeda y ahí sigue, es capaz de cualquier cosa.

—¡La tía Amparo! —exclama Mario muy sorprendido.

—Tu huesuda los cubrió a todos contándoles el cuento de que el crimen era obra de un chinito loco y desesperado. Yo que tú ya no le rascaba, no vayas a ser como esos que se asustan del muerto y se abrazan de la mortaja.

Mario siente una gran desazón; después de todo, Lirio no resultó ser lo que él pensaba, ¿quién sería en realidad?, ¿en qué líos estaba metida? Y aun así, la evoca en el escenario, plena, mágica, dando vida a un personaje sublime, a Katmandú. Estuvo enamorado del personaje, que no existe. El joven de la guitarra canta:

Ando borracho, ando tomado,
porque el destino cambió mi suerte.
Ya tu cariño nada me importa,
Mi corazón te olvidó pa siempre.

—¡Cántame otra, José Alfredo! —le dicen los de la mesa del fondo.

Mario decide que emprenderá una nueva vida. El anuncio que recortó le quema en el bolsillo, como una posibilidad: ¿será? Ya hablará con Chuy, quizás ambos pueden montar un negocio distinto. Bajo el efecto de los tequilas y las cervezas, Chuy comienza a sacar sus penas y a lamentarse: de don José, de los borrachos del Guay, de los figurones que se presentan como si fueran dioses y quieren todo, los árabes empistolados, los turistas, los alemanistas, los enriquistas, los periodistas chismosos.

—Detrás de ese glamour, Marito, de tanta fama y tanta hermosura, hay un montón de tipos como tu tío.

—Traficantes —murmura Mario.

—Traficantes de infelicidad —suspira Chuy, antes de contarle que la Chabela lo tiene de un ala—. Por cierto, ¿ya supiste quién es el tapado?

20

Antonieta ha estado tomando clases de canto. Ya no trabaja en El Burro, pues rompió con su escritor; el malvado Ovidio se enamoró de otra tiple y la volvió comunista; empezó a regalarle sus lamparitas tejidas y la embrolló en sus asuntos políticos. A la pobre Toña se le rompió el corazón. Me acordé del poeta ese día que me sacó de la cárcel —siempre le estaré agradecida por eso—; me había invitado al tal partido, ya me explicó ella qué es. Le dije: de lo que te salvaste, Toña, imagínate la aburrida que se pegará la tiple aquella. Ahora le decimos Toña, como Toña la Negra, y ella la imita muy bien; lo malo es que no canta igual, ni de lejos, pero nadie es perfecto. Cuando su niño esté más grande nos lo vamos a traer de Morelia para que estudie aquí la primaria.

Los cuatro nos estamos presentando en el Burbuja con nuestro número de las gemas, se llama *Sensualidad en el fondo del mar*, y Ricardo diseñó todo: las luces azules como ondulantes, el telón de conchitas y nuestros vestuarios de perla, zafiro, esmeralda y rubí. La música nos la hizo un amigo suyo muy amable, con efectos de arpa y clarinete, un poco oriental. Nos lucimos cosiendo los vestidos, quedaron de verdad sensuales y divinos, los penachos tienen forma de algas. Y algunos señores nos han enviado pulseritas de brillantes que quién sabe si son de verdad; Perla las ha ido a tasar al Monte de Piedad y siempre resultan ser pacotilla. Hasta que no me manden una joya de a deveras, dice, yo se las aviento a la calva, viejos raboverdes. Al final, Antonieta canta una parte de la «Vereda tropical»; le tienen que subir el volumen al micrófono para que se oiga bien, pero igual la gente nos aplaude, es muy emocionante.

Desde que Ricardo me fue a buscar al cuartucho de azotea, porque Perla y Antonieta estaban muy arrepentidas de haber dudado de mí, no hemos dejado de inventar cosas juntos. Tardé un tiempo en deveras perdonarlas, pero se me bajó el chamuco cuando Antonieta me dijo ay, manita, acuérdate de cuando fuimos juntas al magazine del teatro Alameda a la demostración de la televisión, cómo nos reímos haciendo tonterías frente a las camarotas esas, ahí me di cuenta de todas las cosas que hemos vivido juntas. Ahora ya nos llevamos como antes y nos vamos al cine Orfeón a ver tres películas de Libertad Lamarque por un peso, salimos bien llorosas y felices a la vez.

Perla ya no quiere casarse con un político, desde que los de la campaña de Ruiz Cortines la estuvieron sermoneando una tarde con lo de la moral y las buenas costumbres. Qué chasco, tanto misterio para que el tapado fuera este viejo santurrón. No vayan a querer recortar los horarios de los cabarets y nos dejen sin funciones. Por eso Perla se inscribió al Círculo Mutualista de Peluqueros para aprender «cultura de belleza»; todas sabemos un poquito, pero ahí le enseñan peinados de salón, a hacer permanentes de casco y cortes difíciles. En una de esas pone un salón de belleza.

Regresé a vivir con ellos a la vecindad, pero será por poco tiempo, pues cada vez paso más noches con Mario en casa de Chuy, que lo metió de nuevo a trabajar al Guay. Don José lo aceptó porque saca a los borrachos con mucho estilo, ni parece que los corre. Chuy le renta uno de los tres cuartos y el pobre se tiene que aguantar a veces las visitas del poli y el concierto de gemidos, pero se llevan muy bien y luego cocinan juntos. Si se van al infierno encontrarán la manera de no pasar hambre, aunque sepan hacer puros desayunos al carbón.

Mi galán está estudiando para detective privado, se tomó muy en serio un anuncio que vio. Mientras trabaja, espía a los clientes, para practicar, según él; yo digo que son puras ganas de chisme. Él dice que el negocio son los maridos y las esposas infieles; no sé si llegará a ser detective, pero me parece muy romántico, como Humphrey Bogart.

Mario nunca falta a la hora en que salimos del Burbuja para acompañarnos hasta la vecindad y asegurarse de que nadie nos moleste. La mera noche del estreno de *Sensualidad*... nos llegó un mensaje firmado por la mismísima Alberta Ferrer, dentro de un ramo de camelias. Decía «con mis atentos saludos para el jardinero y la mucama». Mario cree que es una advertencia, pero si nos quedamos calladitos no hay por qué temer; además, él se quedó con sus pistolas por consejo de Chuy, que también anda con un ojo al gato. Mientras no digamos nada, podremos estar tranquilos, así es este país.

La Chabela, como le dicen al policía que hace feliz a Chuy, los llevó una noche a ver al chino Li a la cárcel. Mario no se aguantaba las ganas de saber qué había pasado exactamente con Katmandú, aun cuando Chuy le insistía mucho en dejar el asunto por la paz. Al final no lo dejaron pasar, pero la Chabela, bien habilidosa, logró colarse para ver al chino, antes de que lo mandaran a las islas Marías. Li repetía, hecho un guiñapo en la celda, con su yeso en toda la pierna, «pantu», que la Chabela anotó en un papelito. Me fui con Mario a un café de chinos en Cinco de Mayo a preguntar qué quería decir. Traidora, nos contestaron.

A Chuy ya le gustó pedirle favores a su Chabela, a cambio de caricias especiales y uno que otro regalito. Así se ha garantizado su fidelidad y discreción, parece que los dos mantienen su llama bien encendida con eso de los informes. Una noche, hace poco, que me quería desmaquillar en el baño, Mario lo estaba usando. Entonces me fui al otro, pegadito al cuarto de Chuy, y en esas oí cómo la Chabela le soltaba la sopa de Ming Zhao. Pegué la oreja a la puerta. Parece que el comandante Urrutia y Zetina discutían con el delegado porque le ordenaron decir que Li era el culpable de todo. Urrutia sabía sobre el chino de Tampico: había comprado a Katmandú desde muy jovencita, casi niña, y luego se arrepintió al saber que andaba en el mundo de la artisteada, pero vio en ella una oportunidad para repartir enervantes entre los clientes ricos del Guay, de ahí las fiestas y los desmanes. Para esto, el chino se asoció con un comerciante de importaciones. Cuando la exótica se quiso salir del negocio al encontrar a Félix Calvario, entre Ming Zhao y el comerciante mandaron quitarla de en medio, con tal de que no rajara. La movida se la encargaron al chino Li, que está medio loco y era el que le llevaba las muñequitas con la «mercancía» para vender. Lo siguiente que oí de la Chabela fue puro gemido, entonces mejor me salí de puntitas y rápido se lo conté a Mario. Por supuesto que el tal comerciante es su tío Lucio, el que me mandó secuestrar.

Qué barbaridad, esto parece película con López Moctezuma en el papel de Ming Zhao bien maquillado. Y en el papel de Mario como detective, Pedro Armendáriz. ¿Quién podría hacer el papel de Katmandú? Misterio, quién sabe qué ocultaba esa mujer, en realidad; mira que tener un leopardo de gatito... Por cierto que ya la cremaron y van a mandar sus cenizas a Tampico; Ming ya le construyó su mausoleo particular en su residencia, pero esto es súper secreto, se lo contó Chuy a Mario después, con la advertencia de que si abrimos la boca, seguro alguien nos cortará el cuello.

Hasta miedo me da escribir todo esto en mi cuaderno. Nada más termine, arrancaré la página y directo a la estufa. Por lo menos ya me lo saqué de las entrañas, pero lo que no me puedo sacar es la tristeza por la suerte que corrió esa mujer. Junto a la verdad, las bromas que me hacía me parecen de lo más inocentes. Podía ser muy hermosa y hasta cruel, pero para ellos no era más que una muñequita china; la usaron y la tiraron. Hasta a mí podría pasarme algo así en este mundo de clubes de medianoche. A lo mejor le pido a Mario una de las pistolas para llevarla en la bolsa en vez de mi querida navaja, que me volaron los de la comandancia, malditos. Espero no usarla nunca y ojalá que Mario no se meta de detective, es un mundo de secretos muy negros. Nos acostumbraremos a vivir con la zozobra y quedarnos callados. Cuánta gente no tendrá que quemar sus historias por el puro miedo. Lo mejor que nos puede pasar es que el tío Lucio y sus secuaces miren para otro lado y a nosotros nos dejen tranquilos. Yo no quiero acabar en una funeraria ni en la Castañeda, como me contó mi bombón que le pasó a su tía Amparo.

El viernes pasado, saliendo del Burbuja, Mario me dio una noticia: como el Guay anda de capa caída desde lo de Katmandú, don José quiere hablar conmigo. Desde que aparecí en el periódico inventando mis aventuras para descubrir al «verdadero asesino», he tenido algunas ofertas, pero son lugares muy rascuaches. ¿Qué querrá? Yo no soy fenómeno de circo, y menos para que me pongan otra vez en la última fila del espectáculo.

No sé cómo se llama lo que tenemos Mario y yo, a lo mejor somos novios como era Antonieta con su escritor, u otra cosa. Ya entendí que nunca podré aspirar a una vida de familia, y la verdad cada vez me interesa menos; acuérdate que viniste al mundo a bailar, me dice mi bombón, y todo lo demás estorbaría. Y me llena de trapos y encajes que lo fascinan; tengo diez pares de tacones solo para él, jugamos mucho. Tengo unos de su talla y a veces se los pone para perseguirme, pero se tropieza a cada rato y acabamos revolcándonos en la alfombra. Yo no dejo de prepararme y le dedico muchas horas a practicar, ya bailo todas las coreografías de Meche Barba. Tanto me he esforzado, que hasta logré conseguir un trasero considerable.

La mamá de Mario lo buscó para saber del favor que le había pedido con su tío y él le dijo que mejor se fueran ella y Pablo de braceros a pizcar fresas. Clarito escuché que le contestó: yo no me meto con el tío Lucio, a ver, cómo no mandas a mi hermano a que hable con él, es peligroso y bien que sabes. Pregúntale dónde está tu cuñada. Qué difícil es librarse de la familia cuando no lo quieren a uno, yo no sé si llegaré a ver a mi mamá de nuevo algún día, pues sigue con ese señor, es el colmo. Le escribí a doña Triste, la de la tienda, ella me lo contó. Le mandé algo de dinero, y seguiré haciéndolo, pero le pedí a Triste que si el marrano se lo quita me avise, ojalá le dé un ataque de algo. Me dijo que mis hermanitos están bien, me gustaría verlos, han de estar muy grandes. Ojalá y un día me busquen o siquiera se acuerden de mí.

Pasamos los domingos juntos, sin falta. Hace un par de semanas se nos ocurrió ir a ver al Mirlo: le chiflamos para que su hermana no se enterara de que somos nosotros y nos lo llevamos a Chapultepec en el armatoste de don Arcadio. Nos atrevimos a pedírselo otra vez y claro, apareció la Márgara, furiosa porque su papá nos trata tan bien. Ese día nos mordimos la lengua para no contarle lo que sabíamos de su diosa. No entiendo cómo ella, que la conoció tan de cerca, está convencida de que fue Palomino el que la mandó matar. En todo caso, más vale darle por su lado; es de vida o muerte mantenernos en silencio, pero Mario no sabe disimular.

Nos salvó doña Minerva de abrir la boca cuando apareció en las escaleras, como suele hacer, dando de gritos, tapada con una bata de felpa color azul cielo y un pequeño turbante a juego, muy olorosa a colonia Sanborns: ¡ya deja en paz a los muertos! Acuérdate cómo te encerraba en su cuarto de las muñecas mientras se entretenía con sus amigos, pasabas noches de terror. ¡Katmandú se rodeaba de puro vicioso, Margarito! Don Arcadio salió de la cocina con una charola más grande que él de cervezas muy frías, e hizo un gesto de consternación. Minerva, de a tiro pareces vedette, vístete y preséntate como la gente, ¿no te da vergüenza? La Márgara sollozaba.

Me dio pena verla tan obsesionada, casi como Mario hace unos meses. Cada que puedo escupo sobre la tumba de Palomino, ese impotente, lloriqueó ella. Yo me quedé helada: ¿Cómo puede ser?, le pregunté. Siempre se quedaba dormido —¡como tú, Arcadio!, gritó la señora Minerva desde el baño—. Y aun así se creía dueño de Katmandú. Para cambiar de tema, don Arcadio nos dijo que con gusto nos prestaba su coche cuando quisiéramos, me conmovió su generosidad. Yo nunca olvido a quienes me tratan bien.

Cuando vamos a Chapultepec con Mirlo tenemos la fantasía de ser una familia de a deveras; hasta nos dicen que el niño se parece a mí, o a Mario, según, y hacemos como que somos sus papás, luego lo devolvemos a su casa. Por lo menos le damos una alegría, algo que no tiene. Con la camioneta del Petit Thèâtre es como si pasara el circo por él. Y le compramos su globo y su algodón de dulce. El próximo domingo lo llevaremos a ver *La Cenicienta,* con la voz de Fanny Schiller como hada madrina. Si algún día nos vamos a vivir juntos en pecado, compraremos un mueble de televisión de esos que anuncian a pagar en abonos en Lerdo Chiquito y lo invitaremos a verla, yo ya compré la antena; por algo se empieza.

Una noticia antes de quemar mi cuaderno: ¡regresé al Waikikí, y no a la última fila!, don José quiere explotar lo que queda del morbo de la gente con el asunto de Katmandú, hasta me habla con respeto, eso no lo puedo creer. Le puse como condición que si volvía sería con mi espectáculo de la pirámide. ¡Aceptó! Luego luego, mis amigos se apuntaron, y ya pronto será el estreno, andamos como locos preparándolo. El escenario es, claro, una pirámide idéntica a la del Sol, pero con solo cuatro escalones, que se mueve con rueditas. Yo soy la doncella azteca con mi gran penacho naranja, rojo y amarillo, como de fuego; Perla, Antonieta y Ricardo la hacen del sumo sacerdote y sus acólitas de lujo, y aparte tenemos un grupo de *boys* que son el pueblo en la parte de abajo. Le pusimos una música de tambores y flautas; chirimías y eso no, porque va a parecer el ballet de Amalia Hernández, mejor algo más tropical, como nos dijo el músico amigo de Ricardo.

La cosa es que primero bailamos nosotros cuatro; luego me sacrifican mis compañeros, me sacan un corazón precioso, de terciopelo, que traigo escondido en el corpiño, y me lanzan de cabeza con los brazos en cruz para que me cachen los *boys*, es divertidísimo. Después bailamos todos en el tablado. Don Arcadio, su esposa y la Márgara participan también, forman un Quetzalcóatl que primero solo adorna la pirámide y al final ondula alrededor del ballet, muy bonito. No ha sido nada difícil montarlo: tengo cada paso, cada vuelta en mi cabeza desde que empecé a trabajar en El Burro, o desde antes, quizá, desde que salí de mi pueblo bailando. A Pepín Pastor le encantó, hasta me felicitó. Y la iluminación es espectacular: un contraluz rojo como de amanecer y luego, sobre mí, un reflector brillante y dorado. ¿A qué más podría yo aspirar, si no es a esa plenitud, ese sentirme diosa en el escenario?

Las cosas no son perfectas, y siempre hay la inquietud por pagar las consecuencias de haberse metido en tantos problemas. El trabajo nunca consigue su verdadera recompensa; me tengo que acostumbrar, porque si no transo en este negocio, no progresaré. Me acaba de decir don José que mi número no será el principal, solo una de las entradas. Para colmo, nos pusieron un anuncio gigantesco de neón casi encima del Guay que dice «Honradez y progreso», como si fuera una indirecta. Bueno, nunca me imaginé que sería el principal, pero ¿el primerito, el que ve la gente sobria, la que llega a barrer? Y el principal, como siempre, es de una vedette cubana parecida a Lilia Prado que baila, canta y tiene las curvas que se requieren para triunfar en esto. Dicen que sus temblores marean a la concurrencia. Morayma, se llama, hace un número árabe y hasta ahora me dicen que ha sido amable con sus compañeras. Ni modo, me aguantaré para no arruinar lo conseguido con tantos trabajos, todo ese entusiasmo que han puesto mis compañeros. A lo mejor nos ve un empresario y nos lleva al norte, donde está el dinero. O nos contratan el *show* en La Fuente. O en el Ciro's, seguro pagan mucho mejor. Eso sí, espero no tener que ponerle chinches en el zapato a Morayma, una nunca sabe lo que hay que hacer para triunfar en esto.

Ahora sí, a quemar el cuaderno.

Fuentes consultadas

Esta obra es una ficción en su totalidad, cuya imaginería inspiró el asesinato de la vedette Su Muy Key ocurrido en 1951 en la Ciudad de México, de muy distinto origen y resolución. Para realizar el retrato de la época recurrimos a fuentes muy diversas, sobre todo periodísticas, pero muy especialmente a la tesis esclarecedora de Carlos Medina Caracheo: *El club de medianoche Waikikí: un cabaret de época en la Ciudad de México, 1935-1954.* También consultamos los libros *Alta frivolidad* de Margo Su, *Cabarets de antes y de ahora en la Ciudad de México* de Armando Jiménez, el artículo: «La casa de la Bandida» de Carlos Tello Díaz y la entrevista con Estrella Newman realizada por Leonardo Paez «A la luz, la increíble historia de Graciela Olmos, La Bandida» publicada en *La Jornada* el 13 de junio de 2007. Muchos detalles surgieron de la lectura atenta de *El Universal*, *Excélsior* y *La prensa* de los años 1949-1951.

Agradecimientos

Agradecemos especialmente a Daniel Mesino por su apoyo y confianza en este proyecto, a los amigos y familiares que nos ayudaron con su lectura y comentarios: Adriana Díaz Enciso, Verónica Murguía, Rosa Beltrán, Erma Cárdenas, María Antonieta Romero Jiménez, Azul Artana, Andrea Avedillo, Alejandra Piastro García, y a nuestro editor David Martínez, por sus observaciones y su paciencia.